KB075473

❶ 작고 두해 전인 1966년경(46세)의 김수영.

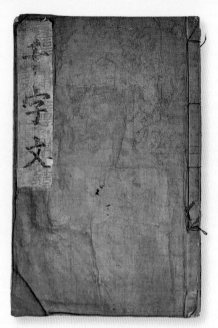

❷ 1926년 계명서당(啓明書堂)을 다니며 읽은
천자문.

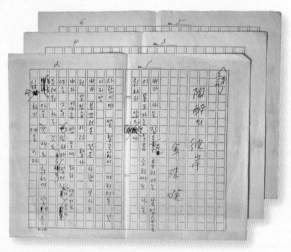

❸ 1954년作 「도취의 피안」 육필 원고

❹ 1956년 춘조사에서 간행된 『달나라의 장난』 후기 및 초고.

❺ 1960년作 「가다오 나가다오」 육필 원고

❻ 시인이 즐겨보았던 외국 도서와 잡지.

Mr. William Eilers
The Asia Foundation Seoul Office,
Seoul, Korea

16 January 1961

Dear Mr. Eilers,

Since 1958 when your Foundation presented me with two fine American magazines, Encounter and Partisan Review, as a part of the 1957 annual prize of the Poets Association of Korea, I subscribed to them by your Foundation's assistance continuously.

Now I wish to renew the subscription of Partisan Review for the coming two years again.

So if you accept to take the trouble, I would pay your Korean Hwan currency, Hw 7,500.00 for U.S. $7.50, for the magazine charge.

Believing you will accept my asking willingly, I expect your hearty appreciation.

Sincerely yours,

Kim Su-yong
41-2, Kusu-Dong, Mapo-ku,
Seoul, Korea

❼ 1961년 1월 16일 *PARTISAN REVIEW*로 보낸 구독연장 요청 서신.

Indeed. And has the difference nothing to do
With Celia going to California?

EDWARD
Celia? Going to California?

LAVINIA
Yes, with Peter.
Really, Edward, if you were human
You would burst out laughing. But you won't.

EDWARD
O God, O God, if I could return to yesterday
Before I thought that I had made a decision.
What devil left the door on the latch
For these doubts to enter? And then you came back,
The angel of destruction — just as I felt sure.
In a moment, at your touch, there is nothing but
O God, what have I done? The python. The
Must I become after all what you would make me?

LAVINIA
Well, Edward, as I am unable to make you laugh
And as I can't persuade you to see a doctor,
There's nothing else at present that I can do about it.
I ought to go and have a look in the kitchen.
I know there are some eggs. But we must go out for dinner.
Meanwhile, my luggage is in the hall downstairs:
Will you get the porter to fetch it up for me?
CURTAIN

Act Two
SIR HENRY [HARCOURT]-REILLY'S consulting room in
London. Morning: several weeks later. SIR HENRY
alone at his desk. He presses an electric button. The
NURSE-SECRETARY enters, with Appointment Book.

REILLY
About these three appointments this morning, Miss
Barraway:
I should like to run over my instructions again.
You understand, of course, that it is important
To avoid any meeting?

NURSE-SECRETARY
You made that clear, Sir Henry:
The first appointment at eleven o'clock.
He is to be shown into the small waiting-room;
And you will see him almost at once.

REILLY
I shall see him at once. And the second?

NURSE-SECRETARY
The second to be shown into the other room
Just as usual. She arrives at a quarter past;
But you may keep her waiting.

REILLY

*사진 제공: 연세대학교

❽ 1966년 연세대학교에서 영문학 특강을 맡았을 때 만든 강의 자료.
1948년 발표된 T. S. Eliot의 희곡 "The cocktail party" 전체를 옮겨
적은 것으로 보인다.

⑨ 1967년 11월 26일 『민족일보』 사건으로 복역 중인 언론인 송지영에게서 받은 편지.

偉大(위대)한 人間(인간)이
되려면 줄기찬 努力(노력)으로
學業(학업)에 精進(정진)하여야
하고, 스스로 빛나는
人格(인격)을 쌓아 올려야
한다.

精神(정신)을 한번
기울여서 集中(집중)하고
練磨(연마)할 때, 이 세상
에서 안 되는 일이라고는
하나도 없다.

國 語 (국어)
社 會 (사회)
自 然 (자연)
算 數 (산수)
漫 畫 (만화)
大 統 領 (대통령)

⑩ 1968년경 차남 우(瑀)를 위해 독음을 달아놓은 메모

시는 나의 닻이다

시는 나의 닻이다

이어령
김병익
백낙청
염무웅
황석영
김정환
임우기
나희덕
최정례
함성호
노혜경
김상환
김종엽
권여선
김해자
심보선
송경동
김동규
하재연
송종원
신철규

김수영 50주기 헌정 산문집

염무웅 최원식 진은영 엮음

창비

일러두기
• 이 책에서 인용되는 김수영 작품의 표기는 2018년 개정한 『김수영 전집』(민음사 3판 1쇄)에 따랐으며 본문 중 인용되는 시는 제목만 표시하고 산문은 제목과 함께 따로 밝혔다.

김수영은 어렵다. 뒤늦게 슬금슬금 읽기 시작했는데, 특히 산문에 잠심(潛心)했다. 처음에는 솔직히 서걱했다. 문장파[1]의 고전적인 문장과 김동석(金東錫)의 명석한 문장을 좋아하는 내게 번역투같이 어색한 문장들이 적지 않은 그의 산문은 임화(林和)를 읽을 때처럼 중간중간 덜컥, 했다. 그럼에도 '세계적인 발언'들이 족출하는지라 매혹되던 것인데, 그중에도 문학평론이 백미다. 임화와는 다른 차

---

[1] 일제말 문예지 『문장(文章)』(1939~1941)을 이끈 가람 이병기, 상허 이태준 그리고 정지용을 가리키는 편의상 명칭.

원에서 예리한 그의 비평은 나의 사숙(私淑)한 바이거니와, 그에 비해 시에 대해서는 놀량이었다. 언젠가는 문리가 트이겠지 하는 게으른 희망으로 인연 따라 들면 맞이하고 혹 들지 아니하면 그대로 스치는 식이었다. 말하자면 이상(李箱) 시 읽듯 했다. 물론 대표작으로 대표될 이상과 전집을 읽어야 할 큰 시인(major poet) 김수영을 동급으로 여긴 것은 아니지만. 그러구러 한국작가회의 이사장 시절에 비롯된 50주기 기념사업에 불가피하게 관여하면서 그사이의 나타를 후회한들 소용없지만 다행히 김수영에 대한 논의의 축적이 만만치 않은 덕에 겨우 앞가림이나마 한 폭이다.

지난 '김수영 50주기 기념사업' 기자회견(2018.10.15)에서 나는 금번 50주기 사업이 김수영론(論)에서 김수영학(學)으로 전환하는 겸허한 초석이 되기를 기대한다고 말했다. 김수영은 사후에 재평가된 대표적 시인의 한분이다. 물론 생전에도 일정한 위치를 지닌 중요한 시인으로 꼽혔지만 약간은 괴짜처럼 여겨지는 소수자였다. 생전에 상재한 개인시집이 단 한권이요, 수상도 단 한차례였던 점이 웅변할바, 그의 문학적 명예는 사후에 식물처럼 느리게 그러나 쉼없이 무럭무럭 자랐다. 애초에는 리얼리스트와 모더니스트가 공유한 문학적 자산으로 여겨지다가 민족문학이 전경화한 1970년대 이후 모더니스트의 전유처럼 기울다가 30주기 즈음해 평형을 찾기 시작하더니 이제는 '문학하는' 후배들의 살아 있는 현재로 우뚝한 터이다.

이런 우여곡절로 논을 더욱 논답게 할 학적 기초가 부실했다. 난해성도 이 경향을 도왔다. 텍스트를 교주(校註)하는 과정을 바탕으로 내부의 결을 찬찬히 따져보는 독법보다는 서양이론을 휘둘러 그의 난해성을 일거에 돌파하려는 기이한 열정에 지핀 경우가 없지 않았다. 탄생 100주년(2021)을 바라보며 종합적이고 정밀한 새로운 김수영 평전(評傳)과 정전(正典)의 구축을 기약할 올 사업은 그래서 황당한 해석의 횡행을 제어할 학적 구축에 밑바탕이 될 사실 검증에 좀더 유의하게 된 바다.

이 헌정 산문집 또한 그 일환이다. 원로 평론가 염무웅 선생과 젊은 시인을 대표하는 진은영 형을 편자로 초빙하고 대강의 편집방향을 논의했다. 우리는 우선 시인과 직접 교유한 경험을 지닌 문인들을 우선적으로 모시고, 온갖 모양으로 김수영 문학과 만난 후배들, 시인, 소설가, 비평가뿐만 아니라 문단 바깥의 지식인들까지 널리 초청하기로 하였다. 무엇보다 논쟁의 당사자로서 일류의 산문을 흔쾌히 기고하신 이어령 선생의 옥고를 싣게 된 것이 기쁘다. 김병익 선생의 글 또한 귀중하다. 특히 "모더니스트의 폐단"을 억누르기 위해서도 "모던포엠의 진짜를 보여주는 게 자기 시집 한권보다 더 값진 소임"이라고 일갈하는 시인의 풍모를 전한 1967년 인터뷰 기사가 주목된다. 백낙청·염무웅 두분의 권두 특별대담은 각별하다. 만년의 시인으로부터 권고(眷顧)를 입은 만큼 회고는 생생하고 김수영론을 개척한 내공만큼 비평적 성찰은 빛난다. "김수영이 시에서 이룬 바를 산문에서 이루어낼 것"이란 젊은 시절의 다짐을 돌아본 황석영 선생의 산문은 1970년대 리얼리즘의 숨은 맥락을 폭로하거니, 막내 신철규 시인에 이르기까지 쟁쟁한 후배들이 김수영의 언어에 감전된 스파크의 순간을 섬세하게 기록한 산문들 또한 그대로 한국 현대문학의 이면사일 것이다. 시인의 좌우명 '시는 나의 닻이다'를 이 문집의 제목으로 삼은 일이 마침맞다. 다만 김수영에 대한 비판자의 글을 싣지 못한 게 아쉽다. "그에게 무릎 꿇고/항복하는 것보다/그에게 더 게으른 짓이 없다." 헌시 「긴박한 현재」에서 김정환 시인이 촌철살인으로 요약했듯 우리가 그를 기리는 것은 김수영의 신화화가 아니라 궁극적인 의미의 탈신화화를 위함이기 때문이다.

부록으로 붙인 연보는 기념사업 기획위 간사 박수연 교수가 작성한 것이다. 검증된 것만 수록한 이 연보가 아마도 지금까지로서는 가장 믿을 만한 연보가 아닐까 자부하는 바이다. 연희전문 편입을 입학으로 바루고, 결혼한 해와 재결합한 해와 마포 구수동으로 이사한 해를 새로 확정했고, 한일회담 반대시위 지지성명서에 서명한 일(1965)을 새로 발굴하여 이무렵 김수영 시에 '식민지'가 처음 등장한 데 주목한 일 또한 종요롭다.

끝으로 이 헌정문집을 위해 마음을 다한 산문을 기고해주신 모든 필자들께 공편자를 대신해 머리 숙여 감사한다. 김수영이라는 위대한 문학적 유산의 관리자라는 '성가신' 임무에 충성한 김현경·김수명, 두 유족께 경의를 표한다. 아울러 실무뿐 아니라 편집에도 지혜를 나눈 강영규 부장과 최현우씨의 헌신을 기억한다.

2018년 11월

공편자를 대표하여

최원식

차례

추억 속의 김수영,
다시 읽는 김수영

백낙청
염무웅

백낙청　　사실 이번 대담은 내가 제의한 건데 그 이유를 먼저 말씀드려야겠어요. 나는 김수영 선생하고는 그분 말년에 한 2년 남짓 굉장히 가깝게 지냈고 참 많은 배움을 얻고 사랑을 받았지요. 그래서 추억도 많은데, 예전에도 그랬지만 이번에도 그분에 대한 개인적인 회고문을 쓰려고 하면 글이 안 나오는 거예요. 일종의 블로킹 현상이랄까, 그런 게 있더라고요. 여러 요인이 있겠지만, 그중에는 김수영 선생과의 친분을 과시하는 것 같아서 선뜻 내키지 않은 면도 있었던 것 같아요. 김수영 선생과 원래부터 알던 분들에 비하면 나는 선생을 뒤늦게 만났는데, 선생 말년에는 염선생이나 나만큼 친한 사람이 없었던 것 같아요. 그런데 그 얘기를 길게 하면 마치 내가 김수영하고 더 친했지 하고 자랑하는 것 같기도 하고. 그러저러한 이유로 글이 안돼서 내가 염선생하고 대담을 하면 어떻겠느냐 그랬는데 그 제의를 수락하셔서 이렇게 이야기를 나누게 됐습니다. 대담의 이점은 둘이서 주거니 받거니 얘기하다보면 서로 기억의 흐려진 부분을 상기시켜주는 면도 있고 기억을 서로 점검할 수 있다는 것이죠. 염선생도 지적했듯이 나와 염선생에게는 사실 이번 대담이 개인사적으로 굉장히 의미가 있어요. 염선생이나 나나 다른 곳에서는 대담을 많이 했고, 또 창비에서 좌담을 같이한 적도 있지만 단둘이서만 대담을 한 적은 없거든요. 그런 걸 생각하면 이번 대담이 김수영 선생 회고문집에 한 꼭지를 채우는 수준을 넘어 창비와 한국문학을 위해서도 의미 있는 대담이 되어야겠는데, 나의 준비가 부실해서 참 아쉬워요. 염선생께서는 매사 모든 걸 충분하게 준비하시는 분이니까 의지하고 시작하겠습니다.

염무웅　　네, 말씀하신 대로 지난 50년 동안 창비를 중심으로 많은 일을 같이해오면서도 대담은 이번이 처음이라는 게 저로서도 아주 새삼스럽고 좀 긴장도 됩니다. 두 사람에게나 독자들에게나 뜻깊은 대화가 되어야 한다는 데 당연히 공감하지만, 그런 점이 도리어 압박이 되지 않을까 걱정됩니다. 평소 글을 쓰거나 말을 하게 될 때 열심히 준비하려고 노력하는 편이긴 합니다. 그런데 이상하게 요즘 들어 점점 바빠지고 일도 많아서 사실은 오늘 준비가 부실합니다. 기억력도 많이 떨어지고요. 얼마전 출간된 최신판 『김수영 전집』도 여기저기 꽤 읽었지만, 집중적 녹서가 아니었던 데다 시간이 지나고 보니 읽는 순간의 절실함이 뭐였는지 아련하기도 합니다.

  김수영 선생에 대한 개인적 회고담으로는 『뿌리깊은나무』 1977년 12월호에 '김수영과 신동엽'이라는 제목의 글에서 조금 한 적이 있습니다. 가벼운 수필도 아니고 본격적인 평론도 못 되는 에쎄이 같은 것인데, 1970년대의 분위기에서 쓰인 글로서 그분들의 인간과 문학을 제대로 비교하는 데까지는 못 갔어요. 아무튼 돌이켜보면 제가 김수영 선생을 처음 뵌 것은 신구문화사라는 출판사에 근무했을 때였습니다. 1965년쯤인데, 신구문화사 편집고문인 시인 신동문(辛東門) 선생이 김수영 선생과 아주 가까웠어요. 신선생은 책의 기획과 필자 선정에 주로 관여하고 저는 원고를 읽고 교열하는 편집부 직원이어서 신동문 선생과는 거의 매일 만나 의논하는 관계였지요. 신선생은 인품도 좋고 발도 넓어서 찾아오는 선배나 친구, 후배들이 끊이지 않았어요. 그들 뒤를 많이 봐주었거든요.

급전을 구하러 오기도 하고 일자리를 부탁하러 오는 분도 있었지만, 마땅히 갈 데가 없어 들르는 분도 있었지요. 김수영 선생은 출판사 쪽으로 발이 넓은 신선생을 통해 번역 일거리를 얻으러 오지 않았나 생각됩니다. 그러니까 저로서는 처음엔 그저 신동문 만나러 드나드는 문인 중 한분으로 김수영 선생께 인사를 드렸을 겁니다. 하지만 그게 언제였는지는 분명한 기억이 없어요. 당시의 저는 평론가로 문단에 이름을 올렸다곤 해도 출판사 젊은 직원에 불과하니까 김수영 선생의 눈에 띄었을 리가 없고 저도 김선생이 어떤 분인지 잘 몰랐어요. 그런데 1966년부터 2~3년 동안에는 『현대한국문학전집』이라는 열여덟권짜리 전집을 간행하느라고, 특히 마지막권 『52인 시집』을 편집하느라고 소장 내지 중견이라는 말을 듣던 문인들이 자주 신구문화사에 들락거리게 되니까 저로서는 뜻밖에도 많은 선배 문인들에게 인사를 드리게 되었지요. 그때 저는 학생 시절 친구인 김승옥 김현 김치수 등과 함께 김수영 선생보다 젊은 이호철 최인훈 같은 분들과 더 자주 어울렸어요. 아무튼 김수영 선생과는 그렇게 신구문화사에서부터 인연이 닿았지요. 백선생님도 『창작과비평』을 창간(1966)하시면서 그 전후에 김수영 선생을 알게 되셨지요? 창비의 창간 비화를 겸해서 김수영 선생과 창비의 관계도 소개할 겸 말씀해주시면 저도 이어서 이야기를 보태겠습니다.

선생과의 첫 만남과 창비에 대한 애정

백낙청   그러니까 김수영 선생과의 인연은 염선생이 훨씬 먼저였어요. 내가 염선생을 처음 만난 건 신구문화사에서였을 겁니다. 김수영 선생은 신구문화사에서 만난 것이 아니고 언제인지 정확한 기억은 없지만, 중간에서 소개를 해준 사람이 그때 참 가까이 지내던 소설가 한남철(韓南哲, 본명 한남규)인데, 한남철이 『사상계』 문학란을 담당하면서 김수영 선생을 알게 됐고, 그리고 그 두 사람이 좀 통하는 바가 있잖아요? 사람 솔직하고.

염무웅   화통하죠.

백낙청   그래서 김수영 선생 얘기를 가끔 하다가 나중에 소개를 받았죠. 나는 사실 김수영 선생에게 정식으로 인사드리기 전에 멀리서 뵈었어요. 『창비』가 창간되고 얼마 안 지나서, 현암사에서 이어령(李御寧) 선생이 주도한 계간 『한국문학』을 냈잖아요. 거기는 우리보다 규모도 훨씬 크고 기반이 탄탄하니까 잡지도 두껍게 나왔고 당시에 우리 문단의 중요한 필자들을 망라했는데, 기억으로는 언젠가 창간호 출간을 기념하는 회식이 있었어요. 그 자리에서 어떤 분이 일어서서 뭐라뭐라 그러시는데 김수영 선생이에요, 그분이. 그 양반이 거침없잖아요, 말씀하는 게. 당신 글도 실려 있는

왼쪽부터 염무웅, 백낙청

『한국문학』지에서 만든 그 자리에 나와놓고서『한국문학』을 막 비
판하는 거예요. "잡지를 할 거면 좀『창작과비평』처럼 치고 나와야
지!" 하시면서 그분이 쓴 표현이, "라이터는 론손, 만년필은 파커,
(그 시절엔 그게 최고의 물건들이었어요) 이런 식으로 모아가지고
그게 무슨 잡지냐?" 이렇게 열변을 토하시는 거예요. 나는 말석에
앉아서 '아, 창비를 알아주시는 분이 있구나' 했는데 그 자리에서
인사한 것 같진 않아요. 그러다 언제부터 안면을 트면서 알게 됐고,
그후로는 주로 염선생하고 나하고 한남철, 이 세 사람이 김수영 선

생을 함께 많이 만났죠.

댁에도 자주 가고 그랬는데, 그때 댁에 놀러갈 때마다 환대를 받으면서 이게 특전이라고 생각은 했지만 얼마나 큰 특전이었는지는 최근에 김현경(金顯敬) 사모님으로부터 들었어요. 사모님 말씀이 김 시인이 도대체 누구를 집에 들여놓는 사람이 아니라고, 그런데 백 선생하고 몇사람만은 언제든지 오면 환영을 했다 그러시더라고요. 그때도 각별한 사랑을 받는다는 느낌이 있었지만, 수십년이 지나고 서 그게 어마어마한 특혜였다는 것을 알게 됐죠. 『창비』 창간 당시에는 나하고 임재경 채현국 이 세 사람이 돈을 얼마씩 갹출하고, 한 남철 김상기 또 이종구라고 기자였는데, 그 사람들은 노력 봉사를 하고, 이런 식으로 출범을 했었죠. 창간호에 작품을 준 이호철(李浩哲) 선생도 한남철을 통해서 알게 됐고, 김승옥(金承鈺)도 그 무렵에 알게 됐어요. 염선생은 신구문화사 갔다가 인사를 했고. 나는 원래 문단에 기반도 없고 아는 사람도 많지 않았는데 그러면서 차츰차츰 문단 인사들하고 안면을 넓혀나갔고 나중에 염선생이 편집진에 합류하면서 엄청난 도움이 되었지요. 시단에 대해서도 김수영 선생을 알면서 조금씩 파악을 하게 되고 그랬죠.

염무웅　　아까 얘기한 『52인 시집』을 찾아보니까 1967년 1월에 출간됐더군요. 그렇다면 필자들에게 원고 받고 해설 청탁하는 작업은 1966년 가을이나 초겨울쯤에 했을 겁니다. 『창작과비평』이 창간된 지 일년 정도 됐을 때이고 제가 아르놀트 하우저(A. Hauser)의 『문학과 예술의 사회사』 번역을 청탁받았을 무렵이 아닌가 싶네요. 그런데 김수영 선생을 직접 만나지 못한 후배 문인들의 글을 보면 대개 그의 시나 산문을 읽고 받은 충격으로부터 이야기를 시작하지 않습니까? 그동안 문학과 인생에 대해서 느슨하게 가졌던 상투적 생각들이 김수영을 읽으면서 확 뒤집어졌다, 세상을 보는 눈이 번쩍 뜨인 것 같다, 이런 이야기들을 하는데. 저는 김수영의 글이 아니라 사람을 통해 그런 충격을 경험했어요.

그러니까 그게 시인 고은(高銀) 선생이 제주도 생활을 마감하고 상경한 직후일 겁니다. 1967년 초봄일 텐데, 고은 선생이 오후 서너시쯤 신동문 선생을 찾아왔다가 신선생이 안 계시니까 저와 제게 놀러온 김현을 불러내어 사무실 근처에서 소주를 한잔했어요. 금방 돈이 떨어지자 고은 선생이 염려 말고 따라오라고 하면서 버스를 타고 어딘가로 갔지요. 그게 알고 보니 구수동 김수영 선생 댁이었어요. 김수영 선생 댁은 나중에 선생께서 교통사고를 당하신 길, 꼭 시골의 소읍에 있는 것 같은 좁다란 길 쪽으로 사립문이 나 있고 집채는 등을 돌리고 있어서 빙 돌아가야 되었는데, 고선생이 저하고 김현을 잠깐 문밖에서 기다리라고 하더니 안으로 들어갔어요.

그런데 한참 기다려도 소식이 없어요. 김수영 선생 안 계시면 사모님한테 떼쓰지 말고 그냥 갑시다, 그러려고 주춤주춤 안으로 돌아들어갔더니, 고선생은 벌 받는 소년처럼 댓돌 위에 엉거주춤 서 있고 전등을 안 켠 어둑한 방안으로부터는 거침없이 고선생을 꾸짖는 소리가 흘러나오더군요. 우리가 마당에서 기척을 내자 그제야 김수영 선생이 우리를 방으로 불러들였어요. 하지만 여전히 불을 안 켠 채 우리는 쳐다보지도 않고 고선생을 향해 방바닥을 쳐가면서 계속 야단을 쳤어요. 아무리 사전 허락이 없었더라도 집으로 찾아온 문단 후배에게 그렇게 야박하게 소리칠 수 있나 싶었지요. 후에 알았지만 두분은 이미 1955년 군산에서 만나 친교를 맺은 사이였더군요. 김선생은 고은 시인의 재능을 높이 사서 기회 있을 때마다 격려를 보내셨고요. 공부 열심히 해라, 재주를 절대로 낭비하지 말고 좋은 시를 써라, 하고요. 하여간 저는 그날 우리를 무시한 채 고선생만 상대로 열변을 토하는 게 처음엔 못마땅했으나, 시간이 조금 지나면서 차츰차츰 김수영 선생 말씀에 감복이 되기 시작했지요. 속으로 그렇지, 옳은 말씀이야, 하고 점점 도취되어 이런저런 생각이 다 없어지고 말씀에만 완전히 빠져들었어요. 구체적인 내용은 물론 다 잊었지만, 대체로 후일 그의 산문에서 읽었던 것, 그러니까 우리 문단의 낙후성과 병폐에 대한 아주 통렬한 비판이었던 것으로 기억합니다. 그렇게 한바탕 야단을 치더니 부인께 저녁상을 차려오라고 해서 간단하게 저녁을 먹고 나왔어요.

그게 제 문학인생에서는 커다란 전환점들 중 하나가 아닐까 생각합니다. 사실 저는 시골에서 자랐지만 어려서부터 공부 좀 한다는 소리를 자주 들었고 그런 소위 모범생들이 대체로 그렇듯이 부모와 학교에서 시키는 걸 순종하는 데 길들어 있었거든요. 그런 순종심리의 어느 일면은 지금도 내 속 어딘가 남아 있을지 모르는데, 김수영 선생의 말씀은 내면에 뿌리내린 통념과 허위의식의 근원을 사정없이 직시하게 하고 사정없이 격파하는 것이었어요. 김선생의 화제는 언제나 문학과 문단에 관한 것이었지만, 받아들이는 저로서는 세상을 보는 눈을 새로 뜨게 하는 일종의 의식혁명이었지요. 그날 이후 저는 김수영 선생에게 완전히 빠져서, 신구문화사에 들르면 수시로 다가가 말을 붙였습니다. 두어번은 명동 초입의 유명한 술집 '은성'에도 따라갔고요. 술을 마시기 위해서라기보다 그의 열변에 취하기 위해서였지요. 이렇게 한번 만나 그의 말을 들으면 그럴 때마다 껍질이 한꺼풀씩 벗겨지는 것 같은 상승감과 희열이 느껴졌어요. 김선생은 맨정신으로 사무실에 오셨을 땐 별로 말이 없는데 한잔 들어가 입을 열면 다른 사람처럼 변해서 달변을 토해요. 그러고 보면 그의 뛰어난 산문능력은 그의 달변의 등가물 같다는 생각이 드는군요. 함석헌(咸錫憲) 선생도 그렇지요. 그분 강연도 몇 번 들었는데, 글에서 읽었던 거침없는 구어체는 그분 강연 말투 그 대로예요. 아무튼 저는 바로 이 무렵에 창비와 인연을 맺게 되고, 그래서 자연 백선생님과 함께 김수영 선생을 만나는 일이 많았지요. 제게는 평생의 행운이었습니다. 그런데 생각해보면 그때의 김수영 선생보다 지금의 제가 30년이나 더 나이가 많다는 게 이상하고 실감이 없어요.

백낙청　　　그 점은 나도 마찬가지예요. 그 몇년 만나면서 말씀을 듣고, 또 창비에 대한 각별한 애정도 표현하시고, 나에 대해서도 특별한 기대를 가지셨고, 그런 기억들이 나한테는 일생의 자양분이고 교훈으로 남아 있죠. 열변을 토하는 걸 들으면 빨려들게 되어 있다고 그러셨는데, 정말 그렇죠. 그런데 그게 그냥 달변이기 때문만이 아니고, 먼저 사심없이 사태를 정확하게 보고 정직하게 짚어내시니까 빨려들지 않을 수가 없는 거예요. 어느 날인가요, 일식집 2층에서 몇시간을 그분이 우리 몇사람 놓고서 열변을 토하신 적이 있어요. 그때 중국문학 하는 김익삼이라는 친구가 같이 있었는데, 그 친구는 처음이었죠. 그러고 나서 나중에 그 친구도 굉장히 감복을 했는데. 그때는 염선생이 안 계셨나.

염무웅　　　네, 저는 그 자리에 없었어요.

초기 『창비』의 시란 기획에 준 도움

백낙청　그때가 어떤 때인가 하면, 문인협회가 원래 월탄 박종화(朴鍾和) 선생이 제일 어른이고, 그 밑에 김동리(金東里) 서정주(徐廷柱) 같은 분들이 계셨어요. 황순원(黃順元) 선생은 조직에 깊이 관여하지 않으셨고. 실세였던 조연현(趙演鉉)이 권한을 많이 휘두르다가 그 단합구조가 깨졌잖아요. 김동리 선생하고 조연현이 깨지고 그랬을 때예요. 김수영 선생이 아주 좋아하시면서 "사필귀악이다" 그러신 적이 있죠. 그리고 구수동 댁에도 많이 드나들었고요. 내가 신혼 초에 운니동에 살았는데. 김수영 시에 보면 「미인」이라는 시 있잖아요. 그 'Y여사'라고, 윤여사 그이하고 내외분이 같이 오셔서 우리 집에서 술을 많이 드셨죠. 밖에서 술 먹을 때는 그 양반이 늘 나보다 훨씬 많이 취하시고 그랬는데, 그날은 집 안에서 오랫동안 마시다 보니까 나중에 침을 흘리기 시작해요. 그러니까 사모님이 저 사람 침 흘리기 시작하면 빨리 가야 된다, 그래가지고 모시고 나간 일이 있었죠. 나는 김수영 선생과 무작정 더 오래 있고 싶은 마음이라 서운했지만, 다른 한편으로 김선생도 어떤 한계에 다다를 수 있구나 하는 걸 처음으로 깨달은 느낌이었지요. 아무튼 정직하고 거리낌이 없는 모습이 제일 감동적인 분이었어요. 흔히 천의

무봉이라는 말을 하는데 어떤 의미에서는 자기 멋대로 사는, 자행자지(自行自止)하는 사람을 좋게 말해 천의무봉이라고 그러기도 하지요. 그러나 김수영 선생은 거침없으면서도 굉장히 겸손하고 교양이 있는 분이었지요. 그러니까 천의무봉의 알몸이라도, 겸손과 교양이 몸에 밴 알몸이었던 점이 아주 득이한 것 같고요. 그분의 겸손을 또 어디서 느낄 수 있냐면, 『창비』가 창간호부터 한동안 시를 안 실었잖아요. 그건 내가 시를 몰라서 그렇기도 하고, 그때 저를 포함해서 한국문단에서 많이 참고하던 싸르트르의 잡지 『현대』(Les Temps modernes)에도 시를 안 실었거든요. 그걸 조금 핑계 삼아서, 힘든 일 하나 덜고 가는 의미도 있었고 그랬는데. 김수영 선생이 『창비』를 그렇게 좋아하셨지만 시를 안 실은 것에 대해서 꽤 섭섭해하셨어요.

염무웅   당연히 그러셨겠죠.

백낙청   처음부터 그런 얘기를 안하고 한참 지내다가 『창비』도 시를 좀 싣지 그러냐고 그러시면서 시인을 추천했는데. 그래서 제일 먼저 실은 시인이 김현승(金顯承)이에요. 그다음에는 김광섭(金珖燮) 신동엽(申東曄). 그리고 같은 호에 네루다(P. Neruda) 시를 김수영 선생이 번역해서 실었는데, 자기 시를 싣자는 말을 안해요. 나중에 가서야 당신 시도 한번 실을 준비를 하고 있다는 얘기를 하셨는데, 그러고 나서 바로 작고하셔가지고…… 그래서 그해 가을호에 김수

영 특집을 하면서 유고 몇편하고, 이미 발표된 작품에서 골라가지
고 한 열두편.

염무웅　　창덕궁 돈화문 맞은편 2층 다방에서 백선생님과 함께
신동엽 시인 만나 원고를 받던 생각이 나네요. 「술을 많이 마시고
잔 어젯밤은」 같은 작품이 실린 건 1968년 여름호인데, 그것이 신
시인이 살아생전 『창비』에 발표한 마지막이었지요. 같은 호에 김선
생 번역으로 나간 네루다의 시는 그무렵 대학생이었던 김남주(金南
柱) 시인이 딸딸 외우고 다녔다고 하더군요. 그리고 가을호에 김수
영 유고가 실렸고.

백낙청　　일기는 돌아가시고 나서 내가 구수동 댁에 가서 며칠
동안 베껴가지고 실었죠. 하여간, 처음부터 당신 시를 싣자고 하실
수도 있는 관계였는데 그러지 않으셨어요. 우리하고 가장 가까운
시인이었고, 또 시단에서 김수영 하면 그때는 지위가 확고한 시인
이었으니 그래도 두번째쯤은 싣자고 하실 법한데 안하셨고, 세번째
쯤 실을 생각을 하고 준비를 하고 있다가 돌아가셨죠. 당시 김광섭
시인의 시 「산」을 비롯해서 몇편 참 훌륭한 시를 얻어 왔는데, 미아
동에 있는 이산(怡山) 선생 댁에 김수영 선생하고 같이 갔었어요. 이
산 선생이 뇌일혈로 쓰러지셨다가 회복은 되셨는데, 거동이 활발하
지 못하던 그런 때였죠.

염무웅　네, 저도 백선생님과 함께 미아리 대지극장 건너편 골목으로 좀 걸어 들어가서 이산 선생 댁을 찾아갔던 기억이 납니다. 병색이 완연했지만, 그래도 이불을 젖히고 일어나 앉아 띄엄띄엄 말씀도 잘하고 가끔 유머도 조금씩 곁들이고 하셨지요. 이산의 생애 전체로 보더라도 그 무렵 쓴 시가 단연코 제일 좋은 시들이에요.

백낙청　그렇죠.

시대를 앞서간 개방성과 난해시의 정체

염무웅　김수영 선생이 백선생님 댁으로 초대받아서 갔던 자리엔 저는 없었고요. 김수영 선생이 누구에게나 거리낌이 없고 핵심을 찔러 말씀하시지만, 백선생님 대하실 때하고 저하고는 약간 다른 면도 있지 않았던가 싶습니다. 백선생님은 창비를 대표하는 위치에 있는데다 점잖은 분이어선지, 저를 조금은 더 편하게 대하신 게 아닌가 싶어요. 예를 들면 『창비』에 유고로 발표된 「성(性)」이라는 시에 1968년 1월 19일이라는 날짜가 적혀 있는 걸 보고서 깨달은 건데, 1967년 말인지 68년 초인지 어느날 드물게도 제가 김선생을 모시고 박수복(朴秀馥)이라는 분의 댁에 가게 됐어요. 박수복 선생은 당시 문화방송 PD로서 채현국 선생을 비롯해 친교가 넓었고 김선생과도 친분이 있었지요. 홍제동 문화촌아파트의 박선생 댁에서 아주 각별하게 대접을 받았죠. 즐겁게 먹고 마신 건 좋았는데, 밖으로 나오니까 큰일이었어요. 통금시절이었거든요. 김수영 선생이 "집에 갈 거야?" 하더니 그, 말하자면 종3에 같이 가자는 거예요. 저로선 중대한 제안이었기 때문에, 거절은 의절 같다는 느낌을 받고 따라가서 한숨도 잠을 못 잤어요. 그러다가 새벽 일찍 일어나서 광교 '맘모스'라는 다방까지 걸어가 커피 한잔 마시면서 깨끗하게 교복 입은 고등학생들 재잘거리며 학교 가는 거 바라보았던 일이 떠오르네요.

백낙청　　거기에 대한 글을 쓰신 게 있지요? 대담이었나요?

염무웅　　대담집(『문학과의 동행』, 한티재 2018)에서 그 얘기를 했지요. 그거 뭐 널리 공개하기는 그런데, 김수영 선생 산문들을 보면 어디 여행 가거나 무슨 특별한 일이 생겨서 오입했다는 얘기를 거리낌 없이 쓰고 심지어 그걸 부인한테도 얘기를 하는 것 같아요. 그밖에도 자신 안에서 꿈틀거리는 비열한 욕망이나 이웃과의 사소한 다툼 같은 걸 뭐 하나도 감추거나 비틀지 않고 그대로 드러내요.

백낙청　　김수영 선생이 쓰신 원고를 부인이 정리를 하시니까…… 거기 원고에 나오면 부인이 다 아시는 거죠. 부인도 대단한 양반이에요.

염무웅　　그렇죠. 그런데 성(性)의 자유 내지 성의 해방이란 측면
에서는 김수영 선생이나 또는 그보다 앞선 세대들, 가령 나혜석(羅
蕙錫)이나 임화(林和)의 세대가 6·25 이후의 젊은 세대보다 훨씬 개
방적이고 선진적이었지 않은가, 좋다 나쁘다는 걸 떠나서 그런 것
같아요. 냉전체제의 억압성과 퇴행성이 그런 데서도 나타나는구나
싶어요. 1960년대 중반에 이르자 김수영 선생이 글도 훨씬 더 많이
쓰고 문학과 사회에 대한 사유도 깊어지는 게 느껴지는데, 그런 걸
느끼면서 드는 생각이 분단과 전쟁으로 파괴되고 위축되었던 인간
정신이 김수영 선생 같은 분을 필두로 이제 회복되기 시작한다는
것, 그러니까 1960년대 이후 김수영 개인의 탁월함도 있지만 그와
더불어 김수영으로 대표되는 우리 사회 전체가 회복국면을 맞고
있다는 생각이 들었습니다.

백낙청　　시도 그렇고 산문도 그렇고 67~68년 그때 절정에 이르
신 것 같아요. 지금은 그런 얘기 하다가는 큰일 날 시대지만, 김수
영 선생의 경우는 흔히 말하는 그냥 오입질하고는 좀 달랐던 것 같
아요. 시인으로 살면서 뭔가 벽에 부딪친다든가 절박해졌을 때 그
것을 넘어서는 그분 나름의 한가지 방식이 아니었나 그런 생각이
들어요. 실제로 「반시론」이라는 산문에서 비슷한 이야기를 하시기

도 했고요. 그런데 「성」이라는 시 얘기하니까, 생각해보니 그게 창비에 주려고 모으고 있던 시 중 하나예요. 사실 그 시를 보면 요즘 우리가 흔히 보는 난해시하고는 전혀 다르잖아요. 모를 말이 하나도 없어요. 그리고 김수영의 난해시는 요즘처럼 이상한 비유라든가 하는 것 때문에 무슨 말인지 모르게 되는 그런 경우는 참 드뭅니다. 문장 하나하나 뜯어보면 아주 평이하고 심지어 직설적인 그런 문장들인데, 요는 그런 문장을 쭉 늘어놓을 때에 그 조합이 갖는 의미라든가 한 문장에서 다른 문장으로 넘어갈 때 비약 같은 거 있잖아요, 논리상의 비약. 도대체 왜 이런 말씀을 하시나, 그게 선뜻 이해가 안돼서 난해한 것이지 처음부터 난해한 시를 쓰려고 그런 건 아니지요. 김수영의 「말」이라는 시에 보면 "고지식한 것을 제일 싫어하는 말"이란 표현이 있어요. 고지식하지 않으면서 정직한 얘기를 하다 보니까 고지식한 데 익숙한 사람들이 잘 못 알아듣는 거지, 요즘 아주 흔해진 난해시하고는 좀 다르지 않나 생각합니다.

염무웅　　그 말씀에 공감이 갑니다. 저처럼 좀 고지식한 사람은 김수영의 시에 구현된 '정직'이나 '진실'을 알아내는 것이 때때로 매우 어려운 게 사실입니다. 반면에 그가 실생활에서 우리에게 직접 했던 말이나 그 말과 비슷한 레벨에서 쓰인 그의 산문들은 내용이 어떤 것이든 시에서와 같은 '비약'이 별로 없기 때문에 직설적

인 공감을 일으킵니다. 김수영 자신도 시론이나 시평에서 자기 시
대에 자주 쓰이던 용어인 '난해시' '참여시' '현대시' 같은 개념들
을 통해서 시에서의 비약의 불가피성을 이론적으로 해명하려고 애
쓰는 것이 보이지요. 그때그때 쓰는 월평 같은 글에서는 비평의 대
상이 되는 시와 시인의 특성에 따라 진정한 난해시와 사이비 난해
시를 구별하기도 하고요. 가령, 「'난해'의 장막」(1964)이라는 상당히
논쟁적인 글에 보면 이런 문장이 있습니다. "기술의 우열이나 경향
여하가 문제가 아니라 시인의 양심이 문제다. 시의 기술은 양심을

통한 기술인데 작금의 시나 시론에는 양심은 보이지 않고 기술만 보인다. 아니 그들은 양심이 없는 기술만을 구사하는 시를 주지적 (主知的)이고 현대적인 시라고 생각하고 있는 모양이다. 사기를 세련된 현대성이라고 오해하고 있는 모양이다." 이건 겉모양만 현대시의 흉내를 냈던 당시 우리 시단 일각의 풍조를 공격한 글인데, 이와 반대의 경우로서 그는 당시 일본에서 발행되던 잡지『한양』에서 활동하던 장일우(張一宇)의 평론을 문제 삼고 있어요. 장일우씨는 한국 시인들의 현실도피적 경향을 아주 거칠게 비판했는데, 그의 평론을 읽고 김수영은 그 주장을 일면 긍정하면서도 "그가 아무래도 시의 본질보다도 시의 사회적인 공리성에 더 많은 강조를 하고 있다"고 말함으로써 장일우의 주장이 시의 본질을 언급하는 데는 미달함을 지적합니다. 이렇게 그는 장일우의 단순한 참여론을 비판하면서 여기서 한걸음 더 나아가 참여의 근본에 대해 질문합니다. 시를 쓰는 사람으로서의 자신을 원천적으로 성찰하는 거지요. "가장 밑바닥에서 우러나오는 가장 절박한 시를 쓰려면 어떻게 하면 되는가?"(산문「생활현실과 시」, 1964) 어느 시대에나 시인은 이 질문을 피할 수 없을 텐데, 거기에 제대로 답하려면 틀에 박힌 상식이나 타성적인 표현에 의존해서는 안된다는 것이, 즉 일정한 난해성은 불가피하다는 것이 김수영 선생의 생각이었던 것 같아요. 그런데 그의 경우 사회적 공리성과 시의 표현문제에 관해 이렇게 나누어 생각하는 사고방식이 그냥 계속됐던 게 아니고 시대의 변화와 호흡을 같이하면서 점점 더 시의 본질에 대한 더 근본적 물음으로 발전해나갔다고 여겨집니다. 4·19 직후에 발표된 「책형대에 걸린 시」라는 산문을 보셨나요?

백낙청　글쎄요, 생각이 잘 안 나요.

염무웅　그 글이 최근에 나온 『김수영 전집』 개정판에는 실려 있고 이전 전집들에는 안 실려 있는데요, 저는 2년 전쯤 4·19 무렵의 문학을 살펴보려고 인터넷에서 옛날 신문을 뒤지다가 1960년 5월 20일 경향신문 석간에서 보고 중요한 글이다 싶어 페이스북에도 올린 적이 있습니다. 그 글을 보면 4·19가 김수영 시인 개인의 인생에 무엇을 의미하는지 생생하게 알 수 있어요. 거기 보면 그동안 자기는 "시는 어떻게 어벌쩡하게 써왔지만 산문은 전혀 쓸 수가 없었고 감히 써볼 생각조차도 먹어보지 못했다"고 말합니다. 시에서는 최소한의 '캄푸라주'(camouflage, 위장)가 통할 수 있지만 산문에서는 그럴 수 없었기 때문이라는 거죠. 그리고 4·19의 감격을 이렇게도 표현합니다. "나는 사실 요사이는 시를 쓰지 않아도 충분히 행복하다. (…) 나는 정말 이 벅찬 자유를 어떻게 처리해야 할지 모르겠다. 너무 눈이 부시다. 너무나 휘황하다. 그리고 이 빛에 눈과 몸과 마음이 익숙해지기까지는 잠시 시를 쓸 생각을 버려야겠다."
이 글의 부제가 '인간해방의 경종을 울려라'인 데서도 드러나듯이
4·19는 그에게 해방의 종소리 같은 것이었어요. 4·19 이전에는 특
히 김수영처럼 혹독하게 전쟁을 겪고 포로생활에서 살아난 분은
자기 시대의 폭력성에 더 직접적인 두려움을 갖고 있었을 터이므
로 이렇게 저렇게 '돌려서 말하기' 또는 '숨기며 말하기'의 기술을
구사할 수밖에 없었던 것이 당연하게 여겨집니다. 그러다 보니 시
가 자연히 어려워지기도 했겠죠. 그리고 "전혀 쓸 수 없었던" 산문
의 경우에는 4·19 이후 드디어 말문이 트인다는 느낌이 들고요.

백낙청   그런 관점에서 보면 4·19 이후 김수영이 훨씬 자유롭
게, 또 알기 쉽게 발언을 하다가 5·16이 나서 또다시 억압의 시대
가 오니까 시가 다시 난해해졌다, 이런 해석도 가능한데. 나는 그냥
시대에 대한, 시대현실에 대한 대응전략이랄까 전술로서 그렇게 되
었다기보다는 시가 더 깊어지면서 자연스럽게 생긴 난해성이란 면
도 있는 것 같아요. 그게 처음부터 난해시를 쓰려고 작심하고 쓴 난
해시, 염선생이 방금 인용하신 "양심은 보이지 않고 기술만" 보이
는 시, 그런 거하고는 다르지만 정직하면서도 고지식하지 않은 말
을 하다 보면 자연히 그렇게 되지 않느냐 하는 생각이 들어요. 또
4·19 이전 억압의 시절에도 「폭포」나 「사령(死靈)」처럼 전혀 난해

하지 않으면서도 김수영다운 시들이 있었고요. 아무튼 이 이야기를 꺼낸 계기가 「성」이라는 시였는데, 그 시는 사실 어려울 거 없잖아요? 이야기시처럼 되어 있는데 그렇지만 자신의 어떤 타락을 고백하는 시이면서 동시에 그 타락을 자기 나름으로 응시하는 시선이 복합되어 있는 시라서 우리가 그 경지를 정확하게 포착하기란 쉽지 않은 것 같아요. 그런 의미에서 그 시 역시 난해시이고, 왜 이 양반이 군이 이런 얘길 이렇게 하셨을까 하는 의문을 남기는 시라고 봐요. 그런데 그의 문학에 대한 본격적인 논의로 들어가기 전에 문인들과의 교류 얘기를 조금 더 할 필요가 있겠죠. 염선생이 문단 사람들을 더 많이 알고 그랬으니까.

당대의 한국문학, 그리고 이상(李箱)에 대한 평가

염무웅　　네, 제가 더 많이 알고 있기는 했지만 주로 출판사 경험을 통해 안 분들이었고, 그러다보니 대체로 해방 후 문단에 등장한 분들이에요. 주로 김수영 선생 연배나 그 후배들이고, 그것도 신동문 선생과 자주 교류하던 분들이 많습니다. 그런데 편지, 일기, 수필 등 김수영 산문을 보면 신동문 그룹과는 일부 겹치기도 하지만 꽤 다르다는 걸 알 수 있어요. 황순원 최정희 김이석 안수길 송지영 선생들과도 상당히 가까웠고 김경린 박태진 김규동 선생을 비롯한 '후반기' 동인들과는 부산 피난시절부터 교류가 있었으며 고은 김영태 황동규 등 후배 시인들에게는 큰 기대를 가졌던 것 같고요. 전쟁 이전 해방시기에는 임화(林和)나 김기림(金起林)의 영향 밑에 있던 자기 또래의 양병식 김병욱 임호권 박인환 등과 교류하면서 『새로운 도시와 시민들의 합창』(1949)이란 사화집도 만들었지요. 박인환이 '마리서사' 책방을 잠깐 운영한 것도 이때고요. 그런데 제가 1980년 봄 영남대에 내려가니 거기 시인 김춘수(金春洙) 선생이 재직하고 있다가 저를 반겨주더군요. 제가 김수영 선생을 따르는 줄 알고 했던 말씀으로 짐작되는데, 자기는 김수영을 좋아하고 꼭 한번 만나고 싶었는데 그러지 못한 것이 유감이라고 했어요. 지금은 김춘수 선생에 비해 김수영 선생의 성가가 훨씬 더 높아졌지만 1960~70년대만 하더라도 후배 시인들에 대한 영향력에서 두 분이 막상막하였잖아요? 김춘수 선생은 김수영이 자기 시를 비판하되 핵심을 제대로 짚어서 비판하는구나, 이걸 인정하고 있었다는 걸 확인할 수 있었어요.

아무튼 김수영 선생은 『창비』에 시를 발표할 만한 선배시인으로 김현승 김광섭 순서로 추천을 하셨지요. 그후에 제게 들었던 생각

은 김선생이 왜 두분을 추천했을까, 였어요. 월평에서는 박두진(朴
斗鎭) 박목월(朴木月) 등에 대한 언급도 있고 조지훈(趙芝薰)과는 술
한잔했다는 기록도 있는데요. 조지훈이 간사였던 한국시인협회가
1957년에 제1회 시협상(詩協賞)을 김수영에게 수여한 인연도 있을
뿐더러 시인협회 멤버들이 자유당 말기에 김동리·서정주·조연현
의 문협과는 달리 정부에 비판적이기도 했고요. 아무튼 제가 알기
로 김현승과 김수영 두분은 서로 상당히 이질적이에요. 김현승 선
생은 제가 개인적으로 만나본 바로는 강직하면서도 청결하다고 할
까, 독실한 기독교도에다 술도 전혀 못하고요. 말하자면 서정주하
고 반대되는 타입이죠. 서정주는 문단정치에도 능하고 제자도 많이
키웠죠. 그 나름의 미덕도 없는 건 아니지만 김수영 선생은 서정주
를 체질적으로 좋아하지 않았던 것 같아요. 그런 점에서 김현승 선
생을 추천한 건 납득이 됩니다. 김광섭 선생의 경우는 상당히 다른
데요, 일제말 김광섭 선생은 드물게도 민족교육을 했다는 혐의로
4년 가까이 감옥생활까지 했는데, 해방이 되자 갑자기 투사로 변해
서 우익전선을 이끌다시피 했어요. 문단적으로 보면 김동리나 조연
현 같은 사람은 아직 청년세대로서 오히려 문학주의적 경향이 강
했고 박종화는 젊은 세대에게 업혀 상징적인 대표 노릇을 한 데 불
과하고 실제로 앞장서 우익투사로 싸운 건 김광섭인데, 김수영 선

생이 그런 점을 알고도 『창비』에 추천을 했는지 그런 문단이력을 잘 몰랐는지, 이 부분은 저도 판단이 안 서요. 여하튼 6·25 이후 좌파문인들이 사라지고 나자 김동리 조연현을 중심으로 문단권력이 집중되었죠. 이렇게 되니까 나머지 분들이 김광섭 선생을 대표로 하여 '자유문학자협회'를 만들었는데, 김수영 선생이 개인적으로 가까웠던 분들은 대부분 자유문학자협회 쪽이에요. 그러니까 김수영 선생은 문단의 주류에 속하지 않은 변두리 문인들에게 동질감을 더 느낀 게 아닌가 싶습니다.

백낙청 김수영 선생이 『현대문학』 쪽 사람들을 아주 안 좋아하셨죠. 물론 『현대문학』에 시는 주고 그랬지만. 한편 문단의 우익이었지만 비주류였던 『자유문학』 쪽하고 가까웠던 것은 사실인데, 김광섭 선생의 경우 이분이 4·19 이후로는 정치에 참여하실 일도 없었고 그러다가 60년대 중반에 쓰러지시잖아요. 그런 후에 회복하면서 시가 확 달라지고 좋아지는데 김수영 선생은 그 변화를 굉장히 높이 평가했던 것 같아요. 그래서 그때 우리가 받아온 시 하나가 「산」이라는 시인데, 그걸 읽고서 "야, 참 좋은 시 주셨다" 하고 좋아하시던 일도 기억이 나요. 김현승 선생의 경우는 염선생 말대로 이 양반이 현대적인 감각을 가지면서도 소위 모더니즘에 박힌 것도 아니고, 또 서정주식의 토착적인 서정 이런 것도 아니어서 선배들 중에서 괜찮다 그렇게 본 거지 아주 높이 평가한 것 같지는 않아요. 서정주 선생에 대해서는 뭐, 김수영 선생께서 서정주를 싫어하고 당시 그 시를 인정하지 않았지만 그럼에도 일반적인 평가하고는 다른 데가 있었어요. 그러니까 보통 미당을 아주 좋아하는 사람들은 처음부터 끝까지 다 좋아하고, 비판적인 사람들은 초기 시들이 좋았지만 후기에는 이상해졌다, 이런 식으로 말을 하는데 김수영 선생은 그 점에서는 반대였어요. 나한테 말하기를 그래도 요즘에 쓴 「동천(冬天)」 같은 시가 낫다는 거예요. 그게 꼭 정확한 평가일지는 모르겠지만, 이분이 토착적인 서정시를 아주 싫어했는데 사실은 당신도 『달나라의 장난』(1959) 같은 시집에 참 아름다운 서정시 많이 썼잖아요. 그런데 거기서 탈각하려는 생각이 많아서인지, 이후로는 이상(李箱) 같은 사람을 주로 높이 평가하고 그랬죠. 그런 심경의 일부로 서정주의 초기 시를 더 안 좋아한 면이 있는데, 그래도 「동천」 같은 작품에서는 무언가 사상적인 탐구가 있다고 보신 것 같아요. 그래서 차라리 그게 낫다고 나한테 말씀을 한 기억이 나거든요. 더 선배 시인들 중에는 이상을 높게 평가하셨고. 김소월(金素月)도 인정했지만 언젠가 나보고는 "아, 시인은 이상 하나 정도 아닌가." 그렇게 말씀하신 적도 있단 말이에요.

염무웅   김수영 선생 세대를 흔히 학병세대라고 부르는 분들도 있던데, 실제로 학병에 나갔던 문인들은 많지 않고 대부분 김수영 본인처럼 학업을 중단하고 유랑하거나 생업에 종사했어요. 6·25참 전세대와 더불어 가장 불행한 청년기를 보낸 세대일 텐데, 따라서 그들은 자기 선배들 시를 체계적으로 읽고 공부할 기회가 별로 없 었던 게 아닌가 싶어요. 어느 글에선가 김수영은 해방 후에야 우리 나라 작품을 읽기 시작했다고 말한 적이 있거든요. 대체로 시인들은 문학소년 시절 만해(萬海)나 소월을 필두로 선배들 시를 읽는 과정을 통해 시를 공부할 거고, 그러는 동안 선배들 영향을 받아들이기도 하고 배척하기도 하면서 차츰 자기 고유의 목소리를 형성해나갈 텐 데, 김수영뿐만 아니라 김수영 세대의 문인들은 그런 수련의 기회를 충분히 못 가진 것 같아요. 그게 거꾸로 득이 될 수도 있겠지만요.

백낙청   체계적인 공부는 없었지만 반면에 우리 세대에 비하면, 소위 월북문인이라고 일컫던 이들, 이용악(李庸岳) 오장환(吳章煥) 이 런 이들과도 훨씬 친숙하죠. 그땐 시집이라는 게 많이 나오는 때가 아니었으니까요. 이용악 시집을 염선생이 복사해서 나한테 줬다가 우리 둘 다 정보부에 잡혀갔던 일이 있죠. 하여튼 그런 시대상황에 비하면 김수영 선생은 동시대 시인들을 훨씬 자유롭게 접하고 제 대로 읽었던 것 같아요. 김수영 선생의 특징 중 하나는 공부를 체계 적으로 안했다는 점이겠지만, 또 하나는 이 양반 나름의 시인으로서 자기 어젠다가 있잖아요. 시인들은 자기가 하고자 하는 바와 안 맞는 시는 별로 평가를 안하는 경향이 있죠. 당시 김수영 선생이 이상(李箱)을 매우 좋아했는데, 이상이 김수영 선생하고 닮은 점이 또 있어요. 이상 시가 그렇게 난해한데 수필을 읽으면 진짜 멀쩡한 사람 아닙니까. 김수영 선생도 산문을 보면 꼭 그렇게 난해시 쓰는 사람 같지 않은 면이 있잖아요. 근본적으로 그렇게 멀쩡하고 합리적이고 이성적인 그런, 말이 되는 산문을 쓰는 능력을 가지면서도 시에서는 극단적인 첨단의 시세계를 탐구한 이상을 그래서 더 좋아하지 않았나 그런 생각이 듭니다.

분단시대 속의 문학적 정진과 세계성의 획득

염무웅　그가 이상을 좋아하고 직계 선배로 생각했던 것은 아주 납득이 되는 얘기이지요. 그런데 이상과는 다른 차원에서 임화도 존경했다고 하는데, 임화와 이상은 보성학교 동창이고 전위적 성향을 공유하고 있었음에도 문단적으로는 대척적인 위치에 있었고 개인적으로 친교가 있었다는 흔적이 없어요. 그게 참 이상한 일이죠. 김기림 같은 분은 두 사람과 다 관계가 깊은데 말예요. 제 짐작에 김수영 선생이 해방 전에 그들 글을 읽었을 것 같지는 않습니다. 이상의 경우엔 1956년 임종국(林鍾國) 편 전집이 나온 뒤에나 읽었을 거고 임화의 경우에도 해방 전에 그의 시나 평론을 읽었을 리는 없다고 봅니다. 김수영 선생의 교육과정을 생각해보면 일본어로 주로 읽고 쓰고 그다음에 영어공부를 했을 텐데, 50년대 중반 이후에 발표된 산문을 보면 우리말이 아주 능숙하다는 걸 알 수 있어요. "일본말보다도 더 빨리 영어를 읽을 수 있게 된/몇 차례의 언어의 이민을 한 내가/우리말을 너무 잘해서 곤란하게 된 내가"(「거짓말의 여운 속에서」)라고 그 자신을 노래하고 있지요. 이 시구절도 생각해보면 복합적입니다. 김수영 자신의 처지에 대한 자조가 있는가 하면 자기 시대의 현실에 대한 탄식도 있으니까요. 그런데 놀라운 부분 중 하나는 김수영 선생이 언제 영어공부를 했나 하는 점이에요. 그가 이런저런 생업을 잠깐씩 거치다가 그래도 어느 정도 지속했던 것은 번역뿐이었잖아요? 시간 나면 명동 뒷골목에 나가서 외국잡지 구해다가 번역해서 출판사에 팔았죠. 수필에서는 그렇게 싸구려 번역료 받는 신세타령을 한참 하고요. 결과적으로 보면 영어로 된 잡지들을 수시로 읽고 번역한 것이 김수영 선생의 사고방식이나 글에 일종의 세계성 같은 걸 구축하는 데 도움이 되지 않았나 싶어요. 번역이라는 게 본질적으로 한 언어를 다른 언어로 옮기는 단순한 기계적 작업이 아니라 번역자의 내부에서 벌어지는 두 언어 간의 사유와 관습의 전쟁이라는 점에서 영어가 김수영 선생에게 기여한 바가 적지 않을 겁니다.

백낙청　　우선 그는 연희전문학교 영문과 다녔잖아요. 졸업은 못했고, 얼마 전에 명예졸업장을 받았지만. 연희전문학교 영문과를 다녔으니까 기본적인 영어는 했을 거고. 지금 염선생 말대로 일본어에만 국한되지 않고 새로운 문화와 언어를 직접 접해보려는 의욕이 강했기 때문에 공부를 많이 하셨죠. 그런데 인명 발음 같은 거 보면요, 발음을 틀리게 하는 데 아주 묘한 재주가 있어요. 반드시 틀리게 발음을 합니다. '라이오넬 트릴링'(Lionel Trilling) 같은 걸 꼭 '리오넬 트릴링'이라 그러고. 언제는 한번 그런 얘길 하셨어요. "나는 영어에 대해서는 자신이 있어. 모른다는 자신이 있어."(웃음)

　다른 선배 문인들에 대해서 내가 한번 물어본 적이 있어요. 영문과 계통이고 모더니즘계라고 할 수 있는 김기림 같은 분을 포함해서요. 그런데 작품에 대한 평가라기보다는 그 사람의 인상을 주로 말씀하셨는데 김기림은 별로 안 좋게 얘기하셨죠. 김기림이 일본의 제국대학 나온 사람 특유의 권위의식이 있다고 판단하신 것 같아요. 이태준(李泰俊)은 어떻습니까? 물었더니 "아, 이태준은 선비야"라고, 너무 곱다고 말씀하셨고요. 박태원(朴泰遠)은요? 그랬더니 "박

태원은 그거 엉터리야, 나하고 똑같아" 그러셔요. 마음에 들었다는 이야기지요.(웃음) 김수영은 사람도 욕심 없이 보니까 어떤 일면을 정확하게 포착하는 그런 게 있었어요. 염상섭(廉想涉)도 그 점에서 좋게 보셨어요. 언젠가 한국의 문인들이 사진을 찍어놓은 걸 보면 전부 '포즈'가 있다면서, "염상섭을 봐. 염상섭은 혹도 진짜 혹이야!"라고 했어요.(웃음)

염무웅   김수영 선생의 화법은 정말 갓 잡은 생선처럼 팔짝팔짝 튀는 데가 있어요. 잠깐만 방심해도 김수영이 박태원을 폄하했다고 소문나기 십상인 화법이죠. 그런데 우리나라에 영문과 졸업생이 수없이 많은데도 겨우 한 학기 다니다 중퇴한 김수영 선생만큼 영어를 통해 세상을 제대로 바라볼 줄 알게 된 사람이 많지 않았던 것은 결국 김수영이라는 사람 자체를 생각하게 만듭니다. 어느 글에 보니까 1955년 강연 차 군산에 갔다가 가람 이병기(嘉藍 李秉岐) 선생을 만나서 그의 고전적 인품이나 한적(漢籍) 많은 것에 감명을 받은 얘기가 있더군요. 김수영 선생도 어려서 한문공부를 했지만 한문 아는 체는 전혀 안했고, 토착적 회고취미나 감상주의는 싫어했지만 동양고전에 대해서는 존중심을 갖고 있었던 것 같아요. 젊은 날의 김수영이 존경했다는 임화만 하더라도 맑스주의에 대한 교조적 집착이 있었고 그것을 어느 정도 벗어날 듯한 지점에서 역사의 격랑을 만나 침몰했는데, 김수영 선생은 시종 어떤 기존의 원리에도 얽매이기를 싫어했고 그런 점에서 교조주의와는 원천적으로 가장 거리가 멀었던 분이었어요.

4·19와 5·16, 시와 사상의 심화

백낙청 김수영 선생이 분단시대를 온몸으로 살아온 분은 틀림이 없는데 특히 그분에게 결정적인 영향을 준 것은 4·19와 5·16이 었지요. 1945년에 시작한 분단시대가 1953년 휴전 이후에 점점 공고화되면서 내가 '분단체제'라 부르는 일종의 체제로 굳어져가는데 그 과정에서 한번 크게 흔들렸던 시기가 4·19였죠. 김수영 선생은 그때, 신동엽 시에 '누가 하늘을 보았다 하는가' 그런 말이 있듯이, 그때 하늘을 한번 보신 거예요. 하늘과 땅 사이에서 통일을 느꼈노라고 어느 글에 쓰시지 않았나요.

염무웅　「저 하늘 열릴 때─김병욱 형에게」라는 산문이지요. 그 하늘은 신동엽의 시 「누가 하늘을 보았다 하는가」의 하늘과 본질적으로 통하는 하늘이라고 생각되는데, 4·19혁명에 대한 이미지를 자기 나름으로 표현한 것 아니겠어요? 아까도 말했지만 김수영 선생은 분단과 전쟁 한가운데를 뚫고 살아나온 분이라는 걸 잊어서는 안될 것 같아요. 백선생님이 말씀하는 '분단체제'의 형성과정을 정면에서 몸으로 경험했던 거지요. 그리고 그것이 그에게 엄청난 억압으로 작용했고요. 그런 점에서 4·19가 가지는 해방적 의미는 아주 결정적이었던 것 같아요. 물론 4·19는 김수영 한사람에게만이 아니라 대한민국 역사 전체로 보더라도 획기적인 사건이었지만요. 사실 문학적으로만 본다면 4·19 이전에도 참 좋은 시들이 있고 『달나라의 장난』에 실린 작품 외에도 상당히 좋은 시들이 많은

데. 시적 사유의 심화는 4·19 이후의 자유로움 속에서 확실하게 펼쳐진 것 같다, 이런 생각이 들어요.

백낙청　김수영 선생 입장에서 4·19가 참 거대한 해방이고 환희였다는 점은 짐작이 가고도 남습니다. 5·16으로 인한 좌절이 그만큼 깊었을 테지요. 그런데 그 좌절을 겪으면서 김수영의 시세계가 한번 더 깊어졌다고 봐야 하지 않나, 그게 내 생각이에요. 앞서 난해시에 대해 이야기했습니다만, 5·16 이후로 김수영의 난해시로 말할 수 있는 시들이 나오기 시작합니다. 다시 폭압적인 시대를 맞아서 정면으로 말할 수 없으니까 돌려 말하다보니 어려워진 측면이 없지 않겠지만, 그렇게만 생각할 필요는 없지 싶어요. 사실 4·19의 좌절이라는 것도 누가 단독으로 원흉이 돼서 벌어진 상황이 아니고, 어떤 거대한 역사적인 원인이 있어 촉발된 것인데. 그후에 김수영 시인이 시를 쓰면서 좌절도 얘기하고 「전향기」라는 제목의 시도 있지만, 그게 완전한 전향이 아니면서 복종의 미덕을 배웠다, 이런 말도 어느 시에 나오는데, 그것도 그냥 자조적인 말은 아닌 것 같아요.

염무웅　4·19 직후의 해방적 분위기에서 자유롭게 나오던 시적 발언들이 5·16이라는 반동의 철퇴를 맞으면서 다시 난해한 표현으로 돌아갔다는 식으로 김수영 시의 난해성 문제를 정치적 변화와 결부시켜 설명했던 것은 바로 저 자신인데요, 1976년『창비』겨울호에 「김수영론」을 쓰면서 그런 생각을 했던 건 사실입니다. 얼마간 도식적인 민중문학론에 사로잡혀 있을 때였지요. 하지만 그동안 이런저런 역사의 고비를 거치고 나서 생각해보니, 전쟁을 겪든 독재를 겪든 그것을 견디기에 따라서는 인간적으로나 사상적으로 더 깊어질 수 있다는 지금 말씀에 공감이 가고 김수영 선생이야말로 살아 있는 실례라는 데도 이의가 없습니다. 그러고 보면 이승만체제 하에서 김수영이 감내했던 억압과 5·16 이후에 겪은 고난은 다른 성질의 것이었다고 보아야 할 것 같아요. 또 하나 눈에 띄는 현상은 김수영 선생이 4·19 이후 민주당 정부까지는 4·19혁명의 변질과정에 대해서 아주 실망을 하고 신랄하게 비판을 하는데, 5·16 이후에는 오히려 그런 직설적 비판이 수면 아래로 가라앉습니다. 그 이유를 단순히 5·16군사정권에 대한 공포감 때문이라고 보는 것은 도식적이다, 이 말씀에 공감합니다. 무엇보다 60년대 이후의 김수영 선생의 문학적·인간적 깊이가 그 점을 웅변하지요. 자유당 때는 공포감 속에서 그냥 침묵을 강요받으며 지냈다면 이후에는 뭐랄까요, 정확하게 표현하기가 쉽지 않은데, 억압의 시대를 통과하면서 그 억압성을 근원적으로 초월하는 사상적 심화의 모습이 시와 산문으로 나타나고 있지 않은가 생각됩니다.

새로운 세상을 여는 '개벽'의 시인

백낙청　　좀 다른 얘기지만, 내가 작년부터 '창비담론 아카데미'라는 공부를 여러 사람하고 했잖아요. 2기 아카데미가 지난 7월초에 끝났고 이제 그 기록을 정리해 책으로 만들고 있어요(『문명의 대전환을 공부하다—이중과제론과 문명전환론』, 창비 2018). 2기 아카데미에서 어떤 얘기가 나왔냐면, 한말(韓末)의 노선들, 흔히 3대 노선이 있다고 하지 않습니까. 개화파, 위정척사파, 그리고 동학 또는 농민전쟁. 1990년대 이후로 사회운동의 급진적인 열기가 식어가면서 농민전쟁에 대한 관심이 엷어지고 어떻게 보면 척사파하고 개화파의 대립만 부각된 느낌이 있어요. 담론아카데미에서 그 세가지를 개화파, 척사파, 개벽파로 명명하자는 얘기가 나왔어요. 그리고 한말에는 실패했지만 두고두고 우리가 주목할 흐름은 개벽파가 아닐까, 이런 논의가 있었습니다. 그러니까 1980년대에 동학을 강조할 때는 개벽이라기보다는 농민전쟁으로 말했는데, 이제는 일종의 '개벽운동'으로 주목하자는 것이죠. 그리고 그 논의 끝에 그렇다면 김수영은 어디에 속하는 것인가 얘기가 나왔어요. 어느 분은 김수영은 개화파고 신동엽은 개벽파다라 그러고, 또다른 문학평론가는 아니다 김수영은 개벽파다, 이렇게 주장했어요. 그런데 나는 김수영을 개화파로 보는 것은 김수영을 모더니스트 계열로 보는 좀 뻔한 분류법인 것 같고, 김수영을 개벽파로 보는 게 맞다고 생각해요. 내가 어디선가 했던 말이지만, 훌륭한 시가 한편 쓰일 때마다 어떤 의미에서는 정신개벽이 일어난다고 할 수 있어요. 그렇다면 김수영 신동엽뿐 아니라 모든 진짜 시인들이, 적어도 진짜 시를 쓰는 그 순간에는 개벽파인 셈이지요. 김수영 선생도 전에 없던 새로운 세계가 열리는 충격을 주는 시만이 진짜 시라고 했잖아요. 그거하고도 통하는 얘기인데. 나는 김수영을 개벽파로 보는 쪽에 동조했고, 그런 관점에서 볼 때 김수영이 개벽파로서 면모를 제대로 갖추는 시점은 역시 5·16 이후인 것 같아요. 4·19 이전의 고통스러운 경험과 4·19를 통한 해방감. 이걸 다 맛보고 나서, 4·19 당시에 자기가 쓴 시들도 그 자신의 표현대로 '온몸으로 온몸을 밀고 가는 시'에는 미달했다는 반성을 겸하면서 정진하다보니 시가 쓰일 때마다 이전에 없던 세계가 새로 열리는 그런 충격을 주는 시인으로 발전하지 않았나, 그렇게 생각하고 싶어요.

염무웅　　그 말씀을 들으니 과거 우리 문단에서 참여시와 순수시, 리얼리즘과 모더니즘으로 나뉘어 벌어졌던 논쟁이 생각나네요. 대립 자체가 하나의 과정으로서 무의미한 것은 아니었지만 각자 속된 진영논리 같은 데 빠져서 방금 말씀하신 '개벽'의 차원에는 이르지 못하는 수가 많았던 건 사실이었지요. 문단사를 돌아보면 저 자신도 그 수렁 바깥에 있었다고 할 수 없고요. 김수영을 따르는 사람들 편에서 보더라도 그가 모더니스트이기 때문에 따르는 후배들이 있고 반면에 그를 리얼리스트라고 생각하고 따르는 후배들이 있잖아요. 거의 양분되어 있었는데, 그게 다 어느 일면을 따른 것이고 진짜 김수영의 본모습에는 미달하는 것이었다고 말할 수 있겠습니다. 그런데 『김수영 전집』을 훑어보면 1960년대 이후에도 '세계창조'의 위업에 해당하는 개벽의 시만 있는 것이 아니라 일기 쓰듯이 그냥 휘딱 쓴 느낌을 주는 것도 있어요. 그런 점에서 보면 김수영도 세밀하게 읽고 때로는 비판적으로 분석할 필요가 있지 않은가 싶습니다.

우리는 김수영을 얼마나 제대로 읽고 있나

백낙청　　현재도 김수영에 대한 박사논문이 엄청 나오고 있고, 한국 문단에서 제일 많이 거론되는 시인일 거예요. 그런데 우리는 지금 과연 김수영 시를 얼마나 제대로 읽고 있는지 한번 점검해볼 때다 싶은 생각이 있어요. 그러니까 염선생께서 모더니즘, 리얼리즘 얘기도 하셨지만 소박한 리얼리즘 전통을 이어받은 시인으로 김수영을 설정한다면 말이 안되죠. 4·19 직후의 시 일부를 가지고 그렇게 말할 수도 있겠지만요. 김수영이 소위 '리얼리즘과 모더니즘의 회통'을 달성한 시인이다, 이렇게 해석하는 경우도 있고요. 그런데 염선생이나 내가 주장했던 리얼리즘이라는 게 원래가 소박한 리얼리즘(내지 사실주의)하고 모더니즘의 회통을 이룩하면서 한차원 다른 예술을 추구해온 것이었으니까, 그런 점에서 보면 '회통론'은 이런 차원의 리얼리즘 논의를 제대로 인정하지 않는 것 같아서 내가 불만을 표시한 적도 있어요. 최근에 황규관(黃圭官) 시인이 『리얼리스트 김수영』(한티재 2018)이라는 책을 냈던데 그 역시 모더니즘을 경유하면서 모더니즘과 소박한 리얼리즘의 회통에 성공한 '리얼리스트' 시인으로 김수영을 읽고 있는 거지요. 아무튼 자꾸 어떤 트렌드에 맞춰서 김수영을 논한다든가, 아니면 자기가 하고 싶은 말을 위해 편의적으로 시를 이용하는 식의 김수영론이 너무 많은 것 같아요. 물론 김수영 시를 제대로 읽자고 해서 제대로 읽는 꼭 한가지 방법만 있는 건 아니겠지만, 말이 안되는 해석도 많잖아요. 지금부터는 그런 걸 가지고 토론을 하고 대화를 했으면 좋겠어요.

가령 「풀」 같은 시도 최근에 최원식(崔元植) 교수가 김수영 50주기 기념 학술대회 기조발제문에서 여러가지 해석들을 죽 열거했는데, 거기 보면 「풀」에 대한 황동규(黃東奎) 시인의 해석을 언급했어요. 나는 '풀=민중'이라는 도식적인 이해에 이의를 제기한 그의 해석이 상당히 날카롭다고 생각해서 「역사적인 인간과 시적인 인간」 (1977)이라는 글에서 인용도 하고 내 의견을 덧붙인 적이 있습니다만. 황동규 시인의 해석에서 출발해서 한걸음 더 나아간 것이 작고한 김현씨의 해석이지요. "발목까지/발밑까지 눕는다"라는 구절을 풀밭에 서 있는 사람의 발목까지 발밑까지 눕는다는 식으로 해석을 했어요. 그걸 정과리씨가 또 그대로 받아들였고. 풀밭에 서 있는 시인 화자의 존재를 찾아낸 것이 탁견이라 보는 이들도 있는데, 나는 꼭 그런지 의문이에요. 풀밭에 사람이 있어서 꼭 그 사람의 발목까지 발밑까지 눕는다고 읽는 게 너무 축자적인 독법 같아요. 아무튼 이런 문제도 서로 활발하게 토론해볼 필요가 있어요.

염무웅　　저도 그 발제문을 읽었는데요, 한걸음씩 파고 들어가면서 조금씩 새로운 해석을 더해나가는 과정이 이론적 재미를 주기는 했지만, 소박한 독자들의 단순한 감상이 갖는 미덕에 비해 뭔가 과도하다는 느낌도 받았습니다. 그림을 볼 때도 전문가들은 그림 그리는 화가의 시선을 문제 삼기도 하고 그림의 배경이 되는 사회적 환경이나 역사적 사건이 그림 속에 어떻게 도입되어 있는지, 기타 수많은 요소들을 가지고 작품의 의미를 따지고 드는데, 물론 필요한 작업이지만, 그런 전문적 지식의 매개 없는 작품 자체와의 단순소통이 때로는 더 유익한 예술수용의 길이라고 봅니다.

백낙청　그러니까, 작중에 등장하지 않는 관찰자로서 시인은 당연히 있는 거죠. 김현의 주장은 작중의 현장에 사람이 서 있다는 것이고 그걸 탁월한 발견이라고 보는 이도 있다는 거죠. "발목까지/발밑까지"라는 게 사람의 발목이고 사람의 발밑이라는 건데, 그렇다면 마지막 행 "날이 흐리고 풀뿌리가 눕는다"는 어떻게 되는 겁니까. 풀뿌리가 어떻게 눕는지는 설령 풀밭에 누가 서 있더라도 안 보일 거 아니에요. 사람을 굳이 시에 등장시키는 게 올바른 해석인가 의문이 생겨요. 그런데 그건 틀렸고 내가 맞았다, 이렇게 고집할 건 아니지만 작품을 놓고서 서로 조곤조곤 얘기해볼 필요는 있다는 겁니다. 사람이 서 있고, 그런 광경이 벌어지는 걸 이 시가 그리고 있다고 보는 게 더 만족스러운 시적 효과를 주는가. 그렇다면 "풀뿌리가 눕는다"라는 구절은 어떻게 해석할 것인가. 이런 걸 갖고 서로 대화할 필요가 있다는 거죠. 김수영 시 한편 한편마다 그런 논란거리가 무척 많거든요. 그런데 지금은 각자 편의대로 자기 얘기만 던지고 넘어간단 말이에요. 내가 김수영 20주기 때 『사랑의 변주곡』(1988)이라는 선집을 엮어내지 않았습니까. 사실 말년의 김수영 선생하고의 인연을 생각하면 그의 문학 전집을 창비가 냈어야 마땅하고 적어도 그런 걸 주장할 수 있었을 텐데, 돌아가실 무렵에는 우리가 잡지만 있지 출판사가 없지 않았어요? 그러다 보니까 김수명(金洙鳴) 선생이 민음사하고 시선집과 산문선집을 냈는데 나는 어디서 나왔든 그 시절에 그런 책이 나왔다는 건 참 훌륭한 공헌이었다고 생각합니다. 20주기 때는 우리가 당시에 이미 전집을 내놓고 있던 민음사에 양해를 구하고서 선집을 만들었죠. 거기에 내가 발문을 쓰면서 이런 얘길 했어요. 좀 심한 얘긴지 모르지만, "실제로 그럴듯한 언사를 농함으로써 시 자체와의 만남을 회피하고 심지어 시를 죽이기까지 하는 작태는 오늘날 그 어느 때 못지않게 극성스럽다." 요즘 보면 이런 극성이 덜해진 것 같지가 않거든요. 물론 내가 요즘 나오는 김수영 연구나 평론을 다 따라 읽은 건 아니지만, 김수영으로 박사 했다는 사람도 내가 보기엔 엉뚱한 해석을 하곤 해요. 이제 그걸 점검하는 게 김수영 시를 제대로 대접하는 길일 것 같아요.

얼마 전에 이시영(李時英) 시인도 자신의 페이스북에 김수영에 관한 글을 올리면서 "우리가 과연 그의 시를 온전히 이해하고 있다 할 수 있을까?"라는 물음을 던졌더군요. 그러면서 「사랑의 변주곡」에 "복사씨와 살구씨가/한번은 이렇게/사랑에 미쳐 날뛸 날이 올 거다!"에서 '사랑에 미쳐 날뛸 날'에 대한 자신과 유종호(柳宗鎬) 교수의 상이한 해석을 예시했어요. 자신은 그것이 '사랑의 환희'라는 해석을 고수하지만, "그러나 복사씨와 살구씨가 미쳐 날뛸 때 그의 말대로 고독은 더러운 것이 되고 만다"는 유교수의 해석도 아주 배제하진 않으면서 "결론을 말하자면, 나는 이 애매성과 의미의 불명료성이 김수영 시의 매혹이라고 본다"고 했어요. 나는 이시영 시인이 김수영의 신화화에 대해 훌륭한 문제제기를 했고 그 대안으로 작품을 놓고 회화하는 좋은 예를 제시했지만 그의 너무 '원만한' 결론은 김수영답지 않다고 봐요. 「사랑의 변주곡」에서 "복사씨와 살구씨가 (…) 사랑에 미쳐 날뛸 날"은 "최근 우리들이 4·19에서 배운 기술"이라는 대목도 말해주듯이 '사랑의 환희'인 동시에 '혁명의 만개'를 암시합니다. "복사씨와 살구씨가 미쳐 날뛸 때 그의 말대로 고독은 더러운 것이 되고 만다"는 해석과는 양립하기 힘든 것이지요.

염무웅 유종호 교수의 글을 읽지 못해서 본격적으로 논평할 순 없지만 이시영 시인이 페이스북 게시글에 인용한 부분만 가지고 말한다면 저도 「사랑의 변주곡」에 대한 유교수의 해석에는 동조하기 어렵습니다. 이시영에 의하면 유교수는 이 시의 "난로 위에 끓어오르는 주전자의 물이 아슬/아슬하게 넘지 않은 것처럼 사랑의 절도는/열렬하다" 같은 구절에서의 '사랑의 절도'를 시의 핵심으로 보고 "복사씨와 살구씨가/한번은 이렇게/사랑에 미쳐 날뛸 날이 올 거다!"에서의 '사랑에 미쳐 날뛰는 것'을 절도(節度)의 훼손 내지 타락으로 설명했다고 하는데, 그것은 단도직입적으로 말해서 시인 김수영의 혁명성을 평론가 유종호의 보수주의로 치환한 설명이라고 생각합니다. '사랑에 미쳐 날뛸 날'이라는 표현 자체가 어찌 보면 자기모순적이에요. 하지만 그것이 '광신'으로 오해받는 것을 방지하기 위해 "아들아 너에게 광신을 가르치기 위한 것이 아니다"라고 전제를 단 것도 그렇지만, 복사씨와 살구씨의 단단함이 바로 사랑으로 만들어진 것이기 때문에 복사씨와 살구씨들에 내재된 가능성의 '한번은 이렇게' 일어날 폭발로서의 사랑은 아까 말씀하신 용어로 개화와 척사를 넘어선 개벽의 경지를 가리키고 있는 것으로 보입니다. 그리고 복사씨와 살구씨는 이유 없이 계속 날뛰는 게 아니라 프랑스혁명이나 4·19처럼 오랜 기다림 끝에 "한번은 이렇게/사랑에 미쳐 날뛸 날이 올 거다!"라는 거잖아요? 넘칠 듯 넘치지 않는 아슬아슬한 절도의 시간 뒤에 마침내 닥치는 사랑의 환희이자 혁명의 폭발인 거죠. "욕망이여 입을 열어라 그 속에서/사랑을 발견하겠다"는 첫 구절도 욕망과 사랑의 대립이 아니라 욕망의 승화, 욕망의 내적 전화(轉化)로서의 사랑을 말하는 것이고요. 물론 김수영의 시들이 대부분 그렇듯 「사랑의 변주곡」에도 명쾌한 해석을 거부하는 미묘한 표현들이 많지요. 저처럼 좀 고지식한 사람에 겐 김수영의 시가 언제나 난해의 측면이 있는데, 그래도 이 시는 소리 내어 낭송해보면 의미의 전달 이전에 강렬한 감성적 자극이 일어나는 게 느껴집니다.

딴 얘기지만, 김수영 관련 논문 이외에도 각 대학 국문학과에서는 엄청나게 많은 논문들이 쏟아져 나오고 있어요. 극히 일부밖에 읽지 못하고 말하는 것이 무책임하긴 하지만, 한마디로 옥석을 분간하기 어렵습니다. 학술적 체재만 갖추었을 뿐 에쎄이보다 내용이 빈약한 논문도 많고요. 김수영 선생의 경우, 특히 금년은 50주기여서 기념행사도 많고 각종 글들이 쏟아져 나오는데, 김수영 선생이 저세상에서 이걸 보면 뭐라고 하실까요? "고만해라, 고만해." 이러지 않으실까 모르겠어요.

김수영 문학의 계승, 그의 치열성을 본받는 것부터

백낙청　　물론 김수영 문학을 제대로 계승하기 위한 노력이나 역할을 충분히 했나 생각하면, 나도 그분으로부터 입은 은혜를 충분히 보은하지 못했다는 반성을 하고 있어요.

염무웅　저야말로 그렇습니다. 김수영 선생보다 30년 가까이나 더 살았는데도 제 마음속에는 그가 아직 넘지 못한 산 같은 느낌으로 남아 있어서 여전히 배울 게 많다고 생각돼요. 그의 글을 다시 읽고 그의 끊임없는 자기갱신의 생애를 돌아보면서 늦었지만 스스로 거듭나기를 기약하는 수밖에요.

백낙청　우리의 대담이 실리는 이 책이 그 신화화를 더 강화하는 결과가 되어서는 안되겠지요. 이번 책은 김수영론이 아닌 회고담 위주니 크게 걱정할 필요는 없겠지만요. 나는 김수영의 신화화라는 게 흔히 '부익부 빈익빈' 하듯이 한쪽에 쏠리기 시작하면 거기에 와르르 몰리는 그런 현상인 것 같아요. 김수영은 그렇게 몰려가기에 안전한, 아주 안전한 대상이 되어버렸어요. 누구나 이미 연구하고 있고 그러면서도 실제로 연구가치가 충분한 시인이니까. 게다가 그를 연구하면 소위 민중문학이나 참여문학에 치우쳤다는 소리도 안 듣고, 그렇다고 해서 아예 현실과 무관하지도 않을 아주 좋은 소재예요. 그런 소재의 매력이나 이점에 끌려서 우르르 사람이 몰리는 게 우리 세태의 한 일부인 면도 있거든요. 또 하나는 지금 한국의 국문학 연구라는 게 문학 자체를 제대로 읽고, 비평하고, 그걸 가지고 대중과 소통하는 그런 연구라기보다는 문학하고 약간 거리가 있는 담론을 막 펼쳐가지고, 나쁘게 말하면 문학을 죽이기도 하고, 적어도 그걸 덮어버리는 현상도 보이는 것 같거든요. 이것을 우리가 얼마나 깰 수 있을지 모르겠지만, 가령 『창비』 같은 잡지가 지금이라도 김수영 문학을 제대로 아는 데 이바지하려면 활발한 토론을 해야 되지 않나. 시에 대한 정당한 평가, 다른 평자들과의 진솔한 대화. 이게 중요할 것 같다는 생각이 들어요.

염무웅　　문학연구만 그런 건 아니지만 오늘날 대학사회에서 논문을 쓴다는 게 승진, 취직, 연구비, 이런 것들하고 주로 연관되어 있어요. 그런 용도에 쓰이고 난 논문들 다수는 휴지통으로 들어가는 게 보통이고요. 그런데도 논문에 목을 매고 있는 요즘 교수들 보면 참 불쌍하기도 합니다. 그러다 보니 제대로 된 연구와 논문은 대학 바깥에서, 소위 재야학계에서 이루어지는 경향도 있는 것 같습니다. 김수영에 대한 공부를 포함해서 모든 공부가 그저 생활상 필요에 따라 논문 한편 쓰듯 하는 행위가 아니라 더 나은 세상이 어떤 세상인지를 탐구하고 그것을 이루기 위해 각자의 최선을 다하는 일이 되어야 할 텐데요. 하지만 솔직히 말해 백선생님이나 저는 이제 문학현장에서 물러날 때가 다가오는데, 역할이 끝나는 순간까지 허튼소리 안하고 휘청거리는 모습 보이지 말았으면 하는 게 소망입니다.

백낙청　　대담을 마치면서 김수영을 새로 더 읽어야겠다는, 대담

전에 했어야 할 작업이 새삼스레 다가오는군요. 선생이 더 그리워지기도 하고요. 염선생과 더불어 김수영 선생 이야기를 나눌 수 있어서 행복했습니다. (2018.10.22, 창비서교빌딩)

'맨발의 시학' 그리고 '짝짝이 신'의
사소한 은유들

김수영 50주기에 보내는 15개의 메모

이어령

1

가끔 신발을 잃어버린 꿈을 꾼다. 또 짝짝이 신을 신고 꼼짝도 못하는 꿈을 꾸기도 한다. 남들도 그런 꿈을 꾸는가 궁금하다. 초등학교 시절 아이들에게 뒤처져 혼자 하교할 때의 일이다. 내 신발이 없다. 텅 빈 신발장에 남아 있는 것은 짝이 다른 버려진 신발뿐이다. 어떻게 하나 해답이 없다. 신발이 없으면 맨발로 걸어가야 하는데 그럴 용기가 없다. 짝짝이 신발을 신으면 남들이 비웃을 텐데 당당할 수 없다. 그런 용기, 그런 당당함을 공유하기 위해 누구보다도 시인들의 꿈이 필요하다는 생각이 든다. 가끔 시인들은 동상이몽(同床異夢)을 거꾸로 읽기도 하니까. 그래서 서로 다른 자리에서 자고 있는 줄 알았는데도 의외로 같은 꿈을 꾸는 경우가 많은 거다. 이상동몽(異床同夢)의 꿈 말이다. 김수영 시인은 무슨 꿈을 꿀까. 혹시 매일 밤, 가위눌림 속에서 나와 같은 맨발의 꿈을 꾸지는 않았을까. 멋대로 혼자 생각해본다.

2

박목월(朴木月) 시인은 문수(文數)가 다른 아홉켤레의 신발로 애틋한 식구들 이야기를 한다. 그리고 서정주(徐廷柱) 시인은 고무신을 가지고 놀다가 냇물에 떠내려 보낸 어린 시절의 신발 잃은 이야기를 한다. 모두가 자기동일성을 신발에서 구하고 있다는 증거다. 멀리 올라가면 『삼국유사』의 '세오녀' '연오랑'과 민화(民話)의 '콩쥐'도 있다. 그들이 마지막에 남겨두고 간 것은 신고 다니던 자기 신발이었다.

집 안에 들어와서도 완강하게 신발을 벗으려 하지 않는 유럽 사람들의 경우는 어떤가. 더 긴말할 것 없다. 불이 무엇인지 그 근원을 알려고 에트나 화산 분화구로 몸을 던졌다는 엠페도클레스(Empedocles)의 한쪽 샌들(투신하면 시는 저절로 쓰여진다는 김수영 시인의 말이 생각난다. 그리고 '시인들에게 자결할 권리를 허하라' sit jus liceatque perire poëtis한 호라티우스F. Horatius의 말이 생각난다) 그리고 또 남들이 다 부러워하는 신데렐라의 외짝 유리구두도. 이런 신발들은 서구문학의 이야기 줄을 풀어내는 실타래가 아니겠는가.

3

김수영 시인이 다른 시인들과 차이가 있다면 신발로 자신의 정체성을 나타내려고 하지 않을 것이라는 점이다. 시를 쓴다는 것은 자기 발에 맞지 않는 거북한 신, 답답한 신발을 벗어던지는 행위라고 할 것이다. 남이 신다가 대물림하는 신발을 거부하는 양식이라고 할 것이다. 남들이 비웃더라도 차라리 맨발로 백주의 거리를 횡단하라고 외칠 것이다.

말이나 개, 고양이에게까지 신발을 신기는 오늘날 세상 풍습에서는 그게 설령 오기요 할리우드액션이라고 해도 괜찮다. 온몸의 시학, 맨발의 시학은 그렇게 해서 시작되는 법이니까. 그것이 어쩌면 사람들이 김수영 시를 좋아하는 이유요, 따르는 매력이요, 존경하는 믿음일지 모른다. 그리고 많은 평론가들이 그를 다른 시인들로부터 떼어내어 한국시의 역사에 굵은 줄 하나를 긋게 하려는 이유일 수도 있다.

4

'신발 신고 발바닥 긁는다' 혹은 '구두 신고 발등 긁는다'라는 우리나라의 걸쭉한 속담이 있다. 중국에도 격화소양(隔靴搔瀁)이란 사자숙어가 있으니 한자문화권에서는 누구에게나 통하는 말이다. 지금까지의 한국시가 신발 신고 발바닥 긁는 시늉을 한 것이었다면 혹은 구두 위로 발등을 긁어대는 소리였다면 이제 누군가 신발을 벗고 맨발을 긁어줄 시인을 생각하게 될 것이다. 그리고 그 맨살을 긁어주는 시인 그 시원함을 주는 게 바로 김수영 시인이라고 말할 것이다.

사실이 그렇다. 그냥 함부로 내뱉는 막말, 허튼소리 같은데 김수영 시 속에는 언제나 뜨겁고 날카로운 손톱이 숨어 있다. 그것으로 아무도 몰랐던 가려운 곳을 긁는다. 그래서 그의 시는 언제나 경쾌하고 상쾌하고 통쾌하다. 그 온갖 '쾌'자를 젊은이들은 'ㅎㅎㅎ' 혹은 'ㅋㅋㅋ'의 소리 없는 웃음 문자로 표시한다. 하지만 그 시원함은 술 먹고 해장으로 마시는 콩나물국과는 본질이 다르다.

5

'밑씻개'란 비속어를 처음 시 속으로 끌어들인 것은 김수영 시인이다. 「달나라의 장난」을 쓰던 시인이 4·19의 혁명이 일어난 후 맨발 벗고 거리로 튀어나온 게다. "우선 그놈의 사진을 떼어서 밑씻개로 하자"(「우선 그놈의 사진을 떼어서 밑씻개로 하자」)라고 외쳐 사람들을 놀라게 한다. 빈대 물린 자국처럼 가려운 곳을 긁어주는 언어들의 시작이다. "영숙아 기환아 천석아 준이야 만용아/프레지던트 김미스 리/정순이 박군 정식이"(같은 시) ── 윤동주(尹東柱) 시인이 별을 헤면서 불렀던 이름들과 사뭇 다른 사람들의 그 맨발, 발바닥과 발등을 긁어준 거다.

'비로드 모자를 벗어 밑씻개'를 하는 라블레(F. Rabelais)의 홍소(哄笑), 왕이 거지가 되고 거지가 왕이 되는 바흐찐(M. M. Bakhtin)의 카니발 패러독스를 알고 있는 사람들은 김수영의 밑씻개 위에서 '제 힘으로 돌아가는 팽이'를 본다. "강한 것보다는 약한 것이 더 많은 나의 착한 마음이기에/팽이는 지금 수천 년 전의 성인과 같이/내 앞에서 돈다"(「달나라의 장난」). 달나라 장난의 초현실적 언어들이 어디엔가 숨어 있었기에 상말을 해도 그 시원함이 더욱 격렬하게 느껴졌을 일이다.

6

"빈대에게 물려서 가려운 자리를 피가 나도록 긁었다. 쓰라리다. 그것은 그윽한 쾌감에 틀림없었다." 이상(李箱)은 그의 소설 「날개」

에서 그렇게 긁기의 생리를 실감 있게 묘사한다. 문제는 긁고 난 다음의 뒷감당이다. 이상은 "혼곤히 잠이 든다"라고 했지만 그 혼곤한 잠에서 깨어난 뒤 무엇을 보았을까. 더이상 가렵지도 않은 곳에 혈흔이 굳어 딱지가 앉은 손톱자국뿐일 거다. 가려운 것은 그때뿐이다. 시간이 지나면 잊혀지고 매번 그 자리도 달라진다. 이불 속에서 긁는 것의 무의미를 안 박제된 천재는 다시 날기 위해서 외출을 한다. 번번이 실패해도 밤마다 빈대 물린 자국을 긁던 손톱을 세우고 밤늦게까지 거리의 어둠을 할퀸다. 긁기의 시학을 이상에서 김수영의 시로 옮기면 어떤 날갯죽지가 보일까. 김수영의 '온몸의 시학' 침을 뱉는 소리, 가래침을 뱉는 소리일 거다.

맨발을 긁던 시원함은 가래침을 뱉는 시원함으로 이동한다. 가래는 피부의 거죽이 아니라 내부의 기관지 안에서, 폐부의 아주 깊은 곳에서 끓던 것이다. 그것을 밖으로 내뱉는 것은 안방에서 맨발 벗고 뛰어나가는 그 외출과 아니 가출과 비슷하다. 맨발이란 게 단순히 맨살을 의미하는 것이 아니라는 것을 안다. 맨발로 감촉할 수 있는 것. 온몸으로 인식하고 온몸을 던지고 온몸으로 밀고 나가는 것. 신발을 벗은 채 맨발로 중인환시(衆人環視) 공중의 거리와 장소를 건너가는 맨발 효과인 거다. 맨발은 맨손과는 아주 다르다.

그 효과는 맨발바닥이 거리의 땅바닥과 맞닿아 있기 때문이다.

신발은 발바닥과 땅바닥을 접하도록 하면서 동시에 분리하는 파르마콘(Pharmakon)이다. 독도 되고 약도 되는 양의성에서 풀려나면 시인은 땅바닥의 온기와 감촉을 직접 자유롭게 느낄 줄 안다. 그건 가려움이 아니라 간지러움인 게다. 아이들의 잇몸에서 생니가 돋는 그런 근지러움인 게다. '저절로 굴러가는 바퀴'라고 불렸던 니체(F. Nietzsche)의 아이 혹은 종일 울어도 목이 쉬지 않는 노자의 아이의 힘과 통할 것이다. 인간이라 해도 태내의 아이에게는 신발을 신길 수 없다. 맨발로 태어난 아이의 맨발의 시학이 태동하는 순간이다. 김수영의 옛날 '제힘으로 돌아가는 팽이'가 시의 새로움으로 거듭난다. 그건 분명 어머니의 대지와 맞닿을 때 비로소 생기는 생명력일 것이다. 시의 힘일 것이다. 풀잎을 눕히는 바람의 힘보다 강한 힘일 것이다. 국민시처럼 된 김수영의 '풀'이 누워도 풀뿌리가 뽑혀도 걱정할 일 없다. "바람 불어 풀이 누우니 소떼, 양떼 보이는구나(風吹草低見牛羊)."(작자 미상,「칙륵가(勅勒歌)」) 오래된 한시의 한구절처럼 여태까지 보이지 않던 새로운 생명체들이 보이는 까닭이다. 미운 풀이 죽으면 고운 풀도 죽는다는 한국의 속담이 김수영의 풀잎에 빛을 더할지도 모른다. 한국인의 오랜 발상. 독립도 의존도 아닌 '상호의존관계'(interdependence)의 힘 말이다.

7

'맨발의 시학'은 한때 신 경제로 세상을 떠들썩하게 했던 맨프레드 맥스니프(Manfred A. Max-Neef)에게서 빌려온 말이다. 김수영 시인이 살아 계셨다면 아마도 그의 책『아웃사이더가 본 맨발의 경제체험』(*Outside Looking Experiences in Barefoot Economics*, 1992)을 들고 맨 처음 달려갔을지 모른다. 중요한 번역거리가 있으면 늘 그렇게 했던 것처럼.

한 인터뷰에서 맥스니프는 '맨발이란 말은 은유다'라고 밝힌다. 그러면서도 그게 실제의 맨발일 수도 있다는 것을 강조한다. 은유이면서 실제인 것. 이것이 '맨발'이라는 말이 함유하고 있는 기막힌 개념인 게다. 그는 정말로 중남미 일대의 산악지대, 정글 그리고 도시의 극빈 지역을 돌아다니다가 실제 진흙바닥을 맨발로 디딘다. 그 맨발바닥에서 한 경제학자가 시인이 되어 새로운 은유를 창조한 거다.

온종일 비가 내리던 시에라의 선주민 마을이라고 했다. 그는 진흙바닥에서 흙투성이가 되어 멍하니 비를 맞고 서 있는 한 남자의 눈과 마주친다. 절망의 바닥에서 무엇인가를 호소하고 있는 그 남자 앞에서 지금까지의 경제학 지식으로는 아무리 찾아봐도 응답할 말이 없다. "기뻐하시오. 이렇게 하면 당신네 나라의 GDP가 5% 상승하게 될 테니." 대체 이런 말이 무슨 소용이 있단 말인가. 그 결과로 '맨발의 경제학'이 태어난 거다.

8

"여편네와 아들놈을 데리고/낙오자처럼 걸어가면서/나는 자꾸 허허…… 웃는다//무위와 생활의 극점을 돌아서/나는 또 하나의 생활의 좁은 골목 속으로/들어서면서/이 골목이라고 생각하고 무릎을 친다//생활은 고절(孤絶)이며/비애였다/그처럼 나는 조용히 미쳐 간다/조용히 조용히……"(「생활」)

여편네 아들놈 데리고 조용히 조용히 미쳐가는 사람 붙잡고 무슨 말을 하겠는가. 지금까지 배운 시학으로는 입을 열 말이 없을 때 비로소 은유이며 실제인 '맨발'이란 말이 태어나는 거다. 머리도 심장도 아닌 '온몸'이 맨발로 내려가 진흙을 밟는다. 그래서 은유였던 몸은 실제의 몸으로 중력을 받는다.

"무엇이 달라져야 할 것인가? 언론자유다. 첫째도 언론자유요, 둘째도 언론자유요, 셋째도 언론자유다. 창작의 자유는 백퍼센트의 언론자유 없이는 도저히 되지 않는다."(산문 「창작 자유의 조건」) "자유가 없는 곳에 무슨 시가 있는가."(산문 「자유의 회복」) 절망의 소리로 외치는 신인을 붙잡고 무슨 말을 하겠는가. 지금까지 배운 시학으로는 입을 열 말이 없을 때 은유이며 실제인 '맨발'이 태어난다. 이 세상 어느 곳에도 백 퍼센트 보장된 언론자유가 존재해본 적이 없었기에 아테네 거리를 소크라테스가 맨발로 뛰어다니다 독살을 당한 게다. 언론자유의 이상향으로 여긴 그리스가 아테네가 헴록 (hemlock, 독미나리) 독배로 새로운 시와 철학을 낳게 된 패러독스를 알게 된 거다. 남이 검열을 하지 않아도 자신이 신고 있는 신발이 나를 가두고 굳은살을 박이게 한다. 이럴 때 은유이며 실제인 '맨발'이 태어난다. 자유는 선물이 아니라 맨발로 뛰고 싸운 만큼 얻어진다.

9

하지만 우리는 맨발이라는 말 자체를 모른다. 너도 나도 신과 신발의 차이, 신발과 맨발의 차이에 대해 아무것도 모른다.

"발이 있어야/말은 말발이 서고/글도 힘센 글발이 되고/현이 없는 기타소리라도 발만 달아주면/소릿발이 되어 빗발을 불러오고/빗발은 서릿발로 다시 눈발로 몸을 바꾸고/눈에는 핏발이 서야만/시선도 눈길로 열려서 발길을 재촉해/발만 달아주면 마당도 마당발이 되어/끗발 날릴 수 있다니까.//신을/왜 신발이라고 하는지 이제 알겠네."

유안진 시인의 「신이 신발인 까닭」을 인용하면서 이 시를 읽고 비로소 신이 신발인 까닭을 알게 되었다고 감탄한 글이 인터넷 블로그에 올라와 있다. "분명 '말, 글, 소리, 비, 서리, 피, 마당, 끗'이 '신발'의 '발'에 해당되는 것임을 통찰하고 계시지요?!"라고 주석까지 달았다. 그런데 그게 "분명" 그렇지 않으니 큰일인 거다. 그 발은 손발 할 때의 그 발이 아니라 일부 명사 끝에 붙어 기세나 힘 그리고 효과를 더하여 명사를 만드는 말이라고 사전에도 그렇게 씌어 있다. 나도 그런 줄 알았다. 무척 혼란스러워 고민하다 신발을 잃었던 경험과 얽혀 꿈에까지 나타나는 트라우마가 된 거다.

신은 무엇이고 신발은 무엇인가. 만약 신을 신었다 하여 "신발"이라고 한다면 신과 신발이 분리되지 않는다. 그렇다면 맨발은 신발의 반대말이 되는 건가. 그게 사실이라면 엄청난 혼란이 일어난다. '신발 신는다'는 말처럼 어처구니없는 말은 없을 거다. 신과 발이 분리되지 않기 때문이다. 신발 가져오라고 하면 발까지 대령해야 하고 신발 벗고 들어오라고 하면 발을 두고 들어와야 하는 해괴한 말이 된다. 하지만 '신발'의 '발'은 '손발'이라고 할 때의 '발'이 아니라 옷을 헤아릴 때의 '한벌, 두벌' 하는 그 '벌'에서 온 말이다. 지금 같으면 '켤레'에 해당한다. '신발'은 '신켤레'와 같은 것으로 '신는 물건'이라는 뜻인 게다. 그리고 맨발은 또 뭐냐. 맨발은 이미 신발을 벗은 발인데 또 무엇을 벗을 게 있어서 '맨발 벗고'라고 하는 거냐. 맨발의 시학은 맨발의 언어학, 맨발의 문화학으로 나가게 되고 거기에서 맨발과 짝짝이 신발의 패러독스가 생겨난다. 서양의 카니발 패러독스로는 풀리지 않던 우리 문제들, 지금껏 묻혀 있던 동양 특유의 논리와 미학과 시학이 드러난다. 겸재(謙齋)가 금강산 일만 이천봉을 몽땅 한눈으로 그릴 수 있었던 것처럼 김수영 시의 다기봉(多奇峰)을 찍을 수 있는 두상삼척(頭上三尺), 드론의 눈이 생기는 거다.

10

'동곽리(東郭履)'는 동곽 선생의 신발이라는 뜻으로 『사기(史記)』의 골계열전(滑稽列傳)에 나오는 이야기다. 동곽 선생이 신발을 신고 눈 속을 가면 신이 위는 있어도 밑이 닳아 없어서 맨발바닥이 그대로 땅에 닿았다. 길을 걷던 사람들은 동곽 선생의 이런 모습을 보고 배를 쥐고 웃었다. 이에 동곽 선생은 말했다. "누가 신을 신고 눈 속을 가면서 위는 신이고 아래는 사람의 발임을 알 수 있게 하겠는가?"(誰能履行雪中, 令人視之, 其上履也, 其履下處乃似人足者乎)

지금까지 '동곽리'라 하면 가난한 선비의 처지를 가리키는 기호로 혹은 남을 웃기는 말과 행동의 우스개 이야기로 전해져왔다. 그

러나 그 웃음과 엉뚱함을 한발만 더 깊이 들어가보라. 우리의 고정
관념과 편견 그리고 일상의 사고체계를 해체시키는 기막힌 패러독
스와 만나게 된다. 동곽 선생은 신을 신은 것도 아니요 벗은 것도
아니다. 신발과 맨발이 서럽게 공존한다. 가난하게 결합해 있다. 위
를 덮고 있는 것은 신이고 아래의 신은 닳아 맨발이라 맨땅에 닿아
있다. 신발을 신었으니 눈 위에 신발 자국이 나야 하는데 맨발의 다
섯 언 발가락 자국이 나 있다. 누가 그런 요술을 부리겠는가.

　가난한 시인들은 눈 덮인 길을 동곽 선생의 신을 신고 걸어온 게
다. 신발을 신어도 맨발과 다를 것이 없는 시인의 신. 발이 가려운
것이 아니다. 발이 간지러운 것이 아니다. 그래 시인들의 발은 근본
적으로 시린 게다. 눈길에 노출된 발가락이었던 게다. 김수영의 시
를 푸는 것이 맨발의 시학이라고 했던 것을 이제야 믿겠는가.

11

　맨발의 시학은 짝짝이 신발의 우스개 이야기로 이어진다. 신발의
그 기막힌 패러독스는 『동국여지승람(東國輿地勝覽)』으로 익히 알려
진 서거정(徐居正) 선생의 문집 『필원잡기(筆苑雜記)』에서 찾아볼 수
있다.

　"삼봉(三峯) 정도전(鄭道傳)이 일찍이 등청하는데, 신은 신이 한짝

은 희고 한짝은 검은 것이었다. 공좌(公座)에서 서리(胥吏)가 고하니, 공이 내려다보며 한번 웃고는 끝내 바꾸어 신지 않았다. 일을 마치고 말을 타고 갈 적에 웃으며 하인에게 말하기를, 너는 내 신이 한짝은 검고 한짝은 흰 것을 괴상하게 여기지 말아라. 왼쪽에서는 흰 것만 볼 것이요, 검은 것은 보지 못할 것이며, 오른쪽은 검은 깃만 볼 것이고 흰 것은 보지 못할 것이니, 무슨 걱정이 있겠느냐."

그와 똑같은 이야기가 백오십년 뒤에 간행된『사재척언(思齋撫言)』에도 등장한다. "채소권(蔡紹權)이 아문(衙門)에 출사하면서 한쪽 발에는 흰 가죽신을 신고 한쪽 발에는 검은 가죽신을 신고 가니 아전들이 입을 가리며 서로 웃었다"는 이야기다. 그런데 채소권은 아무렇지 않게 끝까지 신발을 그대로 신은 채 당당히 간 거다. 아득히 먼 고려 말 정도전의 짝짝이 신발의 이야기가 오늘 우리의 이야기처럼 들리는 까닭은 무엇인가. 충격적이면서도 슬프면서도 한편으로는 무지 반갑다. 그러면 그렇지. 실수든 고의든 짝짝이 신발을 신고 태연하게 선비들 사이를 누비고 다닌 삼봉 정도전 그리고 채소권. 건듯하면 흑백 패를 갈라 싸우다 사화로 하루아침에 수백, 수천이 사라지던 시절에 짝짝이 신발을 신고 당당하게 걸어간 선비들이 있었던 게다. 입을 가로막고 웃는 서리, 아전들 앞에서 (내가 아주 싫어하는 말이지만) 쪽팔리지 않았던 사람들.

정도전 선생의 흑백, 좌우가 다른 짝짝이 신발은 우리에게 어떤 것을 가르쳐주는가. 보수/진보, 순수/참여. 고질적인 흑백논리의 탈구축일 게다. 파벌과 싸움의 진영을 만들어 시를 재단하는 편견과 고정관념 그리고 필화 사건까지 한국의 지식인 사회에는 그 신발의 트라우마가 지배하고 있지 않은가. 정도전과 채소권의 짝짝이 신발의 패러독스가 아쉽지 않은가. 그게 가죽신이나 목화이기에 그렇지 애당초 한국의 짚신 미투리에는 흑백이 어디 있고 무슨 좌우가 있었겠는가.

12

사람들은 시인이 짝짝이 신을 신은 것조차도 몰라본다. 그런 면에서라면 손으로 입을 가리고 웃었던 아전, 서리가 우리보다 한수 위다. 오른편에 있는 사람은 오른쪽 검은 신발만 볼 것이기에, 왼편에 있는 사람들은 왼쪽 흰 신발만 볼 것이기에, 짝짝이 신을 신은 것을 알지 못한다. 김수영 시인의 시세계를 정도전 같은 짝짝이 신발의 패러독스로 해독하려고 하는 이유는 그 시인이 거제도 포로수용소의 극한지대에서 죽다 살아나온 이력 때문만은 아니다. 오히려 그런 상황과 경험이라면 이미 장용학(張龍鶴)의 『요한시집』, 최인훈(崔仁勳)의 『광장』에서 싫도록 보아왔다. 아무리 치열하지만 수용소 철조망에서 일어나는 흑백 좌우는 단순한 것이다. 하지만 김수영의 짝짝이 신발 구조를 탈구축하려면 그런 정치적 이념만으로는 가릴 수 없는 복잡계 구조가 필요하다.

지금까지 김수영 시를 읽고 칭송하는 사람이나 폄하하는 사람이나 혹 아니면 백이라는 편견(정도전의 짝짝이 신발론을 상기하면 정말 편견이 무언지 실감이 난다)의 산물일 경우가 많다. 보수/진보, 참여/순수 어느 한쪽의 흑백 하나로만 보면 어떤 시인도 도그마의 희생양이 된다. 그래서 'ㄴ'자 받침 하나 달면 시학(詩學)이 곧바로 신학(神學)이 되고 말 것이다. 어떤 경로로도 시가 종교가 되어서는 안 된다는 것은 이미 김수영 시인이 늘 경고해온 말이다. "종교적이거나 사상적인 도그마를 시 속에 직수입하고 싶은 충동을 느껴 본 일은 없다"(산문 「시작 노트2」)고 진술하고 있다. 그에게 있어서 시는 자유요 그 자체였다.

"시인은 영웅이 아니다. 우리는 영웅이 없어서 불행한 것이 아니라 영웅을 필요로 하는 사회에서 살고 있기 때문에 불행한 것이다." 브레히트(B. Brecht)의 희곡 「갈릴레오 갈릴레이」에 나오는 대사 중의 하나다.

13

걱정할 것 없다. 독이 든 청매도 때가 되면 약이 되는 매실이 된다. 그가 맨발로 눈길로 걸어간 신발 자국의 매실은 매화 꽃잎처럼 언 발바닥 다섯 발가락의 자국이었음을 이제 사람들은 볼 줄 안다. 그가 신고 다닌 신발이 정도전이 신었던 짝짝이 신발이었음을 아는 사람들이 불어난다. 학계 평단만이 아니다. 그 시의 다양성과 융합성에 놀라움과 감동을 표시한 독자의 글들도 인터넷 블로그에 심심찮게 늘고 있다. 김수영 시인이 세상을 떠난 지 50년이 지났지만 '온몸의 시학'은 '맨발의 시학'과 동행하면서 계속 증식하고 자라고 익어가고 있었던 게다. 인터넷에서 얻은 글들을 몇개만 뽑아 옮겨본다.

＊김수영 문학은 우리 문학이 구축해왔던 담론적 대립쌍들 참여/순수, 리얼리즘/모더니즘, 근대/탈근대, 소시민/민중 등의 구도에 대한 근본적인 재해석 코드를 끊임없이 제공해주는 원천이다.

＊김수영의 시는 '의미와 무의미' '삶과 죽음' '드러냄과 숨김' 사이에서 부단하게 움직이면서 다른 무엇에로 이동 중에 있다. '움직임, 이행의 시학'은 끊임없는 자기반성과 자기발전이 어떻게 시화될 수 있는가에 대한 고투의 흔적이다.

＊김수영 문학은 '시의 사회학'과 '시의 미학'이 일치하는 한국

의 정신사에 새로운 몸을 만들어놓았다.

＊김수영에서 비로소 시와 산문의 두 맥이 하나로 결합되었다.

14

"황제(黃帝)의 신하 어칙(於則)이 짚신, 가죽신을 처음 만들어 신었다고 한다." 조선조 북학파 이규경(李圭景)의 『오주연문장전산고(五洲衍文長箋散稿)』에 나오는 글이다. 신화시대 이야기라 트집 잡을 이유가 없다. 그래도 그렇지 이상하지 않은가. 가죽신과 짚신은 소재는 물론 지역적으로도 문화적으로도 분명한 대립적 관계에 있다. 어찌 한 사람이 근본이 다른 두 신발을 만들어낼 수 있다는 말인가.

최남선(崔南善)의 『조선상식문답(朝鮮常識問答)』을 보면 더욱 그런 의문이 든다. 1천 6,7백년 전 기록을 보면 조선의 북방에서는 가죽신을 남방에서는 짚신을 신었다. 고구려, 고려, 백제, 신라 시절로 내려오면서 차차 가죽신이 남방으로 퍼지고 특별한 경우에는 놋갖신도 신었다. 그러나 일반 백성들은 여전히 짚신을 많이 신었으며 부들과 왕골을 재료로 하여 거의 세계에 짝을 보기 어려울 정도로 정밀한 신발을 만들어냈다.

가죽신과 짚신은 유목민 대 농경민 그리고 북방 대 남방의 서로 다른 양극화한 삶의 양식을 나타낸다. 한국인은 희한하게도 이 두

이질적 문화를 양다리로 어우르면서 세계에 유례가 없는 푸새(草-식물)신 계통의 짚신과 개화 갓(皮-가죽)신 계통의 가죽신을 함께 발전시켜왔다. 개화기에는 신소재를 이용한 고무신까지 만들어 독창적인 '고무신짝 문화'를 만들어낸 민족이다. 신발의 패러독스는 시학만이 아니라 사회, 문화, 경제 그리고 정치까지 더욱 복잡한 변화를 일으킨다. 그래서 묻는다. 김수영 시인이 신었던 신발(시)은 가죽신인가 짚신인가. 광활한 초원을 달리는 유목적인 언어인가. 아니면 골짝에서 정주하면서 계절의 변화를 기다리는 농경적인 언어인가. 어느 한쪽이 아니라면 가죽신과 짚신의 짝짝이 신발인가. 모든 신 다 벗어던진 맨발인가. 앞으로도 이런 물음은 계속될 것이다.

김수영 선생이 가신 지 50년. 선생이 남긴 '온몸의 시학'을 '맨발'의 은유와 실제로 확장하면 그리고 정도전 때부터 내려온 짝짝이 신발의 패러독스로 입체화하면 그 신의 언어는 더욱 풍요롭고 다양해질 것이 분명하다. 시는 거기 기둥처럼 서 있어도 산 나무처럼 끝없이 변화와 증식을 되풀이한다.

15

김수영 50주기를 맞아 원고 청탁을 받고 기뻤다. 그래서 오랜만에 향을 피우는 마음으로 컴퓨터 앞에 앉아 키보드를 두드린다. 무리다. 나이와 병 이기는 장사 없다. 하는 수 없이 언젠가는 써야지, 써야지 하고 벼르던 그야말로 서랍 속에 든 미완의 노트를 끄집어낸다. 그렇다. 타이밍이 중요하다. 만약 그것을 50년 전에만 꺼내 글을 썼더라면 여름의 화로, 겨울의 부채가 되지 않았을 텐데 말이다. 그 묵은 재료들을 조금씩 털고 씻어내 조각보처럼 이어 글 한편을 겨우 만들었다. 지킬 수 없는 약속이 될지 모르지만 많이 손상되고 왜곡되어 오해의 켜가 쌓인 선생과의 논쟁을 정리하기 위해서도 본격적인 김수영론을 완성할 것을 다짐하면서 이 미완의 글을 선생께 바친다. 그리고 꼭 들려드리고 싶다. 서로 누운 자리는 달랐어도 우리는 같은 꿈을 꾸고 있었을 것이라고.

김 수 영 기 사 에 대 한 후 기

김병익

　김수영은 너무 일찍 물러나갔고 나는 좀 늦게 들어섰다. 그래서
그가 중견의 시인으로 문단의 중심에서 열정적으로 활동할 때 나
는 그 주변에서 기웃거리기 시작한 지 겨우 2년 남짓한 문화부의
신참 기자였다. 그는 식민지 교육 속에서 2차 세계대전을 겪고 한
국전쟁의 와중을 헤맨 40대 후반이었고 나도 역시 2차 세계대전
을 거쳤지만 유아기였고 첫 한글세대였으며 6·25를 당할 때는 초·
중등생의 어린 소년기였다. 게다가 나는 술을 마시지 못했기에 시
인 황동규(黃東奎)를 따라 명동의 은성에 가서 가령 이봉구(李鳳九)

같은 문인들이 술 마시는 모습을 엿보긴 했지만 그들과 어울릴 계제는 물론 언감생심이었다. 그렇게 김수영과 나는 문단을 겹쳐 지날 일이 적고 짧았다. 그리고 그에 관해 쓴 글은 모두 세편이었다. 그 글들을 쓴 시기도 많이 떨어져 있고 따라서 그 글들의 성격도 달랐다. 처음은 그와 인터뷰를 하고 쓴 신문기사, 두번째는 그의 사후 15년 후에 편찬된 추모문집에 대한 서평, 그리고 나머지가 그의 40주기에 읽은 추모사였다. 그렇기에 그의 시에 대한 직접적인 비평작업도 없고 그와의 인간적인 사귐에서 얻을 수 있을 에피소드도 가진 것이 별로 없다. 그의 서거 50주기를 맞아 준비되는 문집 편집자로부터 받은 정중한 청탁을 영예롭게 생각했음에도 내가 쓰게 될 글은 살아 있는 회상은 별로 없이 그에 관해 쓴 내 변두리글 세편에 대한 회고로 모이지 않을 수 없겠다 싶었던 것은 그래서였다. 그것이 오래전에 쓴 글이기에 김수영에 대한 내 회상은 김수영 관련 글에 대한 나의 기사 혹은 주석에 불과할 수밖에 없으리라. 자기인용을 넘어 '자기발췌'하며 그 글들의 주변을 기억해내려고 애쓰는 지금의 나와 생전의 그의 열기에 젖은 목소리를 회상하는 세월의 거리는 반세기를 넘은 것이고 그 시간은 그의 48년 생애보다 먼 것이었다. 그래서 이 글은 다소 생소한 형태를 취할 수밖에 없었다. 그에 관한 내 오래전의 글들에서 발췌하고 김수영에 대한 그 무

렵의 내 생각과 이해를 돌이켜본 것에 지나지 않는다. 그러니까 김
수영에 대한 회상이 아니라 그를 보는 나 자신의 회상이 될 것이다.
이 게으르고 덧없는 회고에 대해, 50주기 추모문집 편찬자에 앞서
김수영 선생님께 먼저 사과를 드린다.

김수영씨의 '번역에 대한 분방한 야심'

시작(詩作) 생활 20년에 "아직 내 시집은 없다"고 말하는 김수영씨
는 한술 더 떠 "시집을 낼 필요가 있을까"고 반문한다. 『새로운 도시
와 시민들의 합창』이나 『평화의 증언』 등 기왕의 시집은 사화집(詞華
集)이지 시집이 아니란다.

"모든 것을 제압하는 생활 속의/애정처럼/솟아오른 놈 무위와 생
활의 극점을 돌아서/나는 또 하나의 생활의 좁은 골목 속으로/들어서
면서/이 골목이라고 생각하면서 무릎을 친다."(「생활」)의 승화를 찾는
이 시인의 실생활에서는 오히려 "여기!"라고 무릎 칠 일이 불혹의 나
이에야 잡혀가는 것 같다.

연전(延專)을 졸업하면서 연극운동에 뛰어다니다가 해방 후 모더니
스트들과 시업(詩業)을 시작한 그는 교사로, 신문기자로, 간판업까지
거쳐 양계를 한 10년 하다가 그도 그만두었다. 지금은 이것저것 외국
것의 번역 일에만 몰두한다. 현대사회가 '폭력과 창부의 문화'라고 신

랄하게, 마치 20대 입지의 나이처럼 공격하면서 "예술은 마음의 대화다. 지금은 그 대화가 통하지 않는다"고 흥분한다. 예술가(혹은 시인)는 "평화로운 사회가 이룩되기 위한 조그만 조약돌"이므로 그 조약돌의 공헌은 분량과 장르나 형식이 문제가 아니고 "진정한 대화에 이바지할 수 있는 것은 어떤 것이고 좋다"는 것이다.

그는 "시를 계속 쓸 가능성"도 있고 시론도 쓰고 싶어한다. 그러나 보다 자기 것으로 의식하는 조약돌의 역할은 현재 하고 있는 번역일이라는 것. 번역을 컨덕터(지휘자)로, 번역을 '반역' 아닌 '재창조'로 보는 이 시인은 번역을 통해서만이 '깡패와 창부의 문화'를 계몽하는 첩경이라고 주장한다.

그의 번역에 대한 야심은 불혹의 나이를 잊게 한다. 로마의 여류 버질의 시로부터 현 미국 시인 로버트 로웰, 기독교 성서로부터 현대의 정치·시사 논문에까지 너무 많다. 그 분방한 야심들을 천천히 가려내고 보니 그의 '필생의 작업'은 '세계현대시집'으로 집중된다.

이미 S. 스펜더, C. 샤피로, T.S 엘리엇, R. 로웰 등 구미의 쟁쟁한 현대 시인의 시를 번역했지만, 번역하기 위해 직장을 버린 그 시간을 현대시와 시론들을 국역, 장대한 시집을 내겠다는 것이다. 우리나라는 이제 모더니스트의 폐단을 억눌러야 하며 모던포엠의 진짜를 보여주는 게 자기 시집 한권보다 더 값진 소임으로 믿고 있다. 그리고 그

는 단언한다. "현대시가 난해하다는 건 지독한 와전입니다."(동아일보 1967.2.4)

동아일보 문화부에 근무하기 시작한 지 1년 좀 넘어 기획기사로 우리 중견 예술가들의 야심적인 작업 목표를 시리즈로 연재하기 위해 '여기에 걸다: 내 필생의 작업'을 기획하고 기자들이 분담해서 기사화할 때 열두번째로 내가 김수영을 인터뷰하여 쓴 기사이다. 1967년초의 김수영은 아직 우리 시문학의 절창인 「풀」을 발표하기 전이었고 이어령(李御寧)과의 치열한 순수/참여논쟁에 미처 들어가지 않은 참이었다. 예술계의 중견으로 앞으로의 작업에 큰 기대를 가질 시단의 인물로 김수영을 선정하게 된 것은 당시의 문학지들과 친구 황동규의 평가에 의지했을 것이다. 아마 동아일보 뒤편의 연다방에서 우리는 만났을 것이고 차를 마시며 토로되는 그의 말들은 참으로 다변이면서 열정적이었다. 화제는 내가 기대한 시창작의 야심이 아니라 당시의 지식사회와 예술계에 대한 비판과 그래서 더욱 뜨겁게 거론되는 모더니즘이었다. 그가 잇달아 말하는 것은 시론이고 예술비평이며 현대문명이었다. 그는 「오감도」를 발표하면서 독자들의 고리타분한 비판을 한탄한 이상(李箱)처럼 그의 당대가 아직 벗어나지 못한 후진국 지식인들의 뒤처진 의식과 고리타분한 정신을 맹렬하게 비판하고 있었다.

여전히 풋내기 기자였던 나의 이 기사가 포착한 그의 '필생의 작업'은 그 자신의 시적 세계와 그를 향한 시집 구성이기보다 우리에게 그 수준에서나 형식과 주제에서 요원하게 보이는 '세계현대시집'이었다. 당시의 지식인들에게 인기 있던 미국의 문예지를 그는 열독했던 것 같고 그것들의 시와 시론, 문명론을 읽고 번역도 하면서 그 눈으로 돌아본 우리 시단은 참으로 촌스럽고 낡은 것이었으리라. 그러니까 그의 모더니즘은 그의 독창적인 시창작의 구성과 이론이라기보다는 이 우직하고 둔감한 문학적·예술적 정서를 뒤집어놓을 어떤 새롭고 강렬한 인식과 그 표현법이 아니었을까 싶다. 그가 신동엽(申東曄)에 대해 "모더니즘의 때를 입지 않았고" 박인환(朴寅煥)에 대해 "시를 얻지 않고 코스튬만 얻었다"고 힐난할 때 우리의 현대화가 얼마나 잘못 인식되고 피상적으로 수용되었는가에 그는 분개하고 있었던 것이다. 그의 우렁우렁한 열변은 4·19를 성공시키고도 문화와 예술, 지식인의 사고와 인식이 여전히 후진적이고 무기력하고 협소한가를 시인으로서보다 지식인의 젊은 인식으로써 비판하고 있었다. 그 낡은 보수성을 그는 싱싱한 미국의 시와 그 또래 지성인들의 문학-문화론을 옮겨 전하고 '후진' 우리나라 지식사회를 깨우쳐주는 것으로 한국 모더니즘을 향한 채찍을 휘두르고 싶었던 것이리라.

진화 혹은 시의 다의성

*"그렇다, 지난 반 세대 동안 참여론으로부터 민중문학론에 이
르기까지, 그리고 그것들을 배태시킨 현실적 정신적 변화를 싸안으
면서, 김수영의 문학은 김수영의 문학에 대한 견해와 더불어 진화
했고, 그것은 단순한 문학적 현상으로 그칠 수 없이, 나아가 문화적
인 현상으로 의미를 부여받게 되었던 것이다."(316~17면)

*"순수문학론과의 논쟁 때문에, 더욱 강화된 참여론자로서의
이미지를 갖고 있었는데, 그가 거기에 고착되지 않고 보다 폭넓게
인식되고 있다는 점은 한 시인에게 열려진 의미의 망을 위해 다행
한 일이라고 생각된다. 왜냐하면, 어떤 작가와 작품이 일의적(一義
的)으로 해석된다면, 그것은 그 작가·작품을 위해서나, 그에 대면하
는 전반적인 정신세계를 위해서 불행한 일이기 때문이다. 다의적으
로 해석되고 복합적으로 사고한다는 것, 그것이야말로 김수영 자신
이 가장 소망하던 문화적·문학적 형상이 아니었을까."(318면)

*i) 염무웅(廉武雄)은 김수영을 "한국 모더니즘의 위대한 비판자

였으나 세련된 감각의 소시민이요, 외국문학의 젖줄을 떼지 못한 도시적 지식인으로서의 모더니즘을 청산하고 민중시학을 수립하는 데까지 나아가지는 못하였다"고 지적; ii) 백낙청(白樂晴)은 "그가 '모더니즘의 극복에 이르렀음'을 인정하면서도 그 극복의 실천에 김수영의 한계가 개재한다고 비판"; iii) 김현은 그의 "비시적(非詩的) 요소와 현대문명을 도입하기 위해서 도입하는 태도까지를 비판"한다고 말하고 "모더니즘을 하나의 문학적 조류로 이해한 것이 아니라 세계를 이해하고 관찰하는 정신"으로 받아들인다; iv) 김우창(金禹昌)은 김수영이 진정 원한 것은 "시작(詩作) 행위 속에 의식을 포기하는 것이 아니라 그 속에서 완전한 의식에 이르고자 했던 점에서 피상적으로 이해된 이런 유파와 다르다고 할 수 있으며" 그래서 "그의 행동으로서의 시의 언어와 이상은 완전히 정직한 언어에 이르고자 하는 그의 예술가적 양심과 별개의 것이 아니었다"고 설명한다.(319~20면)

  * 위의 네가지 관점에서 제기되는 문제는 "i)과 ii)가 김수영의 모더니즘을 모더니즘이라는 기법으로 받아들이고, 그가 난해시를 썼다든가 혹은 민중적·역사적 현실을 외면한 것과 깊은 관련을 맺은, 그래서 그의 한계와 비판을 거기서 발견해야 한다는 논리를 펴고 있는 반면, iii)과 iv)는 그의 모더니즘을 정신으로 이해하고 그

에게 평가될 수 있는 시적 자산이 그 정신에서 연유하고 있다는 관점으로 전개되고 있는 대조점에서 비롯된다. 모더니즘은 과연 기법인가 정신인가, 혹은 조류인가 양심인가. 아마 루카치에게는 비판받아야 할 기법 혹은 조류였을 것이고 브레히트나 마르쿠제에게는 정신이고 양심이었을 것이다."(320면)

* 김종철(金鍾哲)은 「풀」을 읽으면서 거기서 제시되는 '자유'가 "반드시 정치적 자유만으로 그치지 않고 '존재론적 자유'로 고양되고 보편화되어 이해된다는 점"을 강조하고 있다. 김현 역시 "그의 시에 스민 근원적인 정서로의 설움·비애로부터 출발하여 사랑과 혁명으로 지양되고 적에 대한 증오와 자기연민으로 발전되면서 그는 자유를 시적·정치적 이상으로 생각하고 그것의 실현을 불가능하게 하는 여건들에 대해 노래한다"고 지적하고 유종호(柳宗鎬) 역시 "그의 자유가 정치적 자유를 포용하고 있음"을 보여주면서 그러나 "정치적 자유 너머로까지 뻗쳐 있다는 것 또한 명백"하여 '시적·윤리적 자유의 행사'로까지 진전했다고 고찰"하고 있다.(322면)

* "그의 주제가 가령 자유라면, 그것은 그것에 상응할 수 있는 귀중한 다른 개념들과 뒤얽혀 있다. 예컨대 김수영의 시에 접근하는 김우창의 양심, 황동규와 김인환의 정직, 유종호의 자기갱신 능력과 도덕적 급진주의, 오규원의 '예민해서 혁명가가 못 된 혁명주

의', 김주연의 모더니즘, 이상옥과 김영무의 사랑이 모두 자유와 한 가지로 뒤얽힌 시적 매개어이다."(322면)

　*"유종호의 날카로운 지적처럼 김수영이야말로 '탕진될 줄 모르는 가능성이자 안타까운 미완성'의 뚜렷한 본보기".(326면)

　위 발췌는 황동규가 김수영 서거 15년을 맞는 1983년 그의 『시여, 침을 뱉으라』를 베스트셀러로 만든 민음사의 위촉을 받고 그의 문학과 정신을 논의한 시인론과 작품론을 모은 추모문집 『김수영의 문학』에서 필자 임의로 뽑은 것이다. 그는 20여년의 문단 생활에서 한권의 개인 시집과 한권의 합동 시집밖에 출판하지 못했다. 그러나 그의 사후 13년 동안 세권의 전집과 두권의 산문선집, 그리고 별권으로 이 추모 편서가 나왔다. 이렇다는 것은 김수영의 이해에 여러 시사점을 준다. 우선 그는 생전보다 사후에 더욱 문제적인 인물이 되었다는 것, 그의 산재한 시와 시론 혹은 산문들이 열심히 수집되고 열독되었다는 것, 그리고 그의 정신과 시문학에 대한 이해와 분석이 다양하게 확산되고 진화했다는 것을 의미한다.

　그는 이어령과의 순수/참여논쟁을 뜨겁게 진행하고 문득 교통사고를 당해 마치 자발적인 운명의 선택처럼 보이며 그의 삶을 마감했다. 그리고 그가 생전에 제기한 문제들이 그의 사후에 더욱 열정적으로 담론화되었다. 그가 열기에 차 전개한 논의처럼 뜨거웠던, 그러나 맑시즘적이라기보다 리버럴리즘적으로 볼 수 있는 참여론이 1960년대 말의 박정희 체제 속에서 일기 시작한 이후 이 논의는 리얼리즘을 거쳐 민중문학론으로 진전한다. 이 과정에서 순수한 지적 자유주의자였던 그에 대한 인식이 변화한다. 그는 참여파의 맹장으로서 그의 사후에도 여전히 뜨거운 문학적 참여론의 분화구가 되었지만 민중론이 활발해지면서 그의 지적 모더니즘 혹은 도시적 엘리티즘이라는 입지는 밀리기 시작한다. 그는 결코 민중은 아니었고 오히려 민중의 우둔함을 타기할 까다로운 지식인형이었다. 이 정황 변화 속에서 그에 대한 열정이 진정되는 한편 그의 시 자체에 대한 음미와 분석이 시작된다. 황동규의 김수영론 편집은 이런 가운데 이루어졌다. 그래서 그의 서문에 "순수문학론과의 논쟁 때문에 더욱 강화된 참여론자로서의 이미지를 갖고 있었는데, 그가 거기에 고착되지 않고 보다 폭넓게 인식되고 있다는 점은 한 시인에게 열려진 의미의 망을 위해 다행한 일이라고 생각된다"는 진단이 가능하게 된다. 그게 다행인 것은 한 시인이 편향적으로 해석되는 억압을 김수영이 벗어나고 있다는 것, 작품은 완결된 것이지만 그 작품을 보고 수용하는 의식에 따라 그 시의 해석과 의미, 평가는 진화한다는 문학사회학적 의미를 구체적으로 실현해주고 있기 때문이다. 실제로 김수영의 시는 참여론자들은 물론 순수론자나 상아탑의 연구자들 모두에게 여전히 뜨거운 상징으로 읽혀왔지만 그 상징의 의미는 조금씩 달랐다. 그 다름은 그러나 외적 정황에서 비교적 자유롭게 벗어나 시 자체의 분석에서 우러나온 것이다. 내가 발췌한 글은 그 의미망의 다양성, 혹은 시의 다의성을 추적한 것이다. 그리고 유종호의 평 "김수영이야말로 탕진될 줄 모르는 가능성이자 안타까운 미완성"이란 말이 강한 인상으로 환기된다.

시대의 상징이 된 시인

＊"그가 자신의 전존재를 걸어 맞짱을 뜨던 1960년대는 4·19와 5·16의 배반적인 사태가 잇따르며 분단의 비극이 심화되고 이념의 고착이 강화되는 가운데 권력과 문화, 성장과 보수가 갈등하고 민족주의가 솟아나며 근대주의가 열망되던 착종의 시대였습니다. 모든 것들이 끓어오르며 갖가지 것들이 분탕하고 충돌하며 뒤얽히고 있었던 것입니다. 이 60년대를 가장 60년대적으로 살아낸 분이 김수영 시인일 것입니다."(134면)

＊"그는 투명한 사유와 힘찬 정신으로 자신의 자유에의 열망을

형태화하며 도전적인 논리의 직절한 문체로 표현하여 첫소리 울리는 거센 젊음의 목청으로 외쳤습니다. 그의 사유와 언어들을 저는 지성이란 말로 요약하고 싶습니다."(135면)

　＊"이렇게 볼 때 1968년에 그의 생애가 끝난 것은 그를 위해 어쩌면 하나의 아름다운 운명일지도 모르겠습니다. (…)「풀」을 비롯한 그의 시들은 자유를 열망하는 그 후의 정신들에게 풍요로운 상상력의 불을 당겨주는 창조의 원천이 되었고「시여, 침을 뱉으라」와 같은 뜨거운 시론들은 당대의 역사에 괴로워해야 하는 시인들에게 열정적인 저항의 기름이 되었으며 '김수영'이란 시인은 바로 그 이름 자체로써 시대를 인식하고 반성하며 현실을 비판하고 극복하는 지적 계기가 될 수 있었습니다. (…) 그는 실체로 수용되면서 상징으로 기능했고 역사화하면서도 현존하는 정신으로 살아 있었고 실존하면서 신화로 승화했습니다."(135~36면)

　그의 40주기를 맞으며 창비에서 추모 학술제를 열 때 읽은 추모사(나의 책『조용한 걸음으로』수록. 숫자는 그 책의 면수)에서 꺼낸 몇구절이다. "60년대를 가장 60년대적으로 살아낸 분"이란 구절, 그리고 그는 "실존하면서 신화로 승화"되었다는 구절에 대해 좀더 구체적인 전말을 붙이고 싶다. 1968년 6월 17일 아침 신문사에 출근하자

우선 들어온 소식이 김수영 시인의 교통사고로 말미암은 급서였다. 기자라는 직업으로 우선 내가 할 일이 그의 때이른 횡변(橫變)에 대한 추모의 글 마련이었다. 나는 그와 가장 가까운 시인 신동문(辛東門) 선생께 전화를 드렸다. 전화를 받는 그분은 우두망찰, 말소리는 떨리고 더듬거리며 흐느끼다시피 하고 있는데 늘 맑고 환하게 웃음 짓던 그분이 사색이 되어 어쩔 줄 모르고 당혹하며 괴로워하는 듯한 모습이 보이지 않는 송수화기 너머 전화줄을 타고 선연히 떠오르고 있었다. 억지로 원고 청탁을 드린 후 다음날 아침 뵙고 원고를 받으며 들으니 신선생도 그럴 수밖에 없었다. 바로 전날 신선생님은 김수영 시인과 이병주(李炳注) 소설가와 한잔을 했다. 그런데 나이가 같은 소설가와 시인은 전혀 상반된 세계의 대조적인 인물이었다. 김수영은 쇳소리에 격한 비판의 목소리를 거침없이 쏟아내는 야성의 예언자 같은 모습이지만, 이병주 소설가는 부잣집 출신답게 여유있고 차분한 품을 다듬는 분이었다. 그 상반된 모습으로 1차의 술을 마시고 2차를 가자는 이병주 선생의 유혹에 김수영 시인은 "너 같은 부르주아와 술은 안 마셔!"라고 쏘아붙이고 뒤돌아 휘적휘적 버스길로 걸음을 잡았다고 했다. 그리고 신수동 고갯길을 넘어 집 근처에서 내려 길을 건너다 달려오는 버스에 치였던 것이다.

물론 사고는 우연이었다. 그러나 시대의 상징으로 신화화하고 싶어하는 정신에는 그 사태가 결코 우연스러운 것으로 받아들여지지 않고 피할 수 없는 정황의 필연적인 운명으로 다가온다. 그는 그가 경멸하는 노회한 부르주아의 능글맞은 여유를 거부했고 당시 그 부근이 밭이었던 동네의 길을 건너다 버스에 압살당했던 것이다. 그것이야말로 경제성장주의에서 비롯된 사이비 현대성과 아직도 묵은 구습에서 덜 벗어난 전통의 충돌로 말미암은 희생이었다. 나는 이 추모문을 읽고 처음 뵙는 미망인 김현경(金顯敬) 여사에게 이 추모사를 올렸다.

김수영이라는 '현대식 교량'

황석영

　근래 독자들로부터 이런 질문을 받는다. 지금의 나의 문학을 어떻게 바라보는가. 나는 위기를 맞이했다고, 황석영이라는 작가는 지금 위기에 서 있다고 답하곤 한다. 노년의 작가들이 대개 겪는 일이겠지만 나 역시 그동안 써왔던 소설이 과연 좋은 작품인가, 혹여 동어반복이 이어지는 것은 아닌가 하는 물음을 스스로에게 던질 때가 많다.

　1998년 감옥에서 나온 이래 매일같이 몇시간씩 책상에 앉아 글을 썼다. 20년 동안 낸 책이 서른권에 달하니 간혹 술을 마시고 노는 시간을 제외하면 깨어 있는 대부분 글을 쓴 셈이다. 물론 요즘도 쓴다. 쓰기는 쓰되, 앞서 던지는 물음을 더 자주 던지며 쓴다. 많은 예술가들이 만년의 작품에 이르러서는 완숙한 세계에 머무는 대신 과거 치열했던 열정과 실험적이고 자유로운 경향으로 돌아가려는 강박을 보였다는 사실도 상기하면서 쓴다. 그리고 너무 일찍 떠난 예술가들이 가지지 못한 만년을 상상해보기도 한다. 김수영처럼.

지난 2013년 인연 깊은 출판사와 후배 문인들이 나의 등단 50주년과 고희를 겸해 축하하는 모임을 열어주었다. 그 자리에서 나는 답사를 하며 김수영 시인의 「현대식 교량」을 낭송했다.

이런 경이는 나를 늙게 하는 동시에 젊게 한다
아니 늙게 하지도 젊게 하지도 않는다
이 다리 밑에서 엇갈리는 기차처럼
늙음과 젊음의 분간이 서지 않는다
다리는 이러한 정지의 증인이다
젊음과 늙음이 엇갈리는 순간
그러한 속력과 속력의 정돈 속에서
다리는 사랑을 배운다
정말 희한한 일이다

나는 이제 적을 형제로 만드는 실증을

똑똑하게 천천히 보았으니까!

—「현대식 교량」 부분

　김수영 시인과 나의 나이차는 스물두해, 내가 그의 자식뻘 되는
셈이다. 그가 한국전쟁 당시 수많은 고초를 겪었던 때 나는 초등학
교 2학년이었다. 그러나 이후로도 우리는 전쟁이었으니 어찌 보면
김수영 시인과 나는 모두 전쟁시대, 분단시대의 작가라는 범주로
묶일 수 있을 것이다.

　나의 청년 시절에는 김수영 시인이 시대의 사표(師表)와 같았다.
우리는 모두 4·19혁명에 대한 그의 사유와 열정을 배우면서 자랐
다. 고등학생 시절 나는 문예반 근처에는 가지도 않았지만『문학예
술』같은 잡지에 실린 김수영의 작품을 눈여겨보곤 했다. 그러고는
김수영 시인이 시에서 이룬 바를 나는 산문에서 이루어내겠다고
이야기하고 다녔다. 물론 반세기 가까이 지난 지금도 이 다짐은 여
전하다.

　한번은 서울 명동의 돌체다방에서 여러 문인들과 어울리던 김수
영의 모습을 먼발치에서 본 적이 있었다. 그때 나는 열아홉살,『사
상계』를 통해 막 등단한 시기였다. 당연히 다가가 인사를 하거나

할 엄두를 내지 못했다. 이후 내 또래의 많은 작가들은 김수영 시인과 직접적인 교류를 하게 되지만 나는 전국을 떠돌아다니는 방황 끝에 베트남전에 참전했고 김수영 시인이 세상을 떠난 이듬해인 1969년 제대를 했다. 이 까닭에 김수영 시인과의 친교는 요원한 일이 되어버렸다.

식민지시대에 학교에 다니며 일본어를 배웠던 김수영과 달리 내가 속한 4·19세대는 해방 이후 제도교육에서 한글을 배운 첫 세대다. 또한 미국에서 들여오기는 했지만 민주주의라는 이념을 불완전하게나마 경험한 세대다. 민족의 분단을 극복하고 민주적 사회를 만들고자 하는 열망이 이 4·19세대의 근간에 흐르고 있었다. 또한 세계 속에서 한국문학의 위상은 무엇일지, 우리의 사회문화에서 현대성을 어떻게 체득할지 모색하고 노력했던 세대다. 이 세대에 이르러 많은 세계문학 작품들이 번역되고 다양한 문예지가 발간되면서 우리 문학의 현대성을 제고할 여러 담론과 활동이 펼쳐졌다. 김수영 시인은 그 흐름 속에서 단연 중심이자 상징적인 인물이었다. 아마 그것은 그가 식민지시대를 거쳐오면서 질곡에 빠진 한국문학을 어떻게 현대적 수준으로 끌어올려 보편성을 획득해갈 것인가를 늘 고민하고 실천해온 덕분일 것이다. 당시 저널리즘이 만들어낸 말이기는 하지만 그는 이른바 '참여/순수논쟁'에도 적극적으로 가

담한 바 있다.

  문학이 현실을 때로는 반영하고 직면하면서 그것을 극복하고 변화시켜야 한다는 참여론과, 그에 맞서 문학의 순수성과 '문학을 위한 문학'을 지켜야 한다는 순수론의 논쟁은 1960년대부터 지금까지도 이름을 바꿔가며 대립의 축으로 작용해왔다. 이 오래된 논쟁에 대한 내 지론은 모더니즘의 숲을 통과하지 않고서는 리얼리즘의 광야에 도달할 수 없다는 것이다. 다시 말해 현대화되지 않은 개인이 어떻게 자기 시대를 이야기할 수 있겠는가. 이런 측면으로 보아도 김수영은 이 두가지를 철저히 체현한, 어쩌면 당대에는 유일한 시인이었다. 이것은 김수영 시인이 했던 연극과 밀접한 관계가 있을 거라는 생각도 든다. 연극쟁이들의 특징은 몸에서 우러나오는 언어를 구사한다는 점이다. 그렇기에 그들은 문어체에 어울릴 법한 쑥스러운 이야기를 못하고 연애편지 같은 글도 잘 쓰지 못한다. 그런 점은 나도 마찬가지다. 김수영 시인은 일상에서 일어나는 일들을 비틀어서 보여주거나 메타포적인 언어를 구사했다. 그러면서도 본질적인 '몸의 언어'를 떠나지 않았다.

  혹자는 김수영 시인이 보여주는 비틀어진 일상, 그 일상 속에서 길어올린 사유를 가리켜 '소시민적 일상성'이라고 부른다. 하지만 김수영의 일상성은 많은 고통과 슬픔 속에서 태어난 것이다. 나는 그것을 소시민적 일상이 아니라 브레히트(B. Brecht)가 이야기하는 '살아 돌아온 자의 일상'이라고 고쳐 말하고 싶다. 그처럼 전쟁과 분단시대를 겪어내고 살아 돌아온 자만이 명확하고 섬세한 일상의 비참과 아름다움을 발견할 수 있다.

1970년대 유신시대에 작가들은 국가로부터 많은 박해를 받았다. 창작과 표현의 자유는 침해받았고 역사는 억압으로 얼룩졌다. 나는 당시에 문단을 떠나서 사회운동에 힘을 기울였다. 이러한 운동으로 대중을 계몽해야 한다는 생각이 강했던 시절이다. 그럼으로써 자각된 대중의 세력을 키워 사회를 변혁할 수 있다는 믿음이었다. 소설쟁이이자 도시 출신인 내가 해남으로 가서 농민학교를 열고 대하소설 『장길산』을 연재했던 이유기도 하다. 그러다 1979년 박정희가 죽고 전두환정권이 들어서면서 민주화운동이 전국적으로 일어났고 예술계와 사회운동단체들도 신군부의 등장에 격렬히 저항했다. 1980년 광주, 많은 시민들이 희생당했고 나는 살아남은 자의 부끄러움에 참혹했다. 그로부터 15년의 세월을 소설을 쓰지 않고 활동가로 지낼 수밖에 없었다. 그러는 동안 문단에서는 잊혀졌다. 그후 1998년까지 해외망명과 방북 그리고 투옥의 긴 세월이 이어졌다.

나의 삶으로 비추어 돌아보면, 당시 전쟁의 상처를 안고 죽을 고생을 하고 돌아왔지만 집 앞에서 연행되어 포로수용소로 다시 끌려가는 김수영 시인의 모습이 눈에 선하다. 나 역시도 그와 비슷한 경험을 한 셈이다. 포로수용소에 다녀온 자들의 일상은 살아남은 자의 일상이다. 살아남은 자는 일상에서 평범한 이들과는 다른 삶의 감각을 포착한다. 한국전쟁 이후 이어진 분단시대는 엄연히 냉전기였고 지금도 전쟁은 한반도를 둘러싸고 지속되고 있다. 그러던 분단시대가 촛불혁명에 의한 정권교체와 극적인 남북 화해 모드 속에서 조금씩 흔들리고 있다.

그런 속에서 다시 읽는 김수영의 시는 지금의 눈으로 보아도 낡지 않았을 뿐 아니라 여전히 현대성을 유지하고 있다. 요즘도 가끔씩 그의 시집을 들춰다보면 마치 시인이 곁에서 새된 음성으로 이야기하는 것 같다. 과거의 적폐를 청산하고 도래한 가슴 벅찬 오늘의 현실에서 김수영의 시정신은 여전히 왕성한 현대적 핏줄을 가지고 살아 꿈틀대고 있다고 나는 믿는다.

긴박한 현재

김수영 50주기

김정환

죽어서 살아 있기에 살아서

살아 있는 것보다

더

더군다나 살아서 죽어 있는

것보다 더

잊기가 힘들다 시인

김수영.

우리의 긴박한 현재이자

과거라는 라이벌

혹은 으름장.

그를 신화화하는 것보다

그에게 더 모욕적인 것이 없다.

그에게 무릎 꿇고

항복하는 것보다

그에게 더 게으른 짓이 없다.

이제는 죽은 나이가

산 나이보다 더 많은

그가 나서서 남의

뺨을 때리는 일은 없다.

그의 시가 그의 혁혁한

명령을 혁혁하게 따라

침 뱉을 일도 없다.

다만

살아 있는 일이 종종

그가 때리지 않은 뺨을

맞는 일일 때가 있다.

그가 뱉지 않은 침을 얼굴에

뒤집어쓰는 일일 때가 있다.

그의 이름이 영원할 리는 없다.

그의 시가 영원할 리도 없다.

그는 누구보다 더 오랫동안

긴박한 현재일 것이다.

그의 시가 그의 현재에

가장 긴박한 현재였다.

그가 이런 사태를 예언한 것은 아니다.

그의 기질은 예언과 정반대다.

그가 후대에 자신을 맡긴 것도 아니다.

그의 절망과 경멸은 워낙 깊어서

후대도 그 대상이다.

그의 미학이 전망을 구축하려

했던 것도 아니다.

시론 따위 없었다.

그가 긴박한 현재고

긴박했던 현재라는 말을

언어도단으로 만들 만큼

긴박한 현재다.

이런 상황이 바로 시라는

사실을 그가 어렴풋이 갈수록

펼치며 형상화하는 것

같기는 하다.

그가 시의 본능으로 굳게

믿었던 것은 훗날과의

합작(合作)이다.

긴박한 현재가 바로

훗날과의 합작이라는 듯이.

존 재 와 귀 신

김수영 시의 '거대한 뿌리'

임우기

1

내가 시인 김수영과 좀더 깊은 인연을 맺게 된 계기랄까, 소략히 소개하면 이렇다. 1990년대 초부터 한국사회는 소비에트 해체와 독일 통일 등 세계사적 대변혁 속에서 신자유주의라는 '전세계적 악령'에 지배되고 있었고, 예외 없이 한국문학도 악령의 광기에 따라 날로 막강해지는 출판상업주의와 문단권력의 위세와 조종 속에서 계열화·저열화를 가속하고 있었다. '세계화'의 화려한 탈을 쓴 신자유주의의 망령들에게 한국사회가 온통 넋을 앗기던 이 시기에,

한국문학도 때마침 불어닥친 포스트구조주의 열풍 등 가일층 치밀해진 서구이론의 '세계화'에 완전히 혼을 팔린 채, 한국문학의 외래화와 함께 시장과 권력에의 종속화와 저열화가 진보/보수 혹은 참여/순수를 막론하고 더욱 악화일로, 2018년 지금은 아예 한국문학이 앓고 있는 병증조차 오리무중의 망각과 무감각 상태에 이른 듯도 하다. 1990년대 이후, 한국문학을 심각한 중환자로 진단하고 있던 나로선 백주에도 어슬렁거리는 한국문학판의 악령들에 맞서 나름껏 싸우지 않을 수 없었다. 그 고투의 시절, 내가 우선적으로 관심을 돌린 곳은 일제의 식민통치와 민족 고난기, 동족상잔의 끔찍한 내란과 극심한 전후 궁핍기를 몸소 겪고서 참혹한 역사 현실의 극복을 위해 몸부림친 '1950년대 시인'들의 '절절한 시정신'이었다. 그 '50년대의 문학정신'의 절정에 시인 김수영과 시인 김구용(金丘庸)이 있었다.

2

나는 김수영이 영면에 들기 전에 남긴 유고작 「풀」을 비평하면서 시적 화자 안에 '귀신을 접(接)하는 무당적 존재'가 함께한다는 점을 밝힌 바 있다.[1] '무적(巫的) 존재'는, '주체적 의식인'을 넘어서, 즉 의식의 한계 너머 천지인(天地人) 간 기운의 작용과 조화를 감지·감

응하는 '현세적인 동시에 초월적 존재'이다. 김수영 시에서 귀신의
작용과 무(巫)의 존재를 뒷받침할 시편들은 여럿이 있는데, 그중 처
녀작 「묘정(廟庭)의 노래」를 살피는 것이 여러모로 효과적일 듯하
다. 「묘정의 노래」를 통해 김수영의 시 속에서 '귀신'은 어떻게 존
재하는가를 엿볼 수가 있다.

　작금에 '김수영 전공자'들을 비롯하여 김수영 문학정신의 열렬
한 추종자들이 헤아릴 수 없이 많다고 함에도, 과문한 탓인지 나는
김수영 시 이해의 첫 관문이라 할 첫 시 「묘정의 노래」 1~4연의 심
층에 합당한 비평적 분석의 예를 아직 찾아볼 수 없다. 이는 한국문
학의 서구이론 편향과 이로 인한 사유의 장애와 문학적 감성의 왜
곡 등 오늘날 한국문학이 처해 있는 비평정신의 불구성을 우회적
으로 보여주는 것이 아닐까. 내가 보기에, 이십대 초반의 젊은 김수
영이 발표한 첫 시 「묘정의 노래」는 해방 전후 시기의 암울한 역사
의식과 불행한 현실인식 속에서도, 아이러니컬하게도, 시의 심층에
선 '거대한 뿌리'로서 전통정신의 역동하는 기운을 감지할 수 있는
특이한 시다. 시 1장 1~4연은 아래와 같다.

1　김수영의 유고작 「풀」에 대한 귀신론적 해석은, 졸고 「巫 혹은 초월자로서의
　시인」(2008, 『네오 샤먼으로서의 작가』, 달아실 2017 수록)을 참조.

남묘(南廟)의 문고리 굳은 쇠 문고리/기어코 바람이 열고/열사흘 달
빛은/이미 과부의 청상(青裳)이어라(1연)

날아가던 주작성(朱雀星)/깃들인 시전(矢箭)/붉은 주초(柱礎)에 꽂혀
있는/반절이 과하도다(2연)

"아—어인 일이냐/너 주작(朱雀)의 성화(星火)/서리 앉은 호궁(胡
弓)/피어 사위도 스럽구나(3연)

한아(寒鴉)가 와서 그날을 울더라/밤을 반이나 울더라/사람은 영영
잠귀를 잃었더라(4연)

이 시의 분석과 해석을 위해 필수적 전제조건은 최소한 "주작"
의 존재를 이해해야 한다는 것이다. 더 나아가선, 그 '주작의 존재
성'과 '주작의 기운'에 어느정도나마 감응할 수 있는 문학적 감수
성을 갖추어야 한다. '주작'은 고대 중국의 한대(漢代) 이래 고구려
등 삼국시대에 크게 융성한 사신사상(四神思想)에 등장하는 상상 속
동물이다. 사신은 음양오행설의 대표적 상징으로서 음양의 조화로
운 기운을 동서남북의 방위별로 나누어 표현한 신들이다. '주작'을
강조하고 있는 이 시는 젊은 김수영의 초기 시정신의 한 축을 짐작
하게 한다.

이 시에서 남쪽의 기운을 관장하는 신 '주작'은 반복적으로 강

조된다. '주작'의 방위를 비유한 첫 시어 "남묘의 문고리" "날아가던 주작성" "주작의 성화"같이 음양의 기운을 표현한 비유어들과 "사위도 스럽구나" 영탄사 "아 ― 어인 일이냐" 그리고 귀곡성 같은 야밤의 울음소리 "사람은 영영 잠귀를 잃었더라"같은 시어들은 음양의 기운이 극에 달한 시적 아우라를 극명하게 드러낸다. 주작의 현실적 알레고리인 "한아"의 울음소리나 "서리 앉은 호궁" 등도 시의 이면적 의미 맥락에 깊숙이 참여하여 역사의 기운이 크게 쇠락한 암담한 시대상황을 암시하면서도, 동시에 '반어적으로' 시의 안팎은 역사적 시간을 초월한 비가시적 기운의 작용과 조화로 인해 초현실적 아우라와 함께 음양의 현실적 접응력이 고조된다. 「묘정의 노래」에서 깊은 밤 묘정에서 천지인 간에 서로 작용하고 조화하는 음양의 기운 곧 '귀신이 조화를 부리는 시적 아우라'에 감응하는 것은 그리 어려운 일이 아니다. 여기서 흥미를 끄는 것은 시인 김수영은 데뷔작 「묘정의 노래」와 유고작 「풀」에서 특유의 귀신론적 사유와 관점을 일관되게 보여준다는 사실이다.

그렇다면, 전통적 귀신론에서 귀신은 무엇인가. 한마디로 말하면, 귀신은 자연을 주재하는 존재로서 음양의 조화이며 자연의 운동 자체이다. 귀신을 알기 위해서는 일단 공자가 언급한 '만물의 본체(本體)'로서의 귀신의 존재를 올바로 '번역'하고 해석해야 하고,

주자(朱子)와 송유(宋儒)에서 궁구한 귀신론을 이해한 후 음양의 조화로서의 귀신의 작용과 만물의 본체로서의 귀신의 존재를 깊이 성찰해야 한다. 귀신은 자연의 현상으로서 음양론 즉 기철학에 속하지만, 귀신은 용(用)이되 만물의 체(體)로서 귀결되는 이기론(理氣論)에서의 본체인 리(理)를 반영하면서 우주만물에 작용하는 '존재'이다. 귀신을 '존재'라고 했을 때 합리적 이성이나 의식의 영역 너머 즉 이성의 한계 너머 초월성의 영역에 귀신의 존재가 존재함을 뜻한다. 달리 말해, 귀신의 존재의 자각은 의식의 지향성의 한계 너머의 현존재(Dasein)의 존재를, 즉 초월성의 '존재'('존재자의 존재' 또는 '존재 가능성')를 각성한다는 것이다. 아울러, 하이데거(M. Heidegger)의 존재론이 설파한 바대로 '언어는 존재의 집'이라면, 존재의 통찰은 결국 언어의 통찰이다. 그러므로 의식의 지향성에서 초월성으로의 전환에서 '존재'의 세계가 펼쳐지듯이 초월적 존재로서의 귀신의 작용 속에서 이루어지는 '언어'의 성찰 또한 필연적이다. 여기서 김수영의 '반어'의 언어관과 '반시'가 생겨 나온다.

3

'소리'의 기운은 김수영의 시와 시짓기의 근원성이다. 즉 '소리'를 통해 언어는 언어로서 '존재'를 '불러들인다'. 소리의 기운이 시적 존재의 근원임을 보여준 걸작 「폭포」에서 김수영은 시적 존재 혹은 언어적 존재의 심오함을 경이로운 직관력으로 보여준 바 있다. 나는 시 「폭포」를 심층적으로 분석한 평문 「곧은 소리의 시적 의미」[2]를 쓴 바 있다. 이 글을 통해 김수영이 시작(詩作) 초기부터 '언어의 존재'를 궁구(窮究)하면서 '존재'의 근원으로서 언어의 '소리' 곧 기(氣)로서의 '소리 언어' 문제를 고뇌하였음을 밝히고자 하였다. 이 평문은 김수영의 시어의 원천이 무엇인가를 찾고 '소리'와 언어 사이의 근원적 관계를 살피기 위한 글이었다.

서양철학사에서 현상학은 의식 작용의 궁극을 밝히고자 하였고 유가에서는 '격물치지(格物致知)'를 통해 의식 작용의 궁극으로서 인식의 올곧음을 추궁하였다. 시 「폭포」를 분석하면서 현상학을 넘어서 하이데거의 존재론이, 또 유가의 격물치지를 넘어서 역(易)의 음양론 즉 귀신론이 어떻게 김수영의 시정신의 연원을 이루는지를 밝히고자 하였다. 달리 말하면 '의식의 지향성'의 범주와 한계 너머, 초월성의 존재론이 김수영 시의 원천을 이룬다,라고 나는 이해하였다. 이 시에서 김수영은 '폭포 소리' 곧 생명의 원천인 '물소리'의 직관을 통해 격물치지와 그 격물치지 너머에 있는 '소리'의 초

---

2 같은 책.

월적 존재성을 심오하게 궁구하고 있음을 확인하게 된다. 「폭포」를 통해 김수영의 시정신이 유교 사상에 영향을 받은 사실을 알게 되었지만, 더 중요한 사실은 김수영이 파악한 유가 사상은 우리가 흔히 알듯이 현세주의나 합리주의 범주에만 가둘 수 없는, 가령 '사물을 바로 보기' 위한 '격물치지'만이 아니라 그 니머로 귀신의 존재와 깊게 연결되어 있는 점도 알게 되었다.

이러한 초월자적 존재와 관련하여 나는 평론 「곧은 소리의 시적 의미」에서 「폭포」와 함께 김수영 시의 비의를 은폐하고 있는 의미심장한 「공자의 생활난」을 분석, 김수영 시에서 귀신이 어떻게 작용하며 존재하는가를 보여주려 하였다. 「묘정의 노래」의 시적 상상력이 음양오행의 세계관에서 나왔다면, 「공자의 생활난」(1946)은 유가의 인식론과 함께 음양론을 구체적으로 드러내고 있다는 점에서 이 초기 시 두편은 서로 깊은 관계를 맺고 있을 뿐 아니라, 이후 이십여년이 지나서 발표된 유고작 「풀」에 이르기까지 음양론적 즉 귀신론적인 시정신이 견지되거나 복류한다는 점에서 주목에 값한다.

시 「공자의 생활난」의 첫째 연, "꽃이 열매의 상부에 피었을 때/너는 줄넘기 작란(作亂)을 한다"에서 "꽃이 열매의 상부에 피었을 때"라는 시구는, 역학적 사고방식으로 본다면 괘(卦)의 형상을 사실적으로 표현한 것으로 볼 수 있다. 역학은 음과 양을 각각 분화하고 여러 개로 짝을 지어 자연물과 시간성을 괘라는 부호(符號)로써 보여준다. 이러한 무궁한 '변화'로서의 역(易)의 부호들은 '귀신의 작용과 조화'를 상징으로 보여주는 것이다.

역학에서의 시간은 음양이 생장하고 변화하는 과정이므로, 음양이 극을 이루어 서로 교체하며 변화하는 음양의 시간관에서 보면 "꽃이 열매의 상부에 피었을 때"라는 시적 비유는 자연스러운 것이다. 양기 속에 음기가 있고 음기 속에 양기가 있듯이, 꽃 속에 이미 열매가 있고 열매 속에 꽃이 있는 것이다. 예를 들어 "꽃이 열매의 상부에 피었을 때"라는 첫 시구는 주역의 64괘 중에서 가령 '태(泰)'괘로서 유비될 수 있다. '태'괘는 상부에 음(陰)괘인 곤(坤)괘가 있고 하부에 양(陽)괘인 건(乾)괘가 있어 땅[坤]이 위에, 하늘[乾]이 아래에 있는, 곧 자연 상태와는 반대되는 형상의 괘임에도 길한 괘로서 해석한다. 그 까닭은 상하가 뒤집어진 천지의 형상은 결국 다시 뒤바뀌어 자연 상태로 돌아가려는 변화의 계기를 품고 있기 때문이다. 이러한 괘의 형상 풀이는 음양의 조화와 변화를 주재(主宰)하는 귀신의 작용을 이해하고 해석하는 데 따른 것이다. 주역을 '귀신의 책'이라 칭하는 까닭이기도 하다.

다음에 이어지는 시구 "너는 줄넘기 작란을 한다"에서 인칭(人稱) '너'를 '무궁한 변화 속에 놓인 사물의 존재'로 볼 수 있는 바, 이 시구는 사물의 이치를 파악하는 것의 어려움 즉 인간의 이성으로 파악이 잘 되지 않는 사물의 오묘한 '존재성'을 가리키는 것으로 이해할 수 있다. 『주역』의 「계사전(繫辭傳)」에는 "음양이 헤아릴 수 없음을 신이라 한다(陰陽不測之謂神)"라는 말이 있는 바, 이는 귀신의 작용은 불가측적(不可測的)이고 헤아릴 수 없는 묘용(妙用)임을 가리킨다. 그래서 "너는 줄넘기 작란을 한다"라는 시구가 나온다. 그러므로 이 시구에서 '너'는 '불가측적 묘용' 곧 '귀신'으로 해석될 수 있다. 그런데 귀신은 기(氣)의 묘용이면서, 동시에 공자의 말씀대로, 만물의 근원(理)으로서 본체를 이룬다(『중용(中庸)』16장). 용이면서 체인 귀신이 바로 '너'다.

김수영은 「공자의 생활난」에서 귀신의 존재를 '너'라고 인칭화했듯이, 시 「채소밭 가에서」 다시, '너'를 '불러들인다'.

　　기운을 주라 더 기운을 주라
　　강바람은 소리도 고웁다
　　기운을 주라 더 기운을 주라
　　달리아가 움직이지 않게
　　기운을 주라 더 기운을 주라
　　무성하는 채소밭 가에서

기운을 주라 더 기운을 주라

돌아오는 채소밭 가에서

기운을 주라 더 기운을 주라

바람이 너를 마시기 전에

　　　　　　　—「채소밭 가에서」 전문 (강조는 인용자)

　　김수영 시에서 반복법은 대체로 의미의 강조와 함께 의미의 초
월을 꾀하는 주술(呪術)을 수행한다. 정형률 시조 혹은 동시 형식
을 지닌 인용 시에서 "기운을 주라 더 기운을 주라"라는 시구의 반
복을 통해, 의미는 강조되는 동시에 의미가 서서히 사라지는 반어
적 상황이 연출되면서 시어에 은폐되어있던 '기운'이 '불러들임'
하게 된다. 곧 시적 자아는 시어의 기운을 주재하는 묘용의 존재
인 귀신을 '불러들임'하는 주술력을 작용시키는 것이다. 이렇게 보
면, 이 시의 마지막 시구에서 인칭대명사 '너'는 음양의 조화를 부
리는 초월적 묘용의 존재로서의 귀신을 가리킨다고 할 수 있다. 특
히 "바람이 너를 마시기 전에"는, 주술적 고대 가요 「구지가(龜旨
歌)」의 끝 시구에서도 익히 보았듯이, 자연을 주재하는 귀신의 작용
과 조화를 기원하는 의미로 읽힐 수 있다. 시적 화자는 귀신과 놀
이하듯 '기운을 주지 않으면 바람이 너를 마셔버릴 것이다'라고 계

도하는 셈이다. 그렇다면 "바람이 너를 마시기 전에"라고 '너' 곧 귀신을 경고하고 달래고 할 수 있는 존재로서 시적 화자는 누구인가? 그 시적 화자가 현세에서 초월성을 지닌 존재임은 분명하다. 그 세속과 초월을 넘나드는 존재는, 유고작 「풀」의 시적 화자와 상통하는 존재, 즉 '무(巫), 초월자로시의 시인'의 존재라고 할 수 있다.

4

시의 차원에서 '존재'와 '귀신'의 문제는 결국 언어의 문제로 귀결된다. 세속적 언어는 그 자체로 '존재'의 언어가 아니다. 일상어는 시적 '존재'에 본래적으로 응답할 수 없다. 김수영은 이 언어의 본래성으로서의 존재 문제를 명확히 알고 있었다. 가령 시 「모리배」에서, 일상 속에서 쓰는 생활어는 "모리배들"의 "유치한" 언어이지만, "언어는 나의 가슴에 있다/나는 모리배들한테서/언어의 단련을 받는다/ (…) //나는 그들을 생각하면서 하이데거를/읽고 또 그들을 사랑한다/생활과 언어가 이렇게까지 나에게/밀접해진 일은 없다//언어는 원래가 유치한 것이다/나도 그렇게 유치하게 되었다/그러니까 내가 그들을 사랑하지 않을 수 없다"라고 세속적 생활에서 쓰는 일상어와 시어 간의 관계에 대해 우회적으로 김수영 자신의 언어관을 밝힌다. 이 시에서 확인할 수 있는 점은 "모리배들"이 쓰는 세속적 언어에서 이상적 시어가 나온다는 '반어'의 시정신이다. 이러한 일상생활의 '반란성' 혹은 '반어'에 깊이 뿌리내린 언어관은 김수영의 시 전편에 걸쳐 곳곳에서 관찰되는데, 비근한 예로 시 「생활」을 들면 "시장 거리의 먼지나는 길옆의/좌판 위에 쌓인 호콩 마마콩 명석의/호콩 마마콩이 어쩌면 저렇게 많은지/나는 저절로 웃음이 터져나왔다//모든 것을 제압하는 생활 속의/애정처럼/솟아오른 놈//(…)//무위와 생활의 극점을 돌아서/나는 또 하나의 생활의 좁은 골목 속으로/들어서면서/이 골목이라고 생각하고 무릎을 친다"에서, "모든 것을 제압하는 생활 속의/애정처럼/솟아오른 놈" "나는 또 하나의 생활의 좁은 골목 속으로/들어서면서/이 골목이라고 생각하고 무릎을 치"는 생활어가 바로 시어이다. 달리 말하면 '모리배들의 언어' '속된 생활어'가 '고귀한' 시어가 되려거든 생활어는 '존재'의 언어가 되어야 한다. 방금 인용한 "나는 그들을 생각하면서 하이데거를/읽고 또 그들을 사랑한다"라는 김수영의 진술은 일상생활 또는 일상생활어가 '존재'의 언어가 되어야 한다는 말로 환언할 수 있다. 하이데거 투로 말하면 "언어가 말한다", "언어를 언어로서 언어로 데려온다". 그러므로 존재의 언어는 의식의 언어 너머 고요한 침묵에서 들려오는 언어이다. 일상생활 속에서 셀 수 없이 마주치는 '존재자'들에게서 '존재'를 만나는 것. 시인은 세속적 일상 속에서 만나는 수많은 사물들과 사태들의 '존재'를 감응하고 성찰하는 존재이다. 사물의 사물화, 존재자의 존재화를 이루는 언어가 시어이다. 이 존재론적 언어가 중요한 것은 시인 김수영은 바로 이 존재의 언어를 궁구하는 가운데 '반어의 정신'³을 구할 수 있었기 때문이다. 김수영이 하이데거의 존재론에 대해 깊이 관심을 가진 것은 시어의 문제에 깊이 고뇌했음을 보여준다.

'세계 내적 존재'로서의 존재의 언어가 지금-여기의 역사적 생활세계에서 벗어날 수 없음은 자명하다. 김수영 시의 언어적 특성이라 할 생활에 밀접한 언어관은 여기서 발원한다. 다시 말하지만, 김수영 시의 일상생활적 언어들은 근원적으로 언어의 본질로서 존재의 '부름'에 마중하고 응답하는 '존재'의 언어들이다. 이미 초기 걸작「폭포」를 분석하고 해석했듯이, 언어의 본질로서 '존재'의 '부름'은 근본적으로 천지만물이 음양의 기운의 조화 속에서 서로 연

---

3 그 '반어의 정신'이 다다른 빛나는 비유가 바로 명시「구름의 파수병」에 나오는 '구름의 파수병'으로서 시인의 존재이다. 시인은 생활과의 배반과 반역, 반란을 자기 존재의 본성으로 삼는 것이다. 생활과의 배반과 반역, 반란을 사는 시인의 운명은 마치 '구름'같이 세속과 천상을 '반역적으로' 오가며 영원히 순환하는 세계 내적 존재인 것이다.

결된 '열린 존재'로의 '부름'이다. 다시 하이데거를 부르면, "언어를 언어로서 언어로 데려온다"(하이데거 「언어」)는 '존재'의 언어를 선각 (先覺)한 언어가 바로 김수영의 일상생활어적 시어라고 할 수 있다.

5

김수영의 시가 드러내는 시어의 일상생활성은 그저 일상적 의미와 물질적 생활 영역만을 보여주는 게 아니라, 그 일상어들이 초월적 존재성 또는 귀신의 작용과 조화를 품고 있다는 점을 이해해야 한다. 김수영은 그 일상생활 속에서 발현하는 '존재자들의 존재'를 깨닫고 일상생활 속에서 터득한 '존재의 언어'가 시가 되어야 한다고 믿었다.

이러한 김수영의 시관(詩觀)이나 언어관은 한국 근대문학이 개시된 이래 가장 깊고 드높은 시정신의 경지를 보여준다. 그의 대표적 시론인 '반시론'은 인식론을 인식론과 더불어 넘어서는 초월성으로서의 '존재론', '격물치지'의 수준을 넘어 '귀신'의 운동에 묘합(妙合)하는 시정신이 담겨 있다. 엄밀히 말하면, 김수영 시의 생활언어들은 소리와 의미가 서로 오묘히 뒤엉킨 채 언어의 기운을 불러들인다. 이를 달리 말하면 김수영 시의 언어들은 그냥 일상생활어가 아니라 일상생활어의 반어로서 일상생활어이다. 시인은 일상생활 속에서 '존재'의 언어, '귀신'의 언어를 만나는 것이다. 시어는 시인 저마다 서로 달리 쓰는 '차이'의 언어가 아니다. 강단에서 흔히 말하는 '빠롤'(parole)의 언어가 아니다. 김수영의 언어관에 따르면, 시인 개인마다의 '빠롤'이 아니라 '빠롤의 반어'가 시어이다.

시인 김수영이 타계하던 1968년에 발표한 '최후의' 시론 두편, 「시여, 침을 뱉어라」「반시론」은 일단 제목에서부터도 '반란성(反亂性)'이 드러난다. 그럼에도 '시여, 침을 뱉어라' '반시'라는 제목 자체는 김수영의 시론을 또렷한 명제로 표현한다. 시어가 의미에 고착되거나 죽은 물질성에서 벗어나기 위해선 말은 의미의 속박에서 벗어나 자주적이고 자발적으로 '존재'해야 한다. 그러니까 말은 세속적 생활의 종속에서도 벗어나야 한다. 그래서 김수영은 세속생활에 종속된 말을 버리되, "모든 것을 제압하는 생활 속의/애정처럼/솟아오른 놈"(「생활」)처럼 생활 속에서 '사랑하듯' '반란하는 말'을 각성하게 된다. 이는 생활 속의 반어가 스스로 살아가는 '존재'로 변화될 수 있음을 뜻하는 것이다. 김수영의 초기 시 「공자의 생활난」의 3연 "국수——이태리어로는 마카로니라고/먹기 쉬운 것은 나의 반란성(反亂性)일까"라는 시의식은 바로 이러한 세속생활 속의 반란성으로서 시적 언어에 대한 통찰과 깊이 연관된다. 이렇듯 김수영은 세속생활의 '반란성' 혹은 '반역성'(「구름의 파수병」), 이와 같이 반어의 시정신 곧 '반시' 정신 속에서 비로소 '존재'의 언어를 구할 수 있었고 이 존재의 언어는 '귀신' 들려 "솟아오른"(「모리배」) 말 즉 '반(反)'의 언어였던 것이다.[4]

김수영 시가 보여주는 '반란성'의 언어 즉 반어는 일상생활 속의 굳어버린 언어 속에 기운으로 충만한 '초현실적' 생활언어를 낳는다. 존재의 언어이자 귀신의 언어. 존재와 귀신의 활동에 의해, 시 속에서 일상생활성은 스스로 일상생활성을 극복하는 역동적인 초월성을 드러내기 시작한다. 반시의 반어를 통해 비로소 시어는 기운생동 하듯이 은폐된 존재를 '존재로' 데려온다. 다시 하이데거 식으로 말하면, "언어를 언어로서 언어로 데려온다." 그러므로 반어는 시어의 '존재 가능성'이다. 시는 스스로 말함으로 존재의 도상(途上)에 있는 존재 가능성임을 시인 김수영은 통찰하였던 것이다. 이 존재 가능성으로서의 생활세계를 가리켜, 김수영은 로버트 프로스트(Robert Frost)의 시를 빌려 "외경에 찬 세계"(산문 「반시론」)로 표현하고 있다. 음양론의 시각에서 보면, 귀신의 조화가 부려놓은 시적 정기(精氣)의 존재감이 시를 '외경에 찬 세계'로 변하게 하는 것이다.

---

4 나는 "이 반란성이야말로, 김수영 시의 위대성이다"라고 적은 바 있다.(졸고 「곧은 소리의 시적 의미」)

시인 김수영이 「반시론」의 본론에서 '반시'가 무엇인지를 개념적으로나 논리적으로 전혀 설명하지 않고 있다는 사실 자체도 '반어적'이다. 이는 '반시'가 지닌 참의미를 스스로 은폐하고 있다는 말이 된다. 왜냐하면 존재론적으로 '반시'라는 말도 "규정할 수 없는"(「폭포」) '존재'이기 때문이다. 그러므로 '반시'라는 존재는 이론적 존재가 아니라 '이론적 존재의 가능성' 그 자체임이 암시된다. 중요한 점은 이 시적 존재의 은폐성 속에 시라는 존재를 이해하는 실마리가 있다는 사실이다. 하이데거 식으로 말하면, 존재자 속에 은폐된 존재의 진실을 탈은폐하는 것이 시이다. 김수영의 육성으로 듣자면, 「반시론」에서의 마지막 말 "반시론의 반어"를 이해해야 김수영의 '반시'의 진정한 의미가 비로소 드러난다. 괴테(J. W. Goethe)의 『파우스트』의 유명한 문구를 빌려 말하면, "모든 이론은 회색이다. 그러나 살아 있는 생명의 나무는 푸르다"는 것. 의식이나 이론 같은 인식론의 차원 너머에 '존재'하는, 즉 초월성으로서의 열린 존재 가능성을 각지(覺知)하고 이를 언어로써 현성(現成)하는 시짓기, 이를 "반시론의 반어"라고 해석할 수도 있다. 이 "반시론의 반어"가 김수영의 시정신이 도달한 절정의 경지인 만큼, 김수영이 하이데거의 「릴케론」에서 영향을 받고서 자신의 존재론적 시론인 「반시론」을 전개했다고 해도, 하이데거의 존재론적 시론은 이미 극복한 것이나 다를 바 없다. 오히려 김수영은 서양철학이나 외래이론을 자신의 정신 속에서 용해시킨 후 이 땅의 기운생동 하는 현재 상황에 투철히 한 뒤, 자신의 시정신 속에서 그만의 고유한 주체적 시론으로 소화시킨다. 그 고유한 "반시론의 반어"의 배경에 형형한 '귀신'이 도사리고 있음은 물론이다.

6

공자가 귀신의 존재에 관해 언급한 이래, 주자(朱子)나 이정(二程, 정이程頤, 정호程顥), 기철학자 장재(張載, 장횡거張橫渠) 등이 설파한 송유의 귀신론이나 장재의 기철학 등을 계승한 조선초 서경덕과 이율곡, 김시습, 후대의 임성주 등 조선 성리학자들 저마다의 귀신론을 종합하면, 만물 자체뿐 아니라 만물의 배후를 주재하는 '이기(二氣)의 양능(良能)'이 귀신이요, 만물은 '귀신의 묘용'이 남긴 자취라는 것이다. 음양의 조화도 귀신이요 조화의 자취도 귀신이다. 여기서 인귀(人鬼)의 문제가 제기되지만, 인귀의 존재도 음양의 조화와 자취로서 인정된다.[5]

---

5   전통 성리학에서 인귀(人鬼)의 존재 문제는, '제사론(祭祀論)'에서의 조령(祖靈)의 존재 문제와 밀접하게 연결되어 '음양론'적 귀신 해석과 이론적으로 대립 갈등을 일으키지만, 대개 인귀는 환각의 존재로서 음양의 작용과 조화의 원리로

그러나 귀신론은 유가적 귀신론에서 그칠 것이 아니다. '이기의 양능'으로서의 귀신론을 넘어, 특히 1860년 봄 수운(水雲) 최제우(崔濟愚) 선생이 '한울님'을 '귀신'의 존재로서 만난 '세계사적 일대 사건'(김범부)을 깊이 궁구해야 한다. 수운의 한울님 목소리와의 '접신'은 향후 심리학 민속학 인류학 철학 유전학 생물학 등 학문의 제 분야 그리고 문학예술 분야와 상호간 깊이 교류하며 대화하고 논구해야 할 문화사적 화두라 할 수 있다. '새로운 귀신론'은 물질만능의 근대 자본주의 문명을 넘어서 모든 유역(流域)-지역주의와 쇼비니즘을 반대하고 적극 극복하여, 세계내의 저마다 생활·문화

──────────

해석되어 인정된다. 그러나 인귀 문제는 성리학적 사고만으로 이해될 수 없고 오히려 성리학적 귀신론의 한계를 극복해야 한다. 가령, 아득한 선사시대 이래 제 종족의 집단적 기억의 심층에 남아 있는, 특정 사물이거나 만물에 깃든 정령(精靈) 또는 혼령(魂靈)을 숭배하고 소통하는 애니미즘적 무의식에 의해 투사된 인귀의 존재, 그리고 오랜 세월에 걸쳐서 축적된 집단무의식의 원형으로서 인귀의 존재 등으로 확대하여 인귀 문제를 깊이 살펴야 하는 것이다. 「묘정의 노래」에 나오는 '관공(關公, 관우)'의 존재는 동아시아의 제 종족 혹은 민족들 간 차별을 넘어 양능의 혼령으로서 지금도 동아시아 민중에게 영적 존재감을 발휘한다. 새 나라를 세우기 위해 정의롭게 싸우다 억울하게 죽임을 당한 관우의 혼령은 중국은 물론 한국 일본 등 동아시아 제 종족의 집단무의식 속에 깊이 은폐된 채로 오늘날까지 숭배되는 민중적 영웅귀(英雄鬼)의 오래된 표상이다. 이 시에서 묘당(廟堂)은 관우상을 모신 사당이라는 장소적·물리적 의미 차원을 넘어 시의 아우라를 함께 살피면, 시적 화자는 '관우귀신'의 작용을 감지하고 자각하는 '초현실적' 감성을 가진 존재임이 자연스럽게 드러나 있다.

적 공동체를 이루고 사는 제 민족·제 종족·제 부족이 평등하고 우애롭게 서로 교류하는 유역-마다 공동체적 '혼(魂)'의 문화를 일구는 뜻깊은 동기가 될 수 있다.

새로운 귀신론의 전망 위에서 한국인에게 큰 사랑을 받아온 우리의 걸출한 시인 김수영의 시정신을 다시 해석하는 까닭도 여기에 있을 터이다. 나로선, 1990~2000년대에 소위 진보적 문학진영의 타락상과 문학의식의 저열성을 우회적으로 질타하고, 이를 극복할 정신적 대안을 찾고자 고투하는 과정에서 김수영을 만났고 김수영 시의 심층에서 귀신의 자취를 보았다. 전통적 귀신론과 수운의 '원시 동학'의 재해석을 통하여 김수영 시의 현실의식 심층에 작동하는 무의식적 '존재'(존재의 언어)와 '귀신의 작용'을 해명하여, 곧잘 지적되어온 김수영의 '정치적 자유의지' 바탕에 드리운 '거대한 뿌리'로서 '존재'와 '귀신'의 작용과 조화를 밝히고자 하였다.

많은 평자들이 4·19를 기점으로 하여 김수영 시에서 진일보한 정치의식에 수반한 변화된 시의식에 대해 아울러, 부조리한 현실의 혁파를 꿈꾼 '참여적 리얼리즘' 또는 '모더니즘적 갱신'에 대해 논한다. 4·19가 김수영 시에서 낡은 관습적 의식의 '현대적 혁신'과 한없는 자유의 정신의 추구 등 사회의식상의 중대한 변화를 몰고 왔다거나, 오도된 민족주의(가령 미당 서정주의 쇼비니즘)를 신랄히 비판하고 '리얼한' 시 의식 바탕 위에 '모더니즘적' 갱신을 모색하거나 '현실참여시'의 참된 성숙을 위해 가차 없는 비판을 수행한 것 등 '4·19정신의 문학적 상징'으로서 김수영의 존재는 분명히 혁혁하다. 그러나 문제는 김수영의 문학정신이 소위 '4·19 세대의 문학의식' 차원이나 리얼리즘 혹은 모더니즘 차원에서 그칠 내용이 아니라는 것이다. 사회변혁의 의지와 열망을 진보의식과 정치적 주장의 차원에서, 아울러 리얼리즘 대 모더니즘이라는 이미 구태의연해진 미학 차원에서 해방시켜야 한다. 이 현장적 문제들을 명확히 알고 있던(그의 날카로운 '현장비평'들을 보라!) 김수영은 시론 「시여, 침을 뱉어라」 「반시론」 등에서 시의 '존재'와 '귀신'이 시의 진정성이며 진실성임을 우회적이고 암묵적으로 보여주었다.

우리는 그동안 시인 김수영을 '주체적 의식인' 또는 '자유인'이라거나 계급문학적 관점에서 '소시민적 계급성을 대변하는 시인' 정도로 해석하곤 했다. 미학적 관점에서는 리얼리즘과 모더니즘을 통일하거나 갱신한 시인으로. 하지만 앞에서 살폈듯이, 김수영 시의 '심층적 존재'는 데뷔작부터 유고작에까지 존재와 귀신 그리고 무(巫)의 작용과 연관이 깊다. 만약 이 점을 기꺼이 인정한다면, 우리는 그동안 시인 김수영에게 붙어온 '자유인의 초상'이라거나 '소시민적 존재', '리얼리즘적' 혹은 '모더니즘적인' 시인 같은 개념들에 대해 반성하게 될 뿐 아니라, 나아가선 그 개념들 안에서부터 새롭게 감지되는 귀신의 운동을 접하게 될 것이다. 과연 그러하다면, 이제 바야흐로 때가 되어, 시인 김수영에 대한 문학사적·정신사적 갱신이 서서히 이루어지기 시작하는가 보다!

바 로   보 려 는   자 의   비 애 와   설 움

나희덕

본다는 것과 쓴다는 것

내가 김수영의 시를 처음 읽은 것은 고등학교 때였다. 시쓰기에
관심을 가지게 되면서 가장 즐겨 읽었던 것이 민음사 '오늘의 시인
총서'인데, 이 씨리즈의 첫번째 책이 『거대한 뿌리』였다. 김수영에
이어 김춘수 김종삼 황동규 정현종 강은교 등의 시집을 끼고 다니
며 나는 점차 '시를 쓰는 아이'로 불리게 되었다. 늦은 밤 밑줄 그은
구절들을 무슨 주문처럼 소리 내어 읽다보면 내 속에서도 시적인

문장들이 조금씩 흘러나왔다.

　그 모더니스트들의 언어는 좀처럼 이해하기 어려웠지만, 알 듯 모를 듯한 모호성이 오히려 묘한 매력을 불러일으키기도 했다. 『거대한 뿌리』에 실린 첫 시 「공자의 생활난」부터가 생경한 단어들과 암호 같은 문장들로 이루어져 있었다. 하지만 "동무여 이제 나는 바로 보마/사물과 사물의 생리와/사물의 수량과 한도와/사물의 우매와 사물의 명석성을"이라는 4연은 시인의 의미심장한 선언처럼 여겨져 수시로 중얼거리곤 했다. 과연 '바로 본다는 것'은 무엇일까. 이 질문은 비슷한 시기에 읽었던 릴케(R. M. Rilke)의 소설 『말테의 수기』에 반복해서 나오는 구절 "나는 보는 법을 배우고 있다"와 겹쳐지면서 내 시 공부의 첫자리에 선명하게 자리 잡았다.

　'예술가는 보는 사람'이라는 생각은 조각가 로댕(A. Rodin)뿐 아니라 시인을 '견자(見者)'라고 불렀던 랭보(A. Rimbaud)에 이르기까지 누누이 강조되어온 바이지만, 제대로 본다는 것은 그때나 지금이나 참으로 어렵고 어려운 일이다. 그래도 청소년기부터 무언가 흥미로운 대상을 발견하면 그 앞에 오래 쪼그려 앉아 들여다보는 게 습관이 된 것은 시인이란 '쓰는 자'이기 이전에 '보는 자'라는 생각 때문이었다. 사물의 생리와 수량과 한도, 그리고 사물의 우매와 명석성 등을 발견하기 위해서는 사물의 외부와 내부를 두루 보아야 하고,

모든 사물과 현상에 깃든 양면성에 대한 고려가 필요하다. 또한 눈으로만 관찰하는 것이 아니라 몸의 모든 감각들을 활용해 대상을 겪어내야만 입체적이고 살아 있는 이미지를 얻을 수 있다.

김수영에게 '바로 보기'란 때로는 "숨어 보는 것"(「아버지의 사진」)이고, "정말 속임 없는 눈으로"(「달나라의 장난」) 보는 것이다. 또한 "남을 보기 전에 네 자신을 먼저 보이는/긍지와 선의"(「헬리콥터」)를 담은 행위이기도 하다. 「구름의 파수병」에서는 "나라는 사람을 유심히 들여다"보며 "내가 시와는 반역된 생활을 하고 있다는 것을" 알게 되고, "이 메마른 산정에서 오랫동안 꿈도 없이 바라보아야 할 구름/그리고 그 구름의 파수병인 나"의 운명을 깨닫는다. 그러면서 "묵연히 묵연히/그러나 속지 않고 보고 있을 것"(「여름 뜰」)이라고 다짐한다.

이렇게 제대로 보려는 부단한 노력 없이는 제대로 된 시를 쓸 수 없다는 것을 나는 김수영을 통해 배웠다. 그의 시를 읽으면서 가장 먼저 떠올리게 되는 것도 보는 자의 '시선과 표정'이다. 그러나 제대로 보았다 해도 시적 발견이 늘 최선의 글쓰기로 순조롭게 이어지는 것은 아니다. 글쓰기를 가로막는 환경이나 수많은 요인들과 싸우는 과정을 통해서만 우리는 시를 온전히 허락하는 한뼘의 영토를 확보할 수 있다.

김수영에게는 가난이 가장 당면한 문제였던 것 같다. 원고료만으로는 생활이 어려워 번역을 하고, 월평을 쓰고, 라디오 원고를 쓰고, 어느 기간엔 양계를 생업으로 삼기도 했다. 그러면서 '매문(賣文)'에 대한 강박으로부터 한시도 자유롭지 못했다. 글을 쓴다는 것과 글을 판다는 것 사이에서 고민하며 스스로의 글쓰기에 대해 못마땅해하는 것은 비단 그만의 문제가 아닐 것이다. 쓰고 싶은 글보다 써야 할 글빚에 쫓겨 사는 나 역시 김수영의 푸념에 고개를 끄덕이게 된다.

그런데 나는 왜 이렇게 글이 쓰기 싫은지 모르겠다. 왜 이렇게 글을 막 쓰는지 모르겠다. 쓰고 싶은 글을 써보지도 못한 주제에, 또 제법 글다운 글을 써보지도 못한 주제에 이런 말을 하는 것은 주제넘은 소리지만, 오늘도 나는 타고르의 훌륭한 글을 읽으면서 겁이 버쩍버쩍 난다. 매문을 하지 않으려고 주의를 하면서 매문을 한다. 그것은 구공탄 냄새를 안 맡으려고 경계를 하면서 자기도 모르게 맡게 되는 것과 똑같다.

— 산문 「이 일 저 일」 부분

김수영은 눈에 보이지 않고 소리도 나지 않지만 어느 순간 의식하지 못한 채 맡게 되는 구공탄 냄새처럼 생활에 스며드는 정신의 나태와 거짓을 무엇보다도 경계했다. 같은 글에서 그는 "구공탄 중독보다도 나의 정신 속에 얼마만큼 구공탄 가스가 스며 있는지를 모르고 있다는 것이 더 무섭다"고 고백했다. 이처럼 얼마간의 낭만적 미화마저 거부하고 꾸질꾸질한 생활의 발견과 반성적 의식을 견지하는 태도야말로 김수영을 '끝까지 바로 보려는 자'로 남게 했을 것이다.

그의 연보를 보면 힘이 났다

김수영의 시보다는 산문을, 산문보다는 연보를 즐겨 읽던 시절이 있었다. "설움이 설움을 먹었던 시절"(「헬리콥터」)이었다. 김수영은 일제시대에 성장기를 보냈고, 해방과 6·25전쟁, 4·19혁명과 5·16군사쿠데타 등 한국사의 온갖 격랑을 겪으며 살았다. 그런 삶의 고비들을 60년대 후반에 태어난 내가 제대로 짐작하기는 어렵지만, 김수영의 삶에 잣대를 대보곤 하는 것은 그의 소시민적 비애와 설움이 내 것처럼 친숙하게 느껴졌기 때문이다.

시인으로 살아가며 혼란스럽고 막막할 때면 내 나이에 김수영은 어떤 삶을 살았는지, 어떤 시를 썼는지, 그의 연보를 자주 들춰보곤 했다. 그러면 김수영의 가난과 연민과 오기와 자조가 내 것처럼 느껴졌고, 그의 삶에 나의 삶을 포개며 위로받았던 때가 많았다. 남편이 진 빚으로 집을 잃고 부모님 집에서 더부살이를 하던 서른살 무렵, '김수영은 내 나이에 포로수용소 생활도 했는데……' 하면서 짐짓 내 고통의 무게를 덜어내려고 애썼다. 힘든 고비를 넘기고 서른다섯살에 광주로 이사하면서는 마포 구수동으로 이사해 번역일과 양계를 하며 조금씩 안정을 찾아가던 그를 떠올렸다. 채마밭을 일구던 김수영처럼, 담양 지실마을에 작은 밭을 빌려 푸성귀를 키우기도 했다. "차라리 숙련이 없는 영혼이 되어/씨를 뿌리고 밭을 갈고 가래질을 하고 고물개질을 하자"(「여름 아침」)고, "기운을 주라 더 기운을 주라"(「채소밭 가에서」)고 되뇌면서.

그럼에도 불구하고 마흔살 무렵 다섯번째 시집 『사라진 손바닥』(문학과지성사 2004)을 낸 후로 시에 대한 피로감과 무력감이 찾아들었다. 몸과 마음에 물기가 한점도 남아 있지 않은 듯했고, 더이상 시를 쓸 수 없을 것만 같았다. 다시 김수영의 연보를 펼쳐 들었다. 그런데 그가 첫 시집 『달나라의 장난』(1959)을 낸 나이가 서른아홉살이 아닌가. 김수영에 대한 열등감으로 점철된 긴 시간 끝에 희미한 자존감이 생겨나는 순간이었다. '그가 시집 한권 낼 나이에 시원

찮은 시집이나마 다섯권을 냈으니, 나름으로 애는 쓴 거야. 얼마간 쉬어 가면 좀 어때. 괜찮아.' 이렇게 스스로를 다독이며 또 한 고비를 넘겼다.

김수영문학상이 준 질문과 숙제

김수영에게서 받은 가장 큰 선물은 시집 『그곳이 멀지 않다』(민음사 1997)로 제17회 김수영문학상을 수상한 것이었다. 등단한 지 10년 만에 첫 문학상을 받았는데, 그 상이 김수영의 이름으로 주어진 것이라는 사실이 기쁘면서도 버겁게 느껴졌다. 시집 해설을 쓴 황현산(黃鉉産) 선생의 글 제목부터가 '단정한 기억'이니, 내 시가 김수영과는 오히려 대척점에 놓여 있는 게 아닌가 하는 자격지심마저 들었다.

물론 그가 내 시의 "절제와 단정함" 속에서 "견고함에 대한 의지"를 읽어내고, "이 의지 속에 삶과 미래에 대한 열정이 자기모멸의 감정과 구별할 수 없는 방식으로 섞여 있다는 것"에 주목해준 것은 고마운 일이다. "정열은 대답을 무(無)의 자리에 남겨둠으로써 제 줄기참을 유지한다. 단정한 시는 들뜬 시를 환멸의 감정 속에 무화함으로써 제 '시'에 의지를 세운다"라는 대목에 이르면 내 시에도 김수영적인 면모가 없지 않구나 싶기도 했다.

그 시절 나에게 주어진 김수영문학상은 상찬이나 격려라기보다는 나에게 결핍된 어떤 요소나 태도에 대한 준엄한 요구로 받아들여졌다. 그러하기에 "구제할 수 없는 분란이 곧 질서이며, 요지부동한 정지가 가장 속도 높은 운동이기도 할 그런 언어를 완전하게 누리기까지 그녀에게는 준비할 것들이 아직 남아 있다"는 해설자의 말에 흔쾌히 동의했다. 그리고 그런 언어의 자유를 누리기 위해 준비할 것들이 무엇인지 곰곰이 생각해보곤 했다. 하지만 분란과 질서 사이에서, 정지와 운동 사이에서, 부단한 진자운동을 해나가기에 나의 시선은 지나치게 조심스러웠고, 집중할 시간과 에너지가 늘 부족했다.

그런 가운데서도 내 문학에 주어졌던 몇개의 단어들을 떠올려본다. 정직함, 자기반성적 태도, 모순과 역설, 균형과 절제, 인내심. 김수영이 지닌 정신의 열도(熱度)를 따라잡을 수는 없지만, 내 시의 적지 않은 것들이 김수영에게서 왔음을 고백하지 않을 수 없다. 내가 추구하는 정직성은 "곧은 소리는 곧은/소리를 부른다"(「폭포」)는 믿음에 가닿아 있고, "나는 너무나 많은 첨단의 노래만을 불러왔다/나는 정지의 미에 너무나 둔감하였다"(이하 「서시」)는 자기반성적 태도는 나로 하여금 균형과 절제의 지혜를 배우게 해주었다. 그리고 "지지한 노래를/더러운 노래를 생기 없는 노래를" 시대의 명령(그것이 명령의 과잉일지라도)에 따라 멈추지 않고 부르는 끈기는, 이 어둠의 시대에 내가 부를 "부엉이의 노래"는 무엇일까 생각하도록 만들었다.

나는 어떤 적과 싸우고 있는가

지난 학기 대학원 수업 전체를 김수영의 시와 산문을 읽는 데 바쳤다. 이영준 편 『김수영 전집』 개정판(전2권, 민음사 2018)으로 나온 것과 김수영 50주기를 마음으로 기념하는 의미도 있었다. 그러면서 김수영은 한명의 시인이 아니라 한국 현대시의 다양한 혈맥을 연결하는 대동맥 같은 존재라는 걸 다시 느꼈다.

우리의 김수영 읽기는 매주 한가지씩 질문을 던지며 진행되었다. 나에게 '아버지'란 어떤 존재인가. 나는 어떤 '적'과 싸우고 있는가. 내 속의 '욕망'과 '사랑'은 무엇인가. '생활'과 '예술'은 어떤 관계를 지니고 있는가. 시의 '정치성'과 '심미성'은 어떻게 합류할 수 있는가…… 이런 질문들을 각자 던지고 그 생각을 시로 써보면서, 우리는 수업마다 가슴이 뜨거워지는 걸 경험했다. 김수영이라는 살아 있는 용광로를 중심에 두고 우리는 그 열기를 마음껏 나누어 가졌다.

김수영은 무엇보다도 문학이 일종의 싸움이라는 것을 몸소 보여 준 시인이다. 그는 자신의 내부와 외부의 적에 대해 한순간도 경계를 늦추지 않았다. 하지만 적에 대해 깊이 생각할수록 이 '적'이라는 놈은 어디론가 숨어버리고 정체를 쉽게 드러내지 않는다. 그래서 김수영도 "적이란 해면(海綿) 같다/나의 양심과 독기를 빨아먹는/문어발 같다"(「적」)고 말하지 않았던가. 적들은 도처에서 해면처럼, 문어발처럼 끊임없이 움직이며 내적인 기운을 빼앗아 간다.

4·19 직전에 발표한 시 「하……그림자가 없다」에서 그는 이렇게 말했다. "우리들의 싸움의 모습은 초토작전이나/「건 힐의 혈투」 모양으로 활발하지도 않고 보기 좋은 것도 아니다/그러나 우리들은 언제나 싸우고 있다"고. "밥을 먹을 때에도/거리를 걸을 때도 환담할 때도/장사를 할 때도 토목 공사를 할 때도/여행을 할 때도 울 때도 웃을 때도/(…)/연애를 할 때도 졸음이 올 때도 꿈속에서도/깨어나서도 또 깨어나서도 또 깨어나서도……/수업을 할 때도 퇴근시에도/(…)/우리들의 싸움은 쉬지 않는다"고. 그러니까 싸움은 혁명이니 역사니 하는 거창한 차원에서만 일어나는 게 아니라 사

소한 일상의 순간마다 우리 내면에서 일어나는 사건이라는 것이다.

　일상의 지리멸렬한 싸움 속에서는 싸우는 주체와 대상을 뚜렷하게 구별하기도 어렵다. 다만 분명한 것은 우리가 매번 어떤 힘이나 대상 앞에 무릎 꿇고 있다는 느낌이다.「적」「적1」「적2」 등 '적'을 제목으로 한 시를 여러편 쓴 걸 보면, 그 역시 번번이 적에게 지는 경험을 하면서 적들과 함께 사는 법을 배웠던 듯하다.「아픈 몸이」라는 시에서 그는 이렇게 말한다.

아픈 몸이
아프지 않을 때까지 가자
온갖 식구와 온갖 친구와
온갖 적들과 함께
적들의 적들과 함께
무한한 연습과 함께

—「아픈 몸이」 부분

　적과 식구와 친구는 더이상 다른 존재가 아니다. "온갖 적들과 함께/적들의 적들과 함께" "무한한 연습"을 하며 나아가는 수밖에 없다. "아픈 몸이/아프지 않을 때까지", 그리하여 마침내 적을 사랑하게 될 때까지 싸우고 또 싸울 수밖에 없다. 여기서 적을 사랑한다는 것은 '원수를 사랑하라'는 기독교의 교훈처럼 무조건적인 용서와 화해를 의미하지 않는다. 굳이 설명하자면 그것은 니체(F. Nietzsche)가 『도덕의 계보』에서 보여준 '적(敵)'에 대한 성찰에 가깝다.

　도대체 이 지상에 진정 '적에 대한 사랑'이 있을 수 있다면, 그것은 오직 그러한 인간에게서만 가능할 것이다. 고귀한 인간은 이미 자신의 적에게 얼마나 큰 경외심을 가지고 있는 것일까! ――그리고 그러한 경외심은 이미 사랑에 이르는 다리이다…… 그는 자신을 두드러지게 하기 위해 스스로 자신의 적을 요구한다. 그는 경멸할 것이 전혀 없고, 아주 크게 존경할 만한 적이 아니면 참을 수 없다! 이에 반해 원한을 지닌 인간이 생각할 수 있는 '적'을 상상해보자 ――바로 여기에 그의 행위가 있고 그의 창조가 있다: 그는 '나쁜 적'을, '악한 사람'을 생각해내고, 사실 그것을 근본 개념으로 거기에서 그것의 잔상(殘像) 또는 대립물로 다시 한번 '선한 인간'을 생각해낸다 ――그것이 자기 자신인 것이다![1]

1　프리드리히 니체 『선악의 저편·도덕의 계보』, 김정현 옮김, 책세상 2002, 371면.

고귀한 인간은 자기보다 열등한 '나쁜 적'을 상정하고 싸움을 벌이지 않는다. 자신을 선하게 보이기 위해 악인을 적으로 선택하는 것이 아니라, 자신이 추구하는 이상을 위해 스스로 자신의 적을 요구하며 그 적은 존경할 만한 대상이어야 한다. 그 경외심이야말로 제대로 된 적과 제대로 싸울 때 가질 수 있는 감정이다. 니체의 이 대목을 읽으면서 나는 김수영의 '적'에 대한 모순된 진술들을 이해할 수 있었다. 그러니 적과 최선을 다해 싸운다는 것은 적을 최선을 다해 사랑하는 것이다.

죽은 김수영보다 이미 늙어버렸지만

김수영은 48세에 세상을 떠났다. 어느새 나는 죽은 김수영보다 더 많은 나이가 되었다. 새로 나온 『김수영 전집』 속표지에 인쇄된 김수영의 초상화를 가만히 어루만져본다. 김수영과 마찬가지로 교통사고로 갑자기 세상을 떠난 남동생을 떠올리면서, 그들보다 오래 살아남아 시를 써온, 그리고 써나가야 할 시간들을 헤아려본다. 김수영의 초상 아래 "시(詩)는 나의 닻(錨)이다"라는 문장이 새삼 눈에 들어온다. 그리고 이 문장을 되새김질하며 나는 새로 나오는

시집 『파일명 서정시』(창비 2018)에 붙이는 시인의 말에 이렇게 적
었다.

시는 나의 닻이고 돛이고 덫이다.
시인이 된 지 삼십년 만에야 이 고백을 하게 된다.

공 허 의 말 단 에 서
찬 란 하 게 피 어 오 른 시

최정례

　김수영 시 「꽃」에 매료되었던 것은 "견고한 꽃이/공허의 말단에서 마음껏 찬란하게 피어오른다"라는 마지막 구절 때문이었다. '공허의 말단'과 '견고함'은 어찌 생각하면 모순된 속성인데 그것들이 결합하여 마음껏 찬란하게 피어오른다니, 어찌하여 이 모순된 말들이 복합적으로 엮여 찬란하게 빛나는 순간이 발명되는 것인지 알아내고 싶었다. 그 비의를 캐내고 싶어 처음부터 시 전문을 반복해 읽어보았지만 처음엔 온전하게 이해할 수 없었다. 답답했다. 무슨 말인지 제대로 모르면서 한편의 시를 좋아한다는 것이 진정 좋아하는 것인가 싶어 꼼꼼히 따져가며 다시 읽어보았다. 어려운 문장 속에 숨은 빛나는 이 구절이 어쩌면 그가 일찍부터 이미 한 세계를 인식하게 되었던 개안의 지점인 것만 같아 혼자 기뻐했고 모르던 새 시인을 만난 것 같아 한없이 반가웠다.

꽃은 과거와 과거를 향하여
피어나는 것
나는 결코 그의 종자에 대하여
말하고 있는 것은 아니다
또한 설움의 귀결을 말하고자 하는 것도 아니다
오히려 설움이 없기 때문에 꽃은 피어나고

꽃이 피어나는 순간
푸르고 연하고 길기만 한 가지와 줄기의 내면은
완전한 공허를 끝마치고 있었던 것이다

중단과 계속과 해학이 일치되듯이
어지러운 가지에 꽃이 피어오른다
과거와 미래에 통하는 꽃

견고한 꽃이

공허의 말단에서 마음껏 찬란하게 피어오른다

─김수영 「꽃」¹ 전문

김수영 시인이 그려내고자 했던 꽃은 시인이 시로써 도달하고자 했던 세계를 반영하는 듯하다. 꽃이 "과거와 과거를 향하여" 피어난다는 말로 미루어보아 여기 이 꽃은 자연 속의 꽃이 아니라 그가 이탈하고자 했던 곳에 놓인 상상의 꽃, 관념의 꽃이다. 꽃이 "과거와 과거를 향하여" 피어난다는 말은 지나간 시간을 향한 응시이며, 이미 지나가버린 결정된 시간과의 대결로서 불가능을 향한 도전의 말이기도 하다. 돌이킬 수 없는 한계상황인 지나간 시간, 움직일 수

---

1   김수영은 1956년에 「꽃」을 쓰고 1957년 11월에도 「꽃」을 쓴다. 그가 생전에 펴낸 첫 시집 『달나라의 장난』에는 1956년 발표작 「꽃」에 번호가 붙어 있지 않다. 그러나 1981년 민음사에서 나온 『김수영 전집』과 2015년 새로 간행된 『김수영 전집』에는 1956년에 먼저 쓰인 「꽃」에 「꽃2」라는 번호가 붙어 있다. 또한 『김수영 전집』의 연보에 의하면 1945년에 「공자의 생활난」을 비롯하여 쓰인 4편의 시와 함께 「꽃」이라는 제목의 시가 있었으나 분실된 것으로 기록되어 있다. 번호를 붙여야 한다면 나중에 쓰인 1957년의 「꽃」에 붙여야 할 터이지만 이런 이유로 1956년에 발표한 이 시 「꽃」에 번호 2가 붙은 것으로 추측된다. 이 글에서는 『달나라의 장난』을 따라 번호를 붙이지 않기로 한다. 즉 이 작품은 『김수영 전집』의 「꽃2」에 해당하는 것이다.

없는 벽과의 대결이라는 점에서 타협하지 않는 불굴의 정신을 엿볼 수 있는 지점이기도 하다. 꽃이 미래를 향하여 피어난다고 하여 대책 없이 미래에 무책임한 희망을 걸어두는 것과도 차별되는 말이다. 시를 새로움의 확보라고 생각했던 시인의 생각과 상통하는 말이며 미래를 향하여 꽃피고 열매 맺는다는 상투성에서 벗어나고자 하는 말이기도 하다.

과거는 수정할 수 없다. 과거는 바라보고 거듭 생각해봐야만 하는 현실의 초석이다. 그 지나간 시간은 내재적 깊이를 가지고 있지만 그 깊이는 어찌해볼 수도 없고, 손닿을 수도 없어 피안처럼 아득하기만 한 것이다. 손 닿을 수 없는 피안을 향한 시간이기에 시인은 그 시간을 향해 투사한 에너지의 소용없음을 공허라고 표현한 것일까?

김수영의 꽃은 "공허의 말단에서" 피어난다. "공허의 말단에서" 피어나기에 "찬란하"다. "꽃이 피어나는 순간/푸르고 연하고 길기만 한 가지와 줄기의 내면은/완전한 공허를 끝마치고 있었던 것이다"라는 2연을 생각해보면, 김수영에게 꽃이 피어나는 이유는 가지와 줄기 속에서 뻗치는 공허 때문이다. 이 말은 이상하게 아름답다. 우리가 익히 알고 있는 김수영의 시 「풀」이나 「사랑의 변주곡」 혹은 「폭포」에서 내포하고 있는 힘차게 내뻗치는 구체적·긍정적 에

너지와는 거리가 먼, 추상적·부정적 기운의 말인 것 같아서 혼란스럽기까지 하다.

당연히 김수영이 응시하고 있는 과거는 현재의 현실과 연결되어 있다. 지금 현실이 된 원인을 과거가 안고 있기에 김수영은 그 과거를 응시할 수밖에 없었을 것이다. 우리는 상상이라는 수단 없이는 과거도 미래도 볼 수 없다. 과거를 되돌아보는 상상력은 단순히 과거뿐 아니라 앞을 내다보고 그 이상을 볼 수 있는 능력이기도 하다. 그렇다면 이 줄기 끝에 맺힌 공허의 꽃은 과거와 과거를 향하다가 결국 현재와 미래에까지 통하는 공허라는 뜻이 아닐까? "과거와 미래에 통하는 꽃/견고한 꽃이"라는 구절이 이 말을 입증해준다.

3연에서 "중단과 계속과 해학이 일치되듯이/어지러운 가지에 꽃이 피어오른다"라는 말은 또 무슨 뜻일까. 김수영은 자신의 행위나 역사의 진행 과정에서 보이는 상황을 대할 때 종종 해학이라는 단어로, 혹은 우습다는 말로 표현하곤 했다. 예를 들자면 시 「연기」에서는 "부처의 심사 같은 굴뚝이 허옇고/그 위에서 내뿜는 연기는/얼핏 생각하면 우습기도 하다", 시 「생활」에서는 "호콩 마마콩이 어쩌면 저렇게 많은지/나는 저절로 웃음이 터져 나왔다"라고 표현한 바 있다. 이 시 「꽃」에서도 피려고 하는 듯 피지 않으려고 하는 듯, 혹은 난만한 웃음꽃을 계속할 듯 중단할 듯한 대상의 모습을 해학의 표정이 한데 어우러진 것으로 표현한 게 아닌가 싶다. 이러한 과정을 거쳐 피어나는 꽃은 중단과 계속을 반복하며 피어났기에 "견고한 꽃"이며 "과거와 미래에 통하는 꽃"이며 "공허의 말단" 즉 정신의 최전방에서 피어나는 꽃인 것이다.

김수영은 현실을 끊임없이 부정하면서도 몸은 끝내 현실 속에 담아두고 그 현실과 대결하고자 하였다. 김수영이 이 시「꽃」을 쓴 것은 1956년, 그가 36세 되던 해였다. 시인의 에너지는 왕성하게 솟는 시기였으나 현실은 전쟁을 겪고 난 후의 비참하고 누추한 그것이었다. 아무것도 기대할 게 없는 지나간 시간 속에서 자신의 몸과 마음을 갉아 먹으며 반추해야 스스로를 피워낼 수 있다는 의지가 산문 혹은 시에 나타나 있다. 그는 끊임없이 구체적 현실의 삶을 벗어나고자 했으나 그의 의지는 이곳이 아닌 어떤 장소로 상승하기 위한 게 아니라 오히려 일상적 삶 안에 있었다.

> 버드 비숍 여사를 안 뒤부터는 썩어빠진 대한민국이
> 괴롭지 않다 오히려 황송하다 역사는 아무리
> 더러운 역사라도 좋다
> 진창은 아무리 더러운 진창이라도 좋다
>
> ─「거대한 뿌리」 부분

진창 같은 한국의 구체적 현실이, 그의 뿌리가, 그의 과거가 그를 끊임없이 괴롭히지만 그는 이 과거를 수용하고 직시하려 했다. 1893년에 조선을 처음 방문한 영국왕립지리학회 회원인 비숍 여사가 본 비참한 그때로부터 멀리 벗어나지 못한 구체적 현실을 외면하지 않으려 했다. 그래서 김수영은 우긴다. 꽃은 "과거와 과거를 향하여" 피어나는 것이라고, 꽃이 피어나는 순간 "완전한 공허를 끝마치"는 것이며, 비로소 "미래와 과거에 통하는 꽃"이 되는 것이라고. 또한 김수영은 그의 산문 「시인의 정신은 미지」에서 다음과 같이 언급한 바 있다.

그는 언제나의 시의 현시점을 이탈하고 사는 사람이고 또 이탈하려고 애를 쓰는 사람이다. (…) 시인은 영원한 배반자다 촌초(寸秒)의 배반자다 그 자신을 배반하고 그 자신을 배반한 그 자신을 배반하고, 그 자신을 배반한 그 자신을 배반한 그 자신을 배반하고…… 이렇게 무한히 배반하는 배반자. 배반을 배반하는 배반자…… 이렇게 무한히 배반하는 배반자다.

—산문 「시인의 정신은 미지」 부분

김수영의 산문에 나타난 생각대로라면, 관념 속의 이 꽃은 피어난 그 순간을 공허로 마치고 혹은 완전한 공허로 완성하고, 동시에 그 순간을 벗어나고자 하는 순간의 꽃인 것이다. 즉 이 세계 속에서 한 형상을 취하자마자 또다른 세계를 향해 끊임없이 달아나고자 하는 모습이 꽃의 순간인 것이며, 그러기에 공허하기도 한 과정의 끝에 피어나는 것이다. 그리고 보면 이와 유사한 생각을 그의 시 「연기」에서도 읽을 수 있다. 「연기」는 「꽃」을 발표하기 한해 전 1955년에 쓴 것으로 기록되어 있다.

자의식에 지친 내가 너를
막상 좋아한다손 치더라도
네가 나에게 보이고 있는 시간이란
네가 달아나는 시간밖에는 없다

평화와 조화를 원하는 것이
아닌 현실의 선수
백화가 만발한 언덕 저편에
부처의 심사 같은 굴뚝이 허옇고
그 위에서 내뿜는 연기는
얼핏 생각하면 우습기도 하다

연기의 정체는 없어지기 위한 것이다
그리고
하필 꽃밭 넘어서
짓궂게 짓궂게 없어져 보려는
심술맞은 연기도 있는 것이다.

—「연기」 부분

앞 시 「꽃」과 이 시 「연기」는 생각의 뿌리가 같다. 연기가 우리에게 "보이는 시간이란" 결국 "달아나는 시간밖에는 없다"라는 이 놀라운 말은 시 「꽃」에서 한 형상을 취하려고 긴 공허의 시간을 벗어나 계속 달아나다가 그 최후의 시간, 즉 그 말단의 지점에서 잠시 피어나는 것이 꽃의 순간이라는 점에서 그러하다. 또한 "부처의 심사 같은 굴뚝이 허옇고/그 위에서 내뿜는 연기는 우습기도 하다"는 표현은 "중단과 계속과 해학이 일치한다"는 말과도 대응되는 말이다. 또한 "연기의 정체는 없어지기 위한 것이다"라는 말은 꽃이 "공허의 말단에서 마음껏 찬란하게 피어난다"라는 말과 결국 통하는 말이 되는 셈이다.

그러고 보면 김수영 시작 원리의 한 끝이 여기에 있었던 듯하다. 시간적·공간적으로 최후의 지점, 즉 공허의 말단 같은 곳에서 피어나는 것, 연기처럼 달아나는 시간 동안만 보이는 최후의 지점에서 피어나는 것, 이것은 미끄러지고 빠져나가기를 반복하는 모더니티를 추구하는 순간의 시학이기도 하다. 모든 구속, 모든 관계로부터 벗어나기 위해 달아나다가 연기처럼 순간에만 모습을 드러내는 것, 이것이 시의 모더니티가 아니라면 무엇인가. 시는 고정된 생각으로부터 달아나야 한다. 시는 아무것에도 얽매이지 않으면서 아무것도 붙잡지 않으면서 나아가는 것이다. 시를 향한 김수영의 이 의지는 이들 시 두편을 쓰는 동안에, 혹은 이 두편을 쓰게 되면서 그 경험과 함께 그의 방법론으로 자리잡게 된 것이 아닐까. 시인은 끊임없이 자신을 배반하면서 그 배반과 함께 다시 태어나는 순간에 시가 일어나는 것을 경험하면서 그의 시로 나아가게 된 것이 아닐까. 연기처럼, 혹은 공허를 뚫고 달리고 달리다가 그 말단에서 피어나는 것이 비로소 시가 되는 것처럼 시는 정지할 수 없다. 시는 날마다 새로워야 하고 날마다 나아가야 하고 날마다 달아나야 한다. 시는 어떤 상태에 도달하는 순간 다시 그보다 더 끝의 첨단에 도달하려고 그 상태를 벗어나야만 한다. 과거를 응시하지만 과거에서 온 것들을 버리고 버리면서 나아가야 한다. 나아가는 줄도 모르게 달아나야 한다. 꽃이 종자를 위해 피어나는 것이 아닌 것처럼 시는 그 무엇을 위해 피어나지 않는다. 설움의 귀결로서 피어나는 것이 꽃이 아닌 것처럼 슬픔이나 설움의 감정적 귀결이 시의 종점은 아닌 것이다. 시는 공허의 말단에서, 연기처럼 달아나면서 달아나면서 그 최후의 끝에 잠깐 피어나 보이는 것이다. 시는 공허의 말단에서 더욱 견고하게 피어나야 하는 것이며, 연기처럼 달아나고 달아나는 순간에만 그 모습을 보이듯 잠시도 고정된 순간을 누려서는 아니 되는 것이다.

집 으 로 가 는 길 이
가 장 먼 길 이 되 었 다

함성호

술을 마시지 않고 집으로 돌아가던 어느날인가, 가파른 언덕을 오르며 문득, 문학을 해야겠다는 생각을 했다. 그날 이후로 나에게 있어 집으로 가는 길은 가장 먼 길이 되었다. 그 먼 길에는 김소월도 있었고, 그 먼 길에서 나는 "아지 못할 무엇에 취(醉)할 때러라"(「비단안개」) 같은 구절에 미치고 있었다. 누구는 이 시를 김소월의 시 중에서 잘된 시는 아니라고도 했지만, 나는 좋았다. 그 길에는 서정주의 "문 열어라 꽃아, 문 열어라 꽃아"(「꽃밭의 독백 ─ 사소단장」)라는 구절이 친일의 어둠속에서도 빛나고 있었다. 그 먼 길에 가로등처럼 서 있던 윤동주 시의 부끄러움은 나의 부끄러움이 되기도 했다. 내가 종종, 나는 윤동주와 시적 혈연관계에 있다고 주장할 때마다 문우들은 비웃었지만, 나는 지금도 그들의 비웃음과 상관없이 그렇게 생각한다. 그 길에는 가끔 엉뚱하게 불거진 돌부리에 걸리듯 당황스러운 외국시도 있었다. 사실 나는 어떤 외국시도 잘 읽지 못한다. 보들레르의 정언적 명령은 쉽게 들어왔지만 그다음, 그가 풀어내는 주저리들은 도대체 공감하기가 어려웠다. 랭보도 그랬다. 나는 그의 시 한구절도 몸에 들어오지 않았다. 고작 "상처 없는 영혼이 어디 있으랴"하는 구절만 유행가 덕분에 남았다. 베를렌느, 말라르메는 사실 이름만 알 뿐이다. 영미시는 더욱 요령부득이었다. 엘리엇의 『황무지』도 읽다가 화가 나서 집어던졌고, 그 시의 헌사에 "보다 나은 예술가 에즈라 파운드에게"란 구절에 속아 파운드의 시를 읽었지만 그냥 무의미한 말들의 성찬이었다. 어떤 이들은 번역의 불가능성을 얘기하며 나를 위로하려 들었지만, 그렇다면 보들레르와 랭보를 마르고 닳도록 읽고 감동하여 자신의 일부로 간직하고 있는 숱한 시인들은 뭐란 말인가? 그들이 모두 불어와 영어에 통달한 시인들이라곤 생각하지 않는다. 역시 문제는 나에게 있었다. 왜냐하면 번역시의 바로 그 자리에서 나는 김수영을 만났기 때문이다.

민음사에서 간행된 김수영의 시선집 『거대한 뿌리』를 처음 읽은 것은 대학 때였다. 뭣도 모르는 공대생이었지만 당시에는 누구든지 읽든 처박아놓든 시집을 종종 선물로 받곤 하던 시절이었다. 나도 그렇게 누군가에게 시집을 선물받았고, 김수영의 시를 읽었다. 그때는 그게 뭔지 몰랐지만 한국어에는 하나의 음절에 하나의 음가가 있는 것처럼 김수영의 시구절들은 문장을 넘어선 다른 의미가 있는 게 아니라 바로 그 의미가 전부였다. 고등학교 국어시간에 시구절에 밑줄을 긋고 문장 밖에 있는 다른 의미를 찾곤 하던 시와는 완전히 다른 시였다. 마치 수학 문제를 풀이한 답안지를 눈으로 훑어 내려가듯이 김수영의 시는 그렇게 읽혔다. 번역시 역시 그렇게 읽히지만 무슨 말인지 종잡을 수 없었다면, 김수영의 시는 누군가 옆에서 그날 있었던 일상을 들려주는 듯했다. 하나의 문장에 더 다른 의미 따위는 없었다. 나는 그렇게 김수영의 이야기를 들었다. 그 때문인지 다 읽고 나서 옆에 있던 화자가 떠나버리듯 이야기도 같이 떠나버렸다. 참 이상한 일을 겪었구나, 생각하듯이 김수영은 참, 사회에 불만이 많은 시인이군, 하는 인상이 남았고, 번역시처럼 몇몇 구절들이 아포리즘으로 남았다. 무엇보다도 시집 표지에 있던 "아픈 몸이/아프지 않을 때까지 가자"(「아픈 몸이」)라는 구절을 나도 모르게 책상에 적고 있었다. "헬리콥터여, 너는 설운 동물이다"(「헬

리큐터」) 같은 구절, 그리고 시집 해설에는 문학평론가 김현의 글이 이렇게 시작하고 있었다. "김수영의 시적 주제는 자유다. 그것은 그의 초기 시편에서부터 그가 죽기 직전에 발표한 시들에 이르기까지 그의 끈질긴 탐구대상을 이룬다. 그는 엘뤼아르처럼 자유 그것 자체를 그것 자체로 노래하지 않는다. 그는 자유를 시적, 정치적 이상으로 생각하고, 그것의 실현을 불가능케 하는 여건들에 대해 노래한다. 그의 시가 노래한다라고 쓰는 것은 옳지 않다. 그는 절규한다." 김현은 '절규한다'고 말했지만, 나에게 김수영의 절규는 육사(陸史)가 포도가 어지러이 달린 꼴을 묘사하며 "주저리주저리"(「청포도」)라고 묘사했듯이 사람이 하는 말의 의미 없기로는 주절주절대는 양과 같았다. 김수영은 왜 비 맞은 중처럼 주절대는 것일까? 그것도 시에서. 그의 시는 영미시처럼 주절댄다. 그의 시가 외국 모더니티를 흉내 낸 박래품에 불과하다는 지적도 있지만, 김수영의 역사적 모더니티는 자연스레 한국의 사회상황에 맞춰져 있다는 이 자명한 사실을 거부하기는 힘들다. 그러나 그렇다 하더라도 그의 시가 김현의 말대로 절규한다고 보는 것 또한 무리다. 그의 시는 절규하지 않고 주절댄다. 김수영 시의 요체는 아포리즘에 있는 게 아니라 이 주절거림에 있다. 종교재판의 법정을 살아서 나가는 갈릴레오 갈릴레이의 기운 등 너머 들리던 "그래도 지구는 돈다"는 모독당한 진실. 그 중얼거림을 시도 때도 없이 쏟아내는 시가 김수영의 시다. 나는 이것이 마음에 들지 않았다. 나에게 있어 시는 절규여야 했고, 그 절규는 절대 모독당할 일이 없는 순수한 미지의 것, "아지 못할 무엇에 취"하는 순간이어야 했다. 그때에야 비로소 시는, "시라고 하는 것은 뜻이 가는 바이다. 마음에 있으면 뜻[志]이 되고, 말로 하게 되면 시(詩)가 된다. 정(情)은 마음[中]에서 움직이고, 말[言]로 모양[形]지워진다. 말로 부족하기 때문에 감탄[嗟嘆]한다. 감탄으로도 부족하기 때문에 노래[詠歌]를 한다. 노래로도 부족하기 때문에 손이 춤[舞]을 추고 발이 구르는[蹈] 것도 알지 못한다. 감정은 소리[聲]에서 발하고 소리가 무늬[文]를 이루니 일컬어 음(音)이다.(詩者,志之所之也,存心爲志,發言爲詩. 情動於中而形於言,言之不足故嗟嘆之,嗟嘆不足故詠歌之,詠歌之不足,故不知手之舞之足之蹈之也. 情發於聲,聲成文謂之音.)"(『시서(詩序)』) 절규를 지나서 노래의 언덕을 넘어 미지가 되니까. 나는 적어도 그 미지에서 사는, 그 불가능성을 삶으로 사는 시인이어야 했다.

그런데 이상한 일이, 내 시를 두고 사람들이 요설과 장광설이라고 부르는 모양이었다. 거기에는 물론 김수영적인 역사적 모더니티보다는 이것저것 끌어모아 아무 말이나 해대는 부리부리 박사류의 어지러움이 있었던 탓이었을 것이다. 등단 초기에는 그런 얘기를 하도 많이 들어 좀 짜증도 났나보다. 나는 첫 시집의 반응에 반박하며 두번째 시집 뒤에 이런 글을 적어 실었다. "언어는 기호가 아니라 자취이며 흔적이다. 무엇을 채운다는 것은 무엇을 지워나가는 일이기도 하다. 이 마이너스적 과잉과 플러스적 과잉의 제로점에서 나는, 쓰는 의식을 쓰는 행위와 일치시킨다. 그것은 내 행위의 의식이 굵힌다는 것이며, 모든 콘텍스트는 모든 텍스트의 돌발성에 의지한다는 것이다."(『꽃 타즈마할』, 문학과지성사 1998) 그래서인지 아니면, 1990년대 초의 탈역사성의 담론이 끝나가서인지 더이상 요설과 장광설이라는 말은 문단에서 사라져갔다. 그런 말들이 사라져가면서 이제 문단에서 누가 누구의 시에 대해 공식적으로 뼈아픈 비평을 하는 글쓰기도 사라져갔다. 시에 문제들이 마치 없는 것처럼 시와 비평은, 시인과 시인은, 낯 뜨거운지도 모르고 있으나 마나 한 칭찬을 늘어놓는 일이 자연스럽게 되어버렸다. 문단이 계모임처럼 되어가면서 이제 나는 내 시에 대해 말하는 그 누구의 말도 믿어서는 안될 처지에 놓여 있었다. 그때마다 나는 나에게 물을 수밖에 없었다. 내 시는 불온한가? 내가 오늘 쓴 시는 어제의 시를 경멸하고 있나? 윤동주의 시구절처럼, 시가 너무 쉽게 쓰이는 것은 아닌가? "인생은 살기 어렵다는데/시가 이렇게 쉽게 씌워지는 것은/부끄러운 일이다."(윤동주, 「쉽게 씌어진 시(詩)」) 그리고 김수영이 말한 '문학의 불온성'은 언제나 시를 스스로에게 가두지 않기 위한 좋은 잣대였다. 김수영은 이어령과의 논쟁에서 이렇게 말한다. "얼마 전에 내한한 프랑스의 앙티 로망의 작가인 뷔토르도 말했듯이 모든 실험적인 문학은 필연적으로는 완전한 세계의 구현을 목표로 하는 진보의 편에 서지 않을 수 없게 되는 것이다. 모든 전위 문학은 불온하다. 그리고 모든 살아 있는 문화는 본질적으로 불온한 것이다. 그것은 두말할 것도 없이 문화의 본질이 꿈을 추구하는 것이고, 불가능을 추구하는 것이기 때문이다."(산문 「실험적인 문학과 정치적 자유」) 불온성은 불안을 야기한다. 불안은 공포와 달리 대상이 없다. 그러나 불온성의 불안은 대상이 없는 것이 아니라, 친숙하던 것들이 갑자기 낯선 존재로, 섬뜩한 것으로 변하고, 위협적이고 불편한 것이 되면서 느끼는 감정이다. 김수영은 자신의 시가 그렇게 되길 원했고, 나역시 내 시가 그렇게 되길 원하면서 끝없이 내 시에 대해 질문하고 있는 것이다. 내 시가 나에게 섬뜩한가? 나를 찌르고 있는가?

김수영은 우리에게 익숙한 가치를 뒤집어 보여주는 것에 서슴지 않았다. 그런 그에게 있어 동양의 전통적 가치는 두고두고 고민하던 큰 주제였다. 그의 유명한 시 「풀」은 그 고민 끝에서 터져나온 그야말로 김수영의 시 중에서 몇 안되는 노래다. 풀과 바람을 대비시키며 바람보다 풀이 먼저 눕는 이 현상의 전도를 우리는 어떻게

해석할 것인가? 이 시를 쓰면서 김수영이 대상으로 했던 텍스트가
바로 『논어』다. 「안연(顏淵)편」에 바람과 풀은 정확히 군자의 덕이
소인의 덕을 교화한다는 것으로 비유되고 있다. "계강자가 정치에
대해 공자님께 물으며 말했다. 무도한 사람을 죽여 도(道)를 세운
다면 어떻겠습니까? 공자께서 대답하셨다. 정치를 하는데 어찌 살
인을 수단으로 쓴단 말이오? 당신이 선함을 추구하면 백성도 선해
질 것입니다. 군자의 덕(德)은 바람과 같고, 소인의 덕은 풀과 같습
니다. 풀 위에 바람이 불면, (풀은) 반드시 (바람결대로) 눕게 마련
입니다.(季康子問政於孔子曰 如殺無道 以就有道 何如 孔子對曰 爲政焉用殺 子
欲善而民善矣 君子之德風 小人之德草 草上之風必偃)"이 구절을 해석할 때
보통 민(民)과 소인(小人)을 같이 본다. 그래서 백성(풀)은 군자(위
정자)가 어떻게 하느냐에 따라 눕고 일어서기 마련이라는 것이다.
김수영은 민주주의시대에 이러한 전통적인 가치는 더이상 유효할
수가 없다고 보았다. 그는 풀과 바람의 관계를 역전시킨다.

    풀이 눕는다

    비를 몰아오는 동풍에 나부껴

    풀은 눕고

    드디어 울었다

날이 흐려서 더 울다가
다시 누웠다

풀이 눕는다
바람보다도 더 빨리 눕는다
바람보다도 더 빨리 울고
바람보다 먼저 일어난다

날이 흐리고 풀이 눕는다
발목까지
발밑까지 눕는다
바람보다 늦게 누워도
바람보다 먼저 일어나고
바람보다 늦게 울어도
바람보다 먼저 웃는다
날이 흐리고 풀뿌리가 눕는다

——「풀」전문

동양이 수천년 동안 추구했던 가치를 일거에 전복하면서도 그가 절대로 놓치지 않고 잡은 것이 바로 생활이다. 김수영의 시구에서 종종 보이는 이 '생활'이란 단어는 그래서 더욱 절실한 무게를 가진다. 생활과 유리된 모든 관념들을 비웃고, 탁상공론에 화를 내면서도 김수영은 생활이야말로 전위라고 말한다. "비숍 여사와 연애를 하고 있는 동안에는 진보주의자와/사회주의자는 네에미 씹이다 통일도 중립도 개좆이다/은밀도 심오도 학구도 체면도 인습도 치안국/으로 가라 동양척식회사, 일본영사관, 대한민국 관리,/아이스크림은 미국놈 좆대강이나 빨아라 그러나/요강, 망건, 장죽, 종묘상, 장전, 구리개 약방, 신전,/피혁점, 곰보, 애꾸, 애 못낳는 여자, 무식쟁이,/이 모든 무수한 반동이 좋다/이 땅에 발을 붙이기 위해서는"(「거대한 뿌리」) 진보, 보수, 심오함, 체면이나 인습도, 생활이 아닌 것은 다 쓰레기다. 그것은 「공자의 생활난」에서 "동무여 이제 나는 바로 보마"라는 다짐과도 상통한다. 그것은 '생활이 아닌 것은 다 가짜다'라는 선언이었다. 나는 그것이 김수영의 불온성이라고 생각한다.

만약 시가 꿈을 추구하고, 불가능을 추구하는 것이라면, 김수영의 시는 내용적인 면에서 그것을 추구하는 데는 성공했지만, 그것으로 시의 구조를 만드는 데는 실패했다. 김수영의 실패는 한국시의 실패다. 그만큼 그의 영향력은 막강하다. 시는 말의 불가능성을 살아낸다. 이 불가능은 말의 '어쩔 수 없음'이면서 동시에 삶의 '어쩔 수 없음'이기도 하다. 어쩔 수 없다는 것은 이럴 수도 없고 저럴 수도 없다는 말이며, 스스로 그러한 것 같지만 또 어쩔 수 없이 그러한(能然必然) 것이기도 하다. 나는 내 의지와는 상관없이 여기에 있는 것 같지만 사실은 내가 원했기에 여기에 있는 것이고, 내가 여기에 있게 된 것은 무엇에 이끌려서이기도 하다. 누가 시켜서 여기에 있는 것이고, 나 스스로 여기에 있는 것이다.

가장 완전한 사랑은 왜 죽음인가? 우리는 왜 완전히 이해하지도 못하면서 어떻게 상대를 완전하게 사랑할 수 있는가? 어떻게 이런 불가능한 일이 늘 우리 옆에서 일어나는가? 그렇다면 세계 자체가 불가능한 것인가? 우리는 그 불가능 속에서 어떤 존재들인가? 언어의 한계가 세계의 한계가 아니고, 세계 자체가 그러한 것이다. 우리는 어떻게 말과 사물을 연결하는가? 심지어 우리는 단어의 뜻도 모르고 그 단어를 정확한 문법 속에서 구사할 줄 안다. 수많은 문학작품들 속에서 사랑이라는 주제가 그렇게 끊임없이 얘기되어오는 것도 우리가 사랑에 대해 정의할 수 없기 때문이다. 그렇지만 우리는 사랑을 한다. 어떻게? 알 수 없다. 그러나 우리는 지금 이 순간에도 사랑을 감행하기 위해 무모해진다. 말에 대한 그 무모한 감행이 시다.

소설은 그 어쩔 수 없음에서 다시 말의 처음으로 돌아온다. 그리고 거기에서 다시 시작하므로 소설은 언제나 영원히 끝나지 않는 이야기다. 소설은 끝없이 이야기의 구조에서 헤어나올 수가 없다. 그러나 시는 그 어쩔 수 없음으로 뛰어든다. 말이 아니라 말의 어쩔 수 없음을 살아낸다. 사랑이 뭔지도 모르고 하는 사랑이고, 이해가 뭔지도 모르면서 하는 이해고, 궁극적으로 말이면서 사랑이고, 말이면서 삶이다. 그래서 나는 바깥에 있다. 나에게 안은 없으며 나는 바깥이 만들어내는 풍경이다. 오직 나라는 경계가 있을 뿐이다. 결국은 안도 없고 바깥도 없고 '나'라는 경계만 있다.

이 경계의 인식에서 시는 노래가 된다. 시가 노래라는 것은 어쩔 수 없음으로 터져나오기 때문이다. 시의 노래는 음계를 가진 음악적인 노래가 아니다. 멜로디나 리듬과 화성으로 이루어지는 음악이 아니다. 시의 노래는 말의 어쩔 수 없음으로 터져나와 그 불가해한 공간을 헤엄쳐 다니는 텅 빈 바깥, 혹은 존재하지 않는 바깥이다. 그렇다면 시의 노래에는 오직 경계만이 있게 된다. 경계의 안과 바깥이 있는 게 아니라 오직 경계만 존재하는, 그래서 오히려 그 무한한 공간을 울리는 노래가 바로 시의 노래다. 그런 이유로 시가 노래가 되었을 때 그 시는 말의 의미를 상실한다. 안과 밖이 없고, 앞과 뒤가 없고, 맥락불통이고, 이해 불가능하다. 우리는 그런 것을 말이라고 하지 않는다. 그러나 시는 그것을 감행한다. 왜냐하면, 결정적으로 시의 노래에서는 시간이 흐르지 않기 때문이다.

시간이 없는 공간을 상상해보라. 혹은 공간이 없는 시간을 상상해보라. 공간의 제약은 시간이 없어지므로 사라진다. 시간의 제약은 공간이 없어지므로 자유로워진다. 그러나 시간이 사라졌다고 해서 공간이 주는 영향에서 우리는 자유로울 수 없다. 그러나 공간이 사라짐은 시간의 속박에서 우리를 해방시킨다. 그러나 뜻하지 않게 우리는 시간이 없는 공간을 매일 경험하고 있다. 그것이 바로 꿈이다. 꿈에 대한 기억이 정확지 않은 것은 그것에 맥락이 없기 때문이고, 맥락이 없는 것은 거기에 시간이 빠져 있기 때문이다. 그로 인해 꿈은 그토록 자주 경험함에도 불가해로 남는다. 이것이 시다. 그러나 공간이 빠져 있는 시간이란 존재하지 않는다. 우리는 결코 그런 경험을 해본 적이 없다. 이것이 시다. 시는 공간을 떠날 수가 없다. 만약 그것이 가능하다면 아마 그것은 처음엔 어떤지 몰라도 결국 시의 영역 밖에 있게 될 것이다.

우리는 왜 시간과 공간이 한몸으로 있는지 모르지만 늘 그것을 경험하고 있다. 정의할 수는 없지만 경험할 수는 있고 정의할 수는 있지만 경험할 수는 없는, 이 모순들, 이 어쩔 수 없음으로 터져 나오는 것이 시의 노래다. 이을 수 없고, 돌아갈 수 없고, 말해질 수 없는, 그래서 가장 먼 길일 수밖에 없는.

불 타 버 린 시 집 의 기 억

노혜경

　지금도 그 장면을 떠올리면 감정을 특정할 수가 없다. 운동장 한
구석 등나무 그늘 아래 파랗게 질린 얼굴로 시집을 한장 한장 찢어
서 불태우고 있는 소녀. 입술은 결연히 다물었고, 한 페이지씩 찢어
낼 때마다 어쩔 수 없이 시구절을 훑어보고야 마는 눈은 파르르 떨
린다. 마지막으로 표지에 불을 붙일 때 보이는 시집의 제목은 '거대
한 뿌리'다. 소녀가 화가 난 건지 두려운 건지 슬픈 건지 알 수 없
다. 시간이 흐르면서 장면은 각색되고 감정도 달라졌으며 다양한
의미가 부여되거나 또는 덜려나가곤 해서 마침내는 시집을 불태워

버렸던 그 순간의 느낌을 명확히 단일화하기 어렵다. 고등학교 2학년 가을이었다.

세월을 훌쩍 건너뛰어 2000년 4월 18일, 부산일보 시사칼럼 필진이 된 나는 첫번째 칼럼으로 당시 막 끝난 부산시 국회의원선거 결과를 비판했다. 그 안에 "곰팡이 곰팡을 반성하지 않는 것처럼" 부산시민들은 자신의 선거 결과를 반성하지 않는다고 썼다가 신문사 업무를 사흘간이나 마비시키는 대형사고를 저질렀다. 사람들을 그토록 분노하게 만든 것은 물론 지역감정에 대한 나의 질타 때문이었겠지만, '곰팡'이라는 비유가 크게 한몫했음이 틀림없었다. 이 구절은 김수영의 「절망」 중 한 대목이다. 시의 제목처럼 나는 절망감과 분노를 맛보던 중이었는데, 이 시구절이 내가 느낀 분노를 독자들 마음속에 거꾸로 옮겨 심어버린 것 같았다. 정곡을 제대로 찌른 시의 힘이었다. 꼭 이런 장면에서 어김없이 튀어나와 나를 대변해주던 그의 언어의 그 리듬.

이때뿐 아니라 나는 삶의 변곡점마다 김수영의 구절을 중얼거리는 나를 발견할 때가 많았다. 남들이 "타는 목마름으로"(김지하)라고 말할 만한 지점에서 나는 "아픈 몸이/아프지 않을 때까지 가자"(「아픈 몸이」)라고 했고, "젊은 시인이여 기침을 하자"(「눈」)라는 구절은 불편한 이야기를 해야 할 때마다 후렴처럼 따라나오곤 했다. 엄마하고 무섭게 싸우고 난 다음엔 "자유에는/피의 냄새가"(「푸른 하늘을」) 난다지,라고 중얼대기도 했고. 심지어 가위눌리다 깨어 "먼지 낀 잡초 위에/잠자는 구름"(「구름의 파수병」)이라고 중얼거린 기억도 있다. 이렇게 무수히 내 안으로 들어와 앉은 김수영과의 만남은 처음부터 저렇게 범상치 않았다. 불태워버린 시집이라니.

대개 문학소년·소녀들처럼 나도 내가 속한 문예반의 자장 안에서 선배 시인들의 시를 읽었고, 섭취한 영양소의 배합에 따라 다르게 살찌는 식물처럼 자라났다. 당시 내 양식은 김춘수(金春洙)와 서정주(徐廷柱)라는 양대 산맥 사이에 김종삼(金宗三)이 앉아 있는 형국이었는데, 어느날 불쑥 김수영이 등장한 경위는 이랬다.

1975년 가을 내 생일 언저리 어느날, 문학회 동기였고 공식적인 남자친구로 불리던 소년이 내게 진지하게 데이트 신청을 했다. 우리는 온갖 이야기를 나누기는 했으나 끝에 가서는 결코 즐겁게 헤어지는 법이 없는 사이였다. 의견이 일치를 보는 일은 적었고, 일거수일투족이 서로 못마땅했으며, 그럼에도 이야기를 시작하는 순간만큼은 기대감에 차서 즐거워하던, 아니 즐거움을 기대하던 그런 사이였다. 이 관계의 별로 좋지 않은 점은 말이 통할 듯 통하지 않았다는 점 말고도 고작해야 짜장면 한그릇 정도의 밥값조차도 늘 내가 부담하는 그 경제적 불균형에도 있었다. 조부모님 댁에 얹혀

살던 소년은 늘 주머니가 비어 있었으므로, 남 보기에 좀 사는 집 딸인 내가 언제나 밥을 샀다. 나에겐 그 일이 크게 부담되는 일은 아니었다. 한달이나 두달에 한번 정도 짜장면과 소주 한병이었으니까. 그러나 그에겐 마음에 걸리는 일이었던가보다. "내가 짜장면 사줄게"라는 데이트 신청은 촌스러웠지만 왠지 감동적인 데가 있었다.

둘이서 짜장면 한그릇을 나눠 먹고는, 소년은 자기 학교 앞 서점으로 나를 데리고 가서 시집 한권을 골라주었다. "생일 축하한다. 세상에 온 걸 환영한다." 그 책이 『거대한 뿌리』였다. 이미 '오늘의 시인엽(業)서'라는 애칭으로 불리던 민음사의 시집총(叢)서 중 제1권으로 발간된 지 상당 시간이 지난 시집이어서 나도 가지고는 있었지만, 특별히 의미심장하게 읽기 시작한 것은 그 선물로부터였다. 김수영 있니?라고 소년이 묻자 없어,라고 말하기까지 했던 일도 떠오른다.

그는 시집을 펼치더니 한편의 시를 짚어가며 읽어주었다. 어느 시였는지는 기억나지 않는다. 때로 「거대한 뿌리」 같기도 하고 때로는 "보기 싫은 노란꽃"(「꽃잎」)을 받은 느낌이 들기도 한다. '시를 이렇게도 쓸 수 있구나'와 '시는 이렇게 쓰는 거구나'라는 감상이 뒤섞였던 것도 같다.

잘 빚어진 항아리류의, 약간 촌스러운 운율이 노래처럼 흘러 다니는 구조적으로 매끄러운 시 또는 현학적인 해석의 여지만 잔뜩 있는 어지러운 말로 된 번역시들 사이에서, 벽돌 쌓듯이 언어를 쌓아 현실에 대한 인식을 만들어가는 김수영의 시는 한마디로 어른의 문학이었다. 사춘기 소년문사 특유의 폼 잡기로 베껴 쓰거나 흉내 내기를 쉬이 할 수 없는 시였고, 삶의 태도 역시 따라가기 힘든 데가 있었다. 75년 당시 부산의 소년·소녀문사들이 심취해 있던 대부분의 시와는 매우 달랐다. 머리가 아닌 근육으로 쓴 시 같았다고나 할까. 이런 시를 다 좋아하다니,라고 아주 잠깐 소년을 경탄의 눈으로 바라보게 만든, 다시 한번 강조하자면 어른의 시.

소중하게 간직해야 마땅할 시집이었는데 나는 어쩌다가 시집을 불태웠던가. 그 사건 자체와 김수영이라는 시인의 목소리가 오랫동안 내 안에서 뒤섞여서 내 시인됨의 운명을 만들었구나 싶을 때마다 한번씩 회상하게 되는 그 순간.

*

시집을 받고 시간이 좀 흐른 뒤, 나는 그가 자주 신세를 지던 하숙집 선배한테서 놀라운 이야기를 듣게 된다. 내 생일 선물을 해주고 싶었던 소년이, 적십자혈액원에 가서 매혈을 했다는 것이다. 당시 서면 부전역 맞은편에 있던 적십자병원은 피를 팔아 술을 사려는 부랑자들이 늘 진을 치고 있어 지나다니기 무서운 장소였다. 선배는 그랬다는 이야기 끝에, "녀석이 너를 그 정도로 생각한다는 사실을 네가 알아야 할 것 같아서 말해준다"라고 덧붙였다. 그러나 나는 선배의 기대와는 정반대의 충격을 받았다. "그 정도가 뭔데? 어떤 정도가 피하고 시집을 바꾼다는 거야? 내가 전쟁 때 살아남은 피난민 누이라도 돼? 그 시집 안 읽으면 영혼이 굶어 죽기라도 한대? 왜 내가 그런 선물에 감동해야 하는데?" 꼭 이렇게 말하지는 않은 듯하지만, 한참 뒤에야 설명틀을 얻은 저항의 언어가 마구 쏟아져 나왔던 것만은 분명하다. 그 길로 학교로 달려와서, 문예반실 사물함에 소중히 간직했던 시집을 불태운 것이 내가 주된 기억으로 지니고 있는 사건의 전말이다.

이 파국적 첫사랑, 아니 첫사랑이라 부르기엔 지나칠 정도로 논쟁적이었던 소년과의 관계는 이렇게 파탄 났고, 이 사건으로 서먹해진 뒤 소년은 서울로 전학을 갔다. 그로부터 이년 뒤 죽었다. 대학에서 엠티를 갔던 남이섬에서 보트를 타고 나오다 보트가 뒤집히자 일행을 구하고 힘이 달려 물속으로 가라앉았다고 한다. 나는 그의 친구들 몇몇과 함께 그가 남긴 시와 일기, 산문 등을 모아 유고시집을 냈고, 그 작품들을 통해서 그를 역순으로 이해하기 시작했다. 김수영의 시와 산문을 조금씩 다시 읽게 된 것도 그 무렵이다. '피하고 바꾼 시집'이라는 레토릭이 '타인을 구하고 제가 죽은 시인'이라는 레토릭과 교환되면서 마음속에서 화해가 일어났다. 나는 의식적으로 김수영을 극복하고자 노력하기 시작했다. 흡사 김수영을 이기는 것이 소년을 이겨내는 일이기라도 하듯. 또는 김수영을 소년으로부터 해방시키는 일이기도 한 듯.

장차 김수영에게서 내가 배운 것은 '세상을 인식하는 방법'이었는데, '제대로 된 인식과 실천이 부여하는 어떤 완전성에의 갈망, 또는 욕망'이었는데, 세상과 드잡이하는 시인 수영의 모습 자체는 결코 내가 친하고 싶은 모습이 아니었다. 바람직해 보이지 않는 삶으로부터 탄생한 놀랍도록 명징한 건축물 같은 수영의 시를 내가 점점 더 좋아한다는 사실은 편안하지 않았다.

이런 어긋남이 반드시 내가 김수영을 충실히 읽고 잘 이해해서가 아니었다는 이야기를 이 글의 주제로 해야겠다. 시집을 준 소년의 이미지가 시인의 이미지에 뒤섞인 것은 처음부터였다. 앞질러 말하자면 불편한 느낌으로 다가오는 남성적 요소가, 다소 맹목적으로 흡수하기 쉬운 그 나이대 독서를 방해한 것이다. 특히 시집『거대한 뿌리』에서「풀」의 바로 앞에 등장하는「성(性)」은 소년들에게는 동경과 모험의 언어였을지 몰라도 소녀들에겐 어딘가 수치심을 주는 어른의 세계의 이야기였다. 당시 소년문사들의 치기 어린 어른 흉내,라고 말하는 내가 오히려 덜 자란 소녀여서였을까. 그보다는, 70년대에 들면서 서서히 모양이 잡혀가는 가부장적 이분법 시대의 성별분업 아랫단에 내가 속하는 중이라는 어렴풋한 자각, 늘 사랑의 대상으로 노래되는 시 속의 여성성에 대한 어렴풋한 거부감, 나를 대하는 소년의 태도 속에 비린내처럼 맴도는 성녀와 창녀의 이분법이 지닌 폭력성, 이런 것들을 느꼈던 것도 같다. 그것은 아직 어린 소녀인 내가 반드시 진입하여 사랑이란 이름의 노예로 살아가야 하는 어른의 세계이고, 그 어른의 시인 수영을 너는 이미 읽었고 이미 좋아하고, 그래서 나에게 네 피를 팔아 이 시집을 주는 것이고……

그러므로 김수영을 '불편한 남성적 요소'라는 측면에서 부정적으로 느낀 것은 엄밀히 말하면 요즘 들어 문제시되는 여성혐오적 요소라든가 때문이 아니었다. 당시의 문화 속에서 여성에 대해 김수영처럼 쓰는 것은 오히려 전복이나 남성성에의 배반에 가까웠다고 나는 생각한다.

개별적이고 구체적인 추억과 결부되지 않은 투명한 읽기의 경로로 수영을 만나지 못한 것은 참으로 아쉽다. 『거대한 뿌리』는 그 후로도 내겐 상당히 오랫동안 소년이 내게 던진 올가미나 덫의 이미지로 남아 있었다. 오래 생각해보았어도 내가 왜 덫이나 올가미라고 여겼는지는 흔쾌히 해명되지 않았다. 소년이 소녀를 사랑해서 너에게 김수영을 준다,라는 어법 때문이었을까, 피를 팔아서?

*

소년이 죽은 이듬해 대학 3학년이 되면서 나는 연구의 대상으로서 수영의 시를 본격적으로 읽기 시작했다. '김수영의 시「풀」과 시의 주술성'이라는 거창한 주제로 학과 세미나에서 발표를 하기도 했다. 김수영과 참여, 김수영과 초현실주의, 김수영과 정치, 김수영과 민중, …… 시동인회에서 '김수영과'를 붙여가며 열심히 읽기도 했다. 그중「풀」과 주술성이라는 주제로 말하자면, 탐구해내기가 버거워 발표를 한 뒤로는 옆으로 밀어두었다가 영영 되돌아가지 못한 주제이긴 하지만, 수영에게서 나 자신의 사연을 분리해낼 수 있었던 최초의 독서였다. 아방가르드 전통이 강한 부산의 시문학 환경에서 김수영은『거대한 뿌리』의 시인 이전에『새로운 도시와 시민들의 합창』(5인 동인시집, 도시문화사 1949)의 시인이었고, 나는 내가 읽는 방식과 전혀 다르게 김수영을 읽는 부산대 국문학과의 학풍 속에서 전과는 다른 방식의 독해를 하기 시작했다. 문학사 속의 김수영, 순수시와 참여시로 양분되는 시단정치 속의 김수영, 그리고 김수영의 시적 경로에서 전혀 다른 세계로 접어들었다는 평가를 받았던 「풀」. 소년의 추억과 결별하고 투명한 문학사적 경로 속에서 김수영을 만나기 위한 나의 "달의 행로"(시선집 『달의 행로를 밟을지라도』, 민음사 1976)가 바로 「풀」의 주술성을 이야기하는 것이었다. "풀이 눕는다"고 시인이 말하면 실제로 풀이 눕는다. '동풍에 나부껴 풀이 눕고 드디어 울면' 내 안에서 따라 우는 내가 모르는 시인의 얼굴. 그 얼굴을 꺼내놓는 일이야말로 나라는 시인으로 자라나는 나 자신의 과업이었던 거다.

지금 와서는 나는 「풀」보다는 「꽃잎」 연작을 훨씬 좋아하고, 훨씬 아름답다 생각하고, 훨씬 더 주술적이라 생각한다. 말이 내게로 와서 의미가 되고 존재가 되는 경지를, 김수영은 아포리즘이 아니라 말 그 자체를 쌓아올려 형성시킨 이미지로 보여주었다. 말이 나를 몰아가고 행하게 하는 경지를 '물이 있으라 하니 물이 있도다'라는 경전의 언어로서가 아니라 "꽃잎을 믿으세요/보기 싫은 노란 꽃을"이라고 말할 때의 그 기묘한 악취로 보여주었다. 드디어 기억나는 것은 소년이 내게 읽어준 시가 바로 「꽃잎」이었다는 것.

이 글을 쓰면서 점차 분명해지는 것은 있으니, 저 불태운 시집만큼이나 김수영의 시와 시인됨 자체가 나에겐 투쟁과 갈등의 상대였다는 점이다. 수영을 마음 편하게 "훌륭한 시인" 또는 "시는 수영이 최고지!"라고 '엄지 척'을 하게 된 것이 언제부터였는지는 모르겠지만, 저 시집을 선물받아 펼쳐보던 순간부터 오랫동안 김수영은 내가 시라고 생각했던 것들을 배반했다. 내신 나 자신을 새로운 시로 써가는 작업을 나를 앞서가면서 보여주었다.

꼭 태워버려야 했을까. 그러지 않았더라면, 시집을 받아든 순간부터 놀라운 흡입력으로 나를 빨아들였던 수영의 시와 그냥 친하게 지냈더라면 어땠을까. 태우지 않을 수 없었던 내 안의 격렬한 반감은 김수영 때문이 아니었으므로, 이따금 이런 가정을 해보는 것은 요즘은 그냥 재미있는 생각놀이이다. 그러나 불태우기를 잘했다는 생각은 든다. 그토록 격렬한 투쟁의 힘이 나를 단련했으므로.

가끔 가다가 소월(素月)의 산문적인 시에서 느끼는 특이한 리듬처럼, 생각하는 방식 그 자체를 의미하는 리듬. 오랫동안 내게 시쓰기의 수수께끼였던 그런 방식의 리듬. 흡사 소월의 리듬처럼 내 안에 잠자고 있다가 어떤 특별한 순간이 오면 저절로 흘러나오곤 했는데, 그 시작이 바로 저 불태워진 페이지들이었을 것이다.

고통스러운 사랑을 다짐했던
시인 김수영

김상환

    내가 문학에 눈뜬 것은 고등학교 시절이다. 교과서보다는 소설과 시를 읽는 날이 더 많았다. 철학과에 진학한 것도 멋진 평론가를 꿈꾸었기 때문이다. 하지만 철학을 본격적으로 공부한 지 얼마 되지 않아서 본래 의도를 잊어버리기 시작했다. 대학 3학년 시절 평생 철학의 길을 가기로 마음을 굳혔을 때부터는 점점 철학책에 파묻혀 문학을 읽을 겨를조차 없었다.

    내가 문학에 대한 관심을 되찾은 것은 빠리 유학시절이다. 당시 빠리에는 불문학 전공 유학생이 우글거렸다. 이들과 이야기를 나누면서, 특히 나의 아내가 될 사람과 사귀면서 내 속에 잠자던 향수가 깨어났다. 이때 우연히 수중에 들어온 것이 『김수영 전집』이다. 모국어가 그리웠던 시절이어선지 손에 잡자마자 빠져들어 철학을 공부하는 틈틈이 펼쳐들게 되었다. 그리고 이런 버릇은 30년이 지난 지금까지 계속되어 이미 두권의 저서를 김수영에게 바치게 되었다. 하나는 2000년에 간행된 『풍자와 해탈 혹은 사랑과 죽음』(민음사)이고 다른 하나는 2016년에 출판된 『공자의 생활난』(북코리아)이다(이두번째 책은 올해 제목을 바꾸어 『김수영과 논어』로 재출간될 예정이다).

그럼 나는 왜 이토록 오랜 동안 김수영을 놓지 못하고 있는 것일까? 물어보는 사람에 따라서 조금씩 대답이 달라지는 것을 보면 한두가지 이유 때문만은 아닌 것 같다. 생각할 때마다 좀더 멋진 것이 없을까 하고 머리를 굴린 탓에 자꾸 이유가 늘어나는 것인지도 모르겠다. 회상의 시점에서 투사되는 관념들에 따라 매번 다른 과거가 탄생한다는 것도 인정해야 할 것이다. 기본적으로는 사색과 유머가 함께 가는 김수영의 문장에 매혹된 것이 가장 큰 이유겠지만, 남들이 좋다 하니까 덩달아 열심인 적도 있었다. 때로는 하이데거(M. Heidegger)가 횔덜린(F. Hölderlin) 시에서 철학의 새로운 길을 찾는 모습이 너무도 그럴듯해서 그것을 모방해보기도 했다. 내가 가야 할 철학의 길을 김수영 문학에서 발견해보고 싶었던 것이다.

이번에 모처럼 다시 질문을 받고서 생각해보니 어떻게 된 일인지 김수영의 인간미가 불쑥 떠올랐다. 김수영의 문장에서 풍기는 인간적 매력이야말로 내가 그의 작품을 계속 가까이 하는 첫번째 이유가 아닐까? 물론 김수영을 몸소 겪어보지 못한 내가 그의 인간미를 논하는 데는 한계가 있을 수밖에 없을 것이다. 그럼에도 김수영의 글을 계속 읽다보면 거기서 점점 뚜렷해지는 어떤 인간적인 체취를 느낄 수 있다는 것도 분명한 사실이다. 게다가 글에는 무릇 저자의 '땀 냄새'가 묻어나야 한다는 것이 김수영의 지론이 아니었던가.

나는 김수영의 글에 밴 땀냄새가 정직성에서 오는 것이 아닌가 한다. "곧은 소리는/곧은 소리를 부른다"(「폭포」). 이런 구절이 인간 김수영의 핵심을 표현하고 있는 것 같다. 우리는 이런 인간적인 핵심을 가운데 두고 김수영 문학을 일관적으로 해석할 가능성까지 엿볼 수 있다. 가령 「공자의 생활난」에 나오는 "동무여 이제 나는 바로 보마" 같은 구절은 곧음의 의지가 정직한 시선의 추구로 나타나는 것이 아닌가? 이런 사례가 아니더라도 김수영 작품에 나타나는 다양한 몸짓과 정서는 곧게 뻗어나가고자 하는 의지에서 비롯되는 효과들이라 할 수 있다.

거칠게나마 정리하자면, 김수영 문학에서는 정직성의 의지가 의식 내면으로 향할 때가 있다. 이때는 그것이 양심, 설움, 비애 같은 근본 기분을 낳는다. 반면 그것이 외부로 향할 때가 있다. 이럴 때는 곧음의 의지가 자유를 향한 외침, 현실 비판과 참여 같은 행동으로 이어진다. 김수영 문학을 관통하는 곧음의 의지에는 죽음충동이 이글거린다. 김수영의 '온몸의 시학'을 조직하는 주요 범주들, 가령 풍자와 해탈, 사랑과 죽음 같은 것도 그런 무시무시한 곧음의 의지에서 뻗어나오는 갈래들이다. 이런 것을 다 떠나서 김수영의 문장부터가 폭포처럼 시원하게 뻗어나가길 원하고 있지 않은가. 곧음은 김수영 수사학의 이념 자체이기도 하다.

그렇다면 이런 곧음의 의지는 어디서 오는가? 나는 『공자의 생활난』을 쓰면서 그것이 선비정신에서 온다는 사실을 알았다. 김수영의 많은 작품이 『논어』를 비롯한 유가 문헌으로 돌아가 읽지 않는다면 온전히 이해할 수 없다는 사실을 밝혀냈고, 김수영의 온몸의 시학과 참여정신도 직(直)의 이념을 생명으로 하는 선비정신에 원천을 둔다는 사실을 드러냈다. 그러나 이것은 최근의 발견일 뿐 내가 빠리에서 처음 김수영을 만났을 때부터 품은 생각들은 아니었다.

내가 빠리에 간 것은 데까르트(R. Descartes)를 공부하기 위해서였다. 그런데 계속 공부하다보니 수백년 전 멀고 먼 나라에서 살다간 철학자를 그렇게 파대는 내 모습이 가끔은 추해 보였다. 도대체 역사도 문화도 언어도 몽땅 어색한 그 옛날의 문헌을 놓고 이것이 인생의 전부인 양 씨름한다는 것이 가끔은 우스워 보였다. 그럴 때면 자기 나라 사람이 쓴 작품을 놓고 자기 나라의 역사와 문화와 언어를 위하여 읽고 쓰는 사람이 얼마나 부러웠던지. 그럴 때면 적어도 데까르트에게 쏟아부었던 만큼의 정열을 언젠가는 반드시 한국어 작품에 바치리라 주먹을 불끈 쥐기도 했다.

이러던 차에 만난 것이 김수영인데, 일차적으로 눈을 사로잡은 것은 「공자의 생활난」이다. 데까르트적 정신(명석·판명한 시선의 추구)과 공자의 정신(안빈낙도)을 교차시키고 있었기 때문이다. 내가 프랑스에 가서 받은 질문 중의 하나가 유가적 합리성은 데까르트적 합리성과 어떻게 다르냐는 것이었다. 한국에서 와서 데까르트를 공부한다니까 같은 기숙사에 사는 프랑스 친구 녀석이 장난삼아 던진 물음이었다. 나는 그 물음 앞에서 쩔쩔매다가 대충 얼버무리고 말았는데, 거의 잊어버리고 있었던 물음을 김수영 시에서 다시 마주치게 된 것이다. 「거리 1」 같은 다른 시들에서도 반복되는 이런 물음은 「거대한 뿌리」나 「미역국」같이 역사적 전통의 숭고한 크기를 노래하는 시들과 맞물려 더욱 커다란 울림을 주었다.

김수영은 궁핍한 나라의 지식인에게 눈부신 광채를 뿜어내며 다가오는 서양 문물의 위력과 한국의 낙후한 현실을 교차시키는 데서도 인상적인 문장들을 많이 남긴 시인임을 기억하자. 이런 김수영의 면모도 동서의 문화적 격차를 나날이 경험하던 1980년대 중반의 빠리 유학생에게는 호소력이 클 수밖에 없었다. 그러나 이보다 더 큰 감동은 그런 문화적 격차에 절망하기는커녕 그것을 전통에 대한 무한한 긍정의 계기로 반전시키는 당당한 모습에서 왔다. 가령 「거대한 뿌리」는 조선을 세상에서 가장 더러운 나라로 묘사했던 '버드 비숍 여사'를 애인으로 끌어들인다. 그리고 이 나라의 역사가 아무리 썩어빠진 진창이라도 괴롭지 않다고 말한다. 오히려 그 시궁창같이 더러운 역사가 황송할 정도로 고맙고 눈물겹도록 사랑스럽다는 것이다. 그리고 이렇게 외친다. "제3인도교의 물속에 박은 철근기둥도 내가 내 땅에/박는 거대한 뿌리에 비하면 좀벌레의 솜털/내가 내 땅에 박는 거대한 뿌리에 비하면".

나는 이 구절에서 '박은'과 '박는'의 차이에 주목하고 싶다. 팔루스의 동작을 연상시키는 이 말들은 「폭포」에서 묘사된 빳빳한 수직의 폭력성과 더불어 읽어야 제맛이되 그 시제를 분명히 확인하면서 읽어야 정확히 해석할 수 있다. 제3인도교가 주어인 '박은'은 과

거시제로 이미 완결된 사태를 가리킨다. 반면 '내'가 주어인 '박는'은 현재진행형으로 미래의 완성을 기다린다. '내'가 내 땅에 박고 있는 거대한 뿌리, 그것은 어떤 역사이고 전통이되 어떠한 서구적 이념에 의해서도 거세되지 않은 채 남아 있는 팔루스와 같은 전통이다. 그 전통이라는 팔루스는 한강 다리의 기둥처럼 정지된 사태도 완료된 크기도 아니다. 그것은 지금부터 끊임없이 확장되고 발기되어야 하는 크기다.

그 발기의 마지막은 거기에 비한 한강교의 기둥이 좀벌레의 솜털로 보일 만큼 상상을 초월한다. 그러나 그것은 현실적으로 드러난 모습이라기보다는 실현되기를 한참 기다려야 하는 어떤 잠재적 크기에 불과하다. 그것은 물론 숭고한 크기에 도달할 가능성을 지닌다. 그러나 이는 가능성일 뿐 선험적으로 주어진 크기도, 현실적으로 완성된 크기도 아니다. 그것은 우리가 어떻게 박느냐에 따라 달라지는 미래완료시제의 크기다. 그러므로 김수영은 우리 전통의 엄청난 사이즈를 호언장담하면서 뒤흔들어댄다기보다는 그것이 팔루스처럼 살아나고 거대한 크기로 뻗어나기 위해 우리가 바쳐야 할 고통스러운 '사랑'을 다짐하고 있는 것이다.

우리는 이런 사랑의 다짐을 김수영의 초기작인 「공자의 생활난」에서부터 읽을 수 있다. 이 시에 나오는 '생활난'이라는 말이 김수

영적인 의미의 사랑이자 '온몸에 의한 온몸의 이행'이다. 내가 김수
영에 바친 두권의 저작은 김수영이 온몸으로 다짐하고 실천한 그
사랑과 이행에 대한 탐구였다. 나는 이 두권의 저작을 쓰고서야 겨
우 빠리 유학시절 기숙사 친구와 김수영으로부터 동시에 받았던
질문에 어느 정도 체계적으로, 주관적인 착각일지언정 그야말로 속
시원히 답할 수 있게 되었다. 그 기억이 너무도 좋아서 언제부터인
지 세번째의 김수영론을 써볼까 하는 설렘까지 들었다. 정말 쓰게
된다면 그것은 아마 성장의 개념을 중심으로 한 어떤 교육론이나
수양론이 아닐까 한다.

옥 수 수 잎 이   흔 들 리 듯
그 렇 게   조 금

김종엽

　시인 김수영을 만나게 되는 계기는 아마도 세대마다 다를 것이
다. 나의 김수영 경험에도 개인사를 경유해서 관철된 세대 특수성
이 아로새겨져 있는 것 같다. 꺼림칙한 표현이지만 그냥 사용하자
면, 내가 속한 세대 가운데서도 대학에 진학한 집단을 일러 '386세
대'라고 한다. 역사학자 한홍구(韓洪九)의 말을 빌면 그들은 "유신
의 몸과 광주의 마음"(한홍구 「유신의 몸과 광주의 마음을 가진 그대에게」,
2012.1.28 한겨레 칼럼)을 가진 세대이다. 하지만 그들이 광주의 마음
을 가지기 위해서는 우선 '유신의 마음'을 털어내야 했다. 그것이

꽤 강력하고 깊이 침투했음을 보여주는 일화로, 박정희 전 대통령이 죽었을 때 한 중학생이 선생님께 했던 질문을 들 수 있다. "이제 박정희대통령이 죽었으니 누가 박정희대통령을 하나요?" 다들 이 중학생만큼 멍청하지는 않았다. 하지만 그가 보통명사와 고유명사 사이에서 길을 잃은 것을 탓할 수는 없다. 나도 그랬지만 그에게도 박정희가 죽는 날까지 대통령은 줄곧 한사람이었으니 말이다.

그런 유신의 마음은 거의 전면적인 것이어서 사회정치적 비전은 물론이고 미적 감수성에까지 깊이 침투해 있었다. 돌이켜보면 중고등학교 시절에 국어 교과서를 통해 내게 형성된 한국시의 이미지는 서정주와 청록파가 엉성하게 뒤섞인 어떤 것이었다. 그들의 차이를 지금은 어느 정도 분명하게 말할 수 있지만, 고등학교 졸업할 무렵 나에게 한국시란 자연을 노래하는 약간 축약되고 운율감 있는 멋들어진 단어들의 나열 같은 것이었다. 그와 약간 결이 다른 이른바 모더니즘 시들이 몇편 교과서에 실려 있긴 하지만, 대체로 성기고 감동이 없었다. 나에게 형성된 시의 이미지가 바로 '시란 이런 것이어야 한다' 혹은 '그런 것에서 그쳐야 한다'는 유신의 마음이었을 것이다.

대학에 와서 맞은 첫봄 학교 도서관에서 김수영의 시집을 우연히 발견했다. 거개가 폐가식이었던 그 당시 서울대 도서관은 시험

공부나 하는 곳이었지만, 그래도 참고열람실 하나는 개가식으로 운영되었는데, 거기서 어쩌다가 민음사에서 펴낸 『김수영 전집 1: 시』를 펼쳐보게 되었다. 유신시절 국어 교과서에는 단 한편도 실려 있지 않았고, 그래서 한번도 읽어본 적 없던 김수영의 시를 그날 처음 읽었다(나중에 안 일이지만, 내가 읽은 그의 시전집은 내가 대학에 입학하기 전해인 1981년에 처음 출간되었다. 시를 읽어보면 저간의 이유는 쉽게 이해가 가는 일이긴 하다만, 1968년에 작고한 시인의 전집이 그렇게 늦게 출간된 것이었다).

뒤적거리며 읽은 몇편의 시는 내가 그때까지 가졌던 한국시에 대한 모든 이미지를 단번에 폭파하는 것이었다. 목차에서 제목이 멋진 시, 가령 「거대한 뿌리」나 「사랑의 변주곡」 같은 시를 펼쳐 읽었다. 그리고 망치로 머리를 한대 얻어맞는 기분이 들었다.

아들아 너에게 광신을 가르치기 위한 것이 아니다
사랑을 알 때까지 자라라
인류의 종언의 날에
너의 술을 다 마시고 난 날에
미대륙에서 석유가 고갈되는 날에
그렇게 먼 날까지 가기 전에 너의 가슴에

새겨둘 말을 너는 도시의 피로에서

배울 거다

이 단단한 고요함을 배울 거다

복사씨가 사랑으로 만들어진 것이 아닌가 하고

의심할 거다!

복사씨와 살구씨가

한번은 이렇게 사랑에 미쳐 날뛸 날이 올 거다!

—「사랑의 변주곡」 부분

언어는 이토록 고압으로 충전될 수 있는 무엇이었던 것이다.

그날 「국립도서관」이란 시도 읽었다. 그의 시를 읽고 있던 서울
대 도서관은 따지고 보면 국립도서관의 하나이니 국립도서관에서
「국립도서관」이란 시를 읽고 있는 셈이었다. 그 시에서 "예언자가
나지 않는 거리로 창이 난 이 도서관은/창설의 의도부터가 풍자적
이었는지도 모른다"는 부분을 읽었을 때, 몸이 후끈 달아오르는 어
떤 부끄러움도 느꼈다. 더불어 아이러니한 기분도 들었다. 그가 "죽
어 있는 방대한 서책들"의 공간으로 묘사한 국립도서관 안에서, 예
언자를 내지 못하는 서책의 죽음을 증언하고 또 분노하고 있는, 그
스스로는 결코 죽지 않을 서책인 김수영 시집을 읽고 있었으니 말

이다. 그 이후 도서관에서 책을 읽고 있을 때는 언제나, 김수영이 불어넣은 수치를 동반한 아이러니한 감정이 마음 한켠에서 되살아 나곤 했다.

아무튼 김수영은 그렇게 유신의 마음을 벗어나 광주의 마음으로 이동시키는 심미적 지렛대 역할을 했다. 1980년대를 사람들은 '시의 시대'라고 불렀는데, 그렇게 불리는 시대 속에서 나 역시 시집을 사서 읽었다. 신동엽과 김지하와 신경림을 알게 되었고 김준태도 읽었고 정희성도 읽었고 황지우도 읽었고 김정환도 읽었고 이성복도 읽었고 김남주도 읽었지만, 이런 몰랐던 시인들이 내 마음속에 쉽게 진입해 언어의 움을 틔울 수 있었던 것은 김수영이라는 망치가 유신이 세워놓은 시적 가건물을 산산조각 내고 훤한 빈터를 만들어냈기 때문이었다.

거의 한시반이나 걸리던 버스 통학길에서 나는 김수영의 시집을 자주 읽었다. 읽으면 읽을수록 어떤 옴짝달싹할 수 없는 자력과 같은 것을 느꼈다. 나뿐 아니라 내 세대 대학생들 상당수가 고교 졸업 때까지 이름도 들어보지 못했던 시인에게 그렇게 매료된 이유는 아마도 그의 시가 담고 있는 시대적 양상이 1980년대 대학생들의 상황과 어떤 상동성을 가졌기 때문일 것이다. 그에게 4·19혁명이 그랬듯이, 1980년대 대학생들에게 광주항쟁 또한 "번개처럼/번개처럼/금이 간 너의 얼굴"(「사랑」)이었고, 그가 그랬듯이 1980년대 대학생들 또한 "능금꽃으로부터/능금꽃으로……//나도 모르는 사이에/내 몸이"(「먼 곳에서부터」) 아팠다. 그리고 직면한 과제 또한 다르지 않게 "아픈 몸이/아프지 않을 때까지 가"(「아픈 몸이」)는 것이었다.

그 과정은 일상에 대해 면밀하고 치열하게 반성하는 삶, 도처에서 성찰을 방해하는 동시에 촉구하는 적과 대결하는 엄격한 삶을 꾸려가는 것이었다. "제일 피곤할 때 적에 대한다/날이 흐릴 때면 너와 대한다/가장 가까운 적에 대한다/가장 사랑하는 적에 대한다/우연한 싸움에 이겨보려고"(「적 2」) 말이다. 그 싸움은 아주 구체적이고 사소하기조차 하다. 예컨대 김수영은 "피아노"(「피아노」)하고도 대결하고, 양계장 일을 돕던 대학생 "만용이"(「만용에게」)와도 대결한다. 과외공부 받는 집에서 만난 학부형회의 어떤 어머니에게서 느낀 "(…) 여자의 감각/그 이마의 힘줄/그 힘줄의 집중도"(「여자」)와도 고투를 벌이고, 이웃집에서 공부하러 온 초등학교 6학년생과의 신경전을 벌인다(「잔인의 초」).

그런 대결은 그의 집에 들어온 열네살 식모하고도 아주 치열하게 벌어진다. 1960년대 이촌향도의 물결을 따라 서울로 진입할 방도로 남의집살이 온 어린 소녀들이 많았고, 대개 '식모'로 통칭되었다. 그 수가 상당히 많아서 서울 사는 웬만한 사는 가정은 모두 '식모'로 들이다시피 했다. 아마 김수영의 집도 그랬는가보다. 그리고 그렇게 가족 안에 단 한명의 타자가 존재할 때 일어나는 작은 일조차 김수영은 처절한 자기인식의 과제로 삼았다. 물건 하나의 행방이 묘연할 때, 돌연 식모라는 존재는 가족 모두를 안달스럽게 하는 이물이 되고, 그렇게 그녀를 이물로 여기는 김수영과 그 "여편네"와 "새끼들"이 어떤 존재인지가 아프게 드러난다. 그래서 그는 자기 집 식모는 "도벽이 발견되었을 때 완성"되었다고 말하고, "그녀가 온 지 두달 만에" 김수영과 그 가족도 "처음으로 완성"된 것이라고 말한다(「식모」). 이 경우 '완성'이란 자신도 몰랐던 자신의 속물적인 모습을 식모를 경유해 직면함으로써 자기인식의 허술한 빈 귀퉁이가 꽉 채워지는 경험이 아니고 무엇이겠는가? 김수영의 식모에 대한 성찰 그리고 식모를 통한 자기성찰 작업은 「꽃잎」에 이르기까지 집요하게 이어진다. 그리고 거기서 마침내 그의 성찰이 황홀한 승화의 계기를 붙잡는 것을 보게 된다. 우리 세대가 김수영 같은 시인 덕분에 유신의 마음에서 벗어났지만, 유신의 몸에서마저 벗어나지 못한 이유는, 어쩌면 4·19혁명 이후를 살아내는 김수영의 이런 자세까지 철저하게 배우지는 못한 때문인지 모르겠다.

시가 열어준 경지만큼 자신의 삶을 이끌어가지 못한 것은 부끄러운 일로 남지만, 시가 열어준 아름다움과 그 아름다움이 주는 기쁨은 그대로 남는다. 그것이 부끄러움 속에서도 자꾸 그의 시를 읽게 되는 이유이다. 그리고 내게는 그의 시가 언어의 아름다움이 무엇인지 새롭게 생각하게 해주기도 했던 것 같다. 이런저런 시와의 만남에서 항용 우리의 시선은 언어의 아름다움에 우선 이끌린다. 언어의 아름다움이 그것이 시임을 주장하게 해주는 것 같기 때문이다. 그런 의미에서 시는 그 전경에서 우선 아름답다. 하지만 김수영의 시에서 언어의 아름다움은 언제나 가장 늦게 온다. 역사적 진실과 사회적 비전과 자기성찰 뒤에 은일하게 온다.

예컨대 「어느 날 고궁을 나오면서」에서 이렇게 적었다.

아무래도 나는 비켜서 있다 절정 위에는 서 있지

않고 암만해도 조금쯤 옆으로 비켜서 있다

그리고 조금쯤 옆에 서 있는 것이 조금쯤

비겁한 것이라고 알고 있다!

　　　　　　　　　　　—「어느 날 고궁을 나오면서」 부분

이 시에서 "조금쯤"은 비켜섬의 거리를 지적한다. 그 거리의 얼마 되지 않음이 얼마 안되는 비겁함의 원천이지만 바로 그 얼마 되

지 않음으로 해서 모든 비겁이 시작됨을 지적한다. 동시에 "조금
쯤"은 그런 비겁함에 대한 앎의 크기가 어떤지 말해주며, 앎의 크
기가 그러하기에 이끌려나올 행동이 "옹졸"한 "반항"에 머무름을
아프게 드러낸다. 이렇게 "조금쯤"이라는 단어가 시 전체의 내적
긴장을 응집하고 있다. 그런 "조금쯤"은 2년 뒤에 쓰인 「꽃잎」에서
"쯤"을 떨군 뒤 숭고하고 아름다운 단어로 되살아난다.

> 누구한테 머리를 숙일까
> 사람이 아닌 평범한 것에
> 많이는 아니고 조금
> 벼를 터는 마당에서 바람도 안 부는데
> 옥수수잎이 흔들리듯 그렇게 조금
>
> ──「꽃잎」 부분

　일견 당혹스럽게 시작된 첫 행은 둘째 행에 의해 전복된다. 둘째
행은 시인이 머리를 숙이려는 것이 사람이 아님을 말해준다. 그러
니 첫 행의 "누구한테"는 사람을 향한 것이 아니다. 그런데도 시인
은 '무엇에'라고 하지 않고 "누구한테"라고 했다. 복종의 자세를 보
인 첫 연은 돌연 사람 아닌 평범한 것을 누구로 불러세우는 도저한

존중, 세계에 대한 사랑으로 드러나는 것이다. 그러나 그 모든 존중에서 비롯된 머리숙임도 많이는 아니어야 한다. 이렇게 김수영은 옹졸한 반항을 떨쳐내고 겸손과 의연함을 혼융한 자리에 선다. 하지만 이런 사상의 깊이보다 늦게 다가오지만 더 오래 은은히 울리는 것은 "조금"이다. 과문한 탓인지, 그 자리에 있음으로 해서 이토록 아름다운 울림으로 다가오는 또다른 "조금"을 나는 들어보지 못한 듯싶다.

먼 곳 에 서 부 터 먼 곳 으 로

권여선

　친구가 시를 적어준 종이는 삭았고 불규칙하게 찢겨 있다. 찢긴 사이로 테이프를 붙인 끈끈이 자국이 누렇게 남아 있고 테이프의 투명비닐은 떨어져 나간 지 오래다. 그래서 접힌 종이를 펼칠 때면 아주 조심하지 않으면 안된다. 앞면에 친구는 마치 하나의 시인 양 두개의 시를 연결해 써놓았다.

　먼 곳에서부터

먼 곳에서부터
먼 곳으로
다시 몸이 아프다

조용한 봄에서부터
조용한 봄으로
다시 내 몸이 아프다

여자에게서부터
여자에게로

능금꽃으로부터
능금꽃으로……

나도 모르는 사이에
내 몸이 아프다

아픈 몸이
아프지 않을 때까지 가자

무한한 연습과 함께

온갖 식구와 온갖 친구와

온갖 적(敵)들과 함께

적(敵)들의 적(敵)들과 함께

아픈 몸이

김수영(金洙暎)[1]

　종이 오른편 끄트머리에 대학로고가 찍힌 걸 보면 친구는 대학
노트 중 한장을 뜯어 이 시들을 적었을 것이다. 그리고 뒷면에 이렇
게 자신의 말을 써놓았다.

　먼 곳에서부터 먼 곳으로 몸이 아프고 나도

　모르는 사이에 아픈데, 아파진 건데, 아프지

　않을 때까지 가자는 의지는 어디서 생긴

　걸까? 의지가 아니고 오기라도 그건 어디서

1　김수영 시 「먼 곳에서부터」 전문과 「아픈 몸이」 마지막 연(일부 행 순서 변경).
　두 시의 제목이 처음과 끝에 놓임.

생긴 걸까? 그건 먼 데서, 딴 데에서

예기치 않은 순간에 불어오는 것일 수밖에 없다.

딴 데서 예기치 않은 순간에 오기 때문에

왔는지도 모른다. 그리고 반성(反省)하지 않는다.

언젠가, 내일쯤, 30년 후쯤, 아픈 몸이 아프

지 않을 때까지 가자고 말하자.

'84. 2. 21. 火 혜정

  친구는 앞면의 두 시들에 이어 뒷면에서 다시 "예기치 않"게 「절망」이라는 시가 떠오르도록 해놓았다. 아직 봄이 오지 않은 2월의 어느날, 갓 스물이 된 친구는 김수영을 읽다 대학노트를 뜯어 이런 편지를 썼을 것이고, 그것을 내게 주었을 것이고, 나는 두번 접어놓았던 종이를 어느날, 분명 취한 밤이었겠지만, 접힌 채로 찢어버렸을 것이고, 다시, 아마 술이 깬 오후쯤에 울면서 테이프로 붙여 두번 고이 접어놓았을 것이다.

  아무튼 내가 김수영을 알게 된 건 그때 스무살 박혜정을 통해서였다. 나는 그가 고등학교 때부터 김수영을 읽어왔다는 사실을 알고 놀랐다. 내가 "폴란드 망명정부의 지폐"(김광균 「추일서정」) 같은 시를 읽고 있을 때 그가 김수영을 읽었다는 건, 비록 우리가 매일 스크럼을 짜고 매일 같이 밥을 먹고 술을 마신다 해도 우리 사이에 결코 좁힐 수 없는 감수성의 무한한 간극이 있음을 증명하는 사건이었다. 더 분한 것은 내가 다시 태어나기 전에는 결코 열일고여덟 살에 읽는 김수영이 무엇일지, 어떠할 것인지 도저히 상상도 할 수 없으리라는 사실이었다.

문학은 때로 미묘하게 세상을 가르는데 김수영도 그렇다. 세상에 두 종류의 감수성이 있다면, 한편엔 십대에 김수영을 읽은 쪽이, 다른 편엔 그렇지 못한 쪽이 있다고 나는 확신한다. 그러나 이 불행은 다행히 내 세대에 국한된 것이다. 90년대 초에는 이미 고등학교 교과서에 김수영 시가 실렸다고 하니, 나는 다시 태어나지 못할 바엔 십년쯤 늦게 태어났더라면 좋았을 것이다. 그러나 그랬다면 혜정을 만나지 못했을 테지,라고 생각하면 아득해진다.

그를 통해 김수영을 알게 되어서일까. 나는 그 친구의 방식으로, 김수영의 시를 각각의 시편의 경계를 넘어 내 멋대로 시를 가로지르고 이어붙이며 읽는 버릇이 들었다. 그러나 그건 사유의 맥을 더듬어 연결하고 맥락화하는 그 친구의 공감적 독법과 달리 초조한 선병질 상태에 사로잡힌 채 마구잡이식으로 시를 분절하고 조립하는 파괴적 독법이었다. 이를테면 "벗이여/그대의 말을 고개 숙이고 듣는 것이/그대는 마음에 들지 않겠지/마음에 들지 않아라//모두 다 마음에 들지 않아라"(「사령」) "그러나 나는 오늘 아침의 때문은 혁명을 위해서/어차피 한마디 할 말이 있다"(「중용에 대하여」) "기운을 주라 더 기운을 주라/강바람은 소리도 고웁다/기운을 주라 더 기운을 주라/달리아가 움직이지 않게"(「채소밭 가에서」) "심연은 나의 붓끝에서 퍼져 가고/나는 멀리 세계의 노예들을 바라본다"(「꽃」) "산 너머 민중이라고/산 너머 민중이라고"(「눈」) 같은 식이었다. 심지어 나는 그렇게 읽어야 김수영을 제대로 읽는 것이라고까지 생각했다.

애타도록 마음에 서둘지 말라

강물 위에 떨어진 불빛처럼

혁혁한 업적을 바라지 말라

—「봄밤」 부분

내가 김수영을 알게 된 지 어언 30년이 지난 어느 봄밤, 작은 속삭임처럼 들려온 이 시는 누가 불러내온 것일까. 나는 혜정이라고 믿는다. "언젠가, 내일쯤, 30년 후쯤 아픈 몸이 아프지 않을 때까지 가자"고 했던 그 친구 말고 누가 그 '조용한 봄'에 내 앞에 이 시를 펼쳐놓아주었을까. "아파하면서 살아갈 용기 없는 자, 부끄럽게 죽을 것"이라는 유서를 써놓고 스물둘에 강물 위에 떨어진 그 친구 말고 누가.

나는 방바닥에 무릎을 꿇고 엎드린 자세로 펼쳐진 시를 여러번 읽었고, 다 읽고 나서는 팔꿈치에 얼굴을 묻고 기도하는 자세로 오래 가만히 있었다. 그렇게 「봄밤」은 내게 통째로 왔다. 내가 감히 허물고 쪼갤 수 없는 단 하나의 우주, 단 하나의 계시처럼. 아니, 이런 표현은 정확하지 않다. 이 시가 그렇게 단단한 완전체의 형태로 온 것은 아니었다.

어느 순간 획 하고 어떤 '것'의 현현이 일어났다. 그것을 일별한 주체가 나인지 시인인지 알 수 없었다. 처음에도 알 수 없었고 지금도 알 수 없다. 그저 나는 그 일별로 인해 어딘가 금이 갔고 당분간 금이 간 상태로 존재했다. 그 당시 내가 쓰고 있던 소설에도 금이 갔다. 그 금이 소설을 완성시켰고 제목이 「봄밤」(『안녕 주정뱅이』, 창비 2016)일 수밖에 없게 했다. 그때의 호된 감각은 서서히 아련해졌지만 때로 기도하듯 엎드려 「봄밤」을 읽다보면, 여러번 읽다보면, 어느 순간 무언가를 더듬더듬 강박적으로 정돈하는 주섬주섬한 시인의 불면의 그림자가 어른거린다.

재앙과 불행과 격투와 청춘과 천만인의 생활과

그러한 모든 것이 보이는 밤

눈을 뜨지 않은 땅속의 벌레같이

아둔하고 가난한 마음은 서둘지 말라

애타도록 마음에 서둘지 말라

나는 기다린다. 애타도록 마음에 서둘지 말고 기다린다. "노란 꽃을 주세요 금이 간 꽃을"(「꽃잎」) 하며 기다린다.

절제여

나의 귀여운 아들이여

오오 나의 영감(靈感)이여

마침내 휙, 시인이 어떤 '것'의 현현을 일별하는 순간 나는 단박에 금이 가고 만다. 그 실금 사이로 그 '것'이 언어의 불빛 속에서 오래 반짝이며 살아 있는 것을 본다. 먼 곳에서부터 먼 곳으로 다시 몸이 아프고 아픈 몸들이 물결처럼 이어져 흐른다.

이 모든 무수한 반동이 좋다

김해자

김수영 시인에 대한 내 느낌을 한 단어로 요약하자면 '콤플렉스'다. 그의 시론과 행적과 시가 복잡한 느낌과 다각도의 변주로 다가오고, 내 이해도를 넘어서는 지성의 번득임과 언어의 돌출과 충돌이 기저를 흔들고 생각을 복잡하게 만든다. 콤플렉스를 느끼게 하는 사람을 진정으로 사랑하기는 어렵다. 관심이 없으면 콤플렉스도 없겠지만, 잊을만 하면 날 두드려 깨우긴 하는데 거리감은 좁혀지지 않는다. 그러니까 김수영은 내가 아주 친애하는 시인이 아니라는 것만은 확실하다. 좋아하지 않으면서 깊은 영향을 받을 수 있을까. 지금 와서 생각해보면 그럴 수 있다고 본다. 삶의 체험과 깊이와 성장에 비례해 대상은 달리 읽힌다. 아무리 훌륭한 텍스트를 접한다 해도, 이미 들어와 있거나 내 안에 싹틀 기미가 있는 요소들에만 감응한다. 대상과의 관계는 내 감수성과 정신과 이상과 함께 변곡점을 그린다. 그 달라지는 지점을 발견하는 것이 자신과의 내밀한 만남이기도 하다. 그러니 내가 아무리 많은 길을 걸어왔다 해도 대지의 은총과 자극과 풍요와 울퉁불퉁한 육질을 만난 건 맨살이 아니라 신발 혹은 양말이다. 그러니까 내가 김수영 시의 살과 뼈를 있는 그대로 만났다 말하는 건 어불성설이다.

1

김수영은 내게 삶의 굴곡진 시기마다 변화무쌍하게 다가온 텍스트다. 그러니까 내게 김수영은 단일한 사람이 아니다. 50대 중반이 되고서야 그와 그의 시를 통합된 한 인격체로 이해할 듯하다. 여전히 가장 좋아하는 시인이라 말할 수는 없지만, 어설픈 포즈를 벗어던지고 가장 너답게 더 높이 오르고 더 깊이 내려가라고 나를 찔러대는 시들이 장쾌하고 즐거워지기는 했다. 김수영을 즐기지는 못한 이유를 이제 와서 찾아보니, 스스로에게 뭔가 들키는 것 같은 '죄와 벌'의 느낌 때문이기도 하겠다. 그것 또한 콤플렉스다. 뭔가 내부에 장착되어 있는 거울 혹은 감시카메라에 찍히고 있다는 느낌이랄까. 안 그래도 젊은 시절 내 삶은 온통 가시밭길이었고, 내 내부에서도 나를 찔러대는 송곳이나 망치에 맞아 괴로운데, 나보다 더 예리하고 깊게 찌르는 전투를 나날이 치르다 간 자를 고통 없이 바라보기는 힘든 심정 비슷한 게 아니었을까.

"남에게 희생을 당할 만한/충분한 각오를 가진 사람만이/살인을 한다"(「죄와 벌」) 같은 시를 읽고 있으면, 김수영은 자신의 밑바닥까지 헤집어서 위선과 허영을 거덜 내며, 겨우 덮고 있는 양심 혹은 윤리까지 비웃는 것 같다. 최근에야 놀이 삼아 김수영의 사주(四柱)와 별자리를 들여다보았는데, 그는 불이 이글거리는 초겨울 갑목(甲木)이었다. 나무가 뿌리내릴 땅은 미토(未土)로 지극히 건조한데, 자칫 뿌리를 다치게 할 수 있는 유금(酉金)이라는 쇳덩어리에, 위로 뻗어가려는 가지를 위협하는 송곳 같은 것들이 천간(天干) 양쪽에 포진되어 있으니 갈등과 갈증이 얼마나 심했을까. "우산대로/여편네를 때려눕"히면서 남들이 보는 걸 의식하는 스스로를 고발하고, 그보다 아까운 우산을 놓고 온 것을 후회한다. 그는 반성문을 쓸 자세로 세상과 대면한 듯하다. 적은 밖만이 아니라 안이기도 하니까. 둘이 만나지 않으면 '시'라는 절체절명의 반성문이 완성되지 않으니까. 변호나 변명은 아니고, 자기과시는 더욱 아닌 끈질긴 내면의 CCTV. 때로 날카로운 풍자시에서 보이는 싸움닭 같은 면모는 결국 외부의 적을 향해서만이 아니라, 자기 자신과 아주 작은 기미에서부터 어긋나는 모순과 허위를 비추어 보는 렌즈였을 가능성이 높겠다.

"욕망이여 입을 열어라 그 속에서/사랑을 발견하겠다"(「사랑의 변주곡」)니. 치부와 은총을 포함하여 자기 속살과 입체를 두루, 그리고 깊이 바라보는 자는 삶과 일상의 일거수일투족을 세계의 심연에 비추어 보는 자다. 그가 더 살았다면 어떤 시가 탄생했을까. 금생수(金生水)니, 좀더 살아서 자신을 극하는 금(金)을 수(水) 기운으로 내보낼 수 있었다면, 「사랑의 변주곡」처럼 극기와 부정을 넘어선 해방의 서사들이 폭포처럼 쏟아지지 않았을까. "복사씨와 살구씨가/한번은 이렇게/사랑에 미쳐 날뛸 날이 올 거다!/그리고 그것은 아버지 같은 잘못된 시간의/그릇된 명상이 아닐 거다". 자기허위와 엄혹한 체벌을 지나, 시 스스로 춤추고 노래하기 시작할 때 다른 별로 가버렸으니, 자기혁명이자 해방으로서의 시를 더이상 볼 수 없다는 게 아쉽다.

그의 별자리를 보면 자기 의식을 담당하는 태양이 적절한 불기운인 목성이 주관하는 사수자리에 있으니 수직적 성장을 갈구하는 나무(甲木)와 닮아 있다. 장광설을 늘어놓거나 느닷없이 신에게 계시를 받은 듯 우주적 번개가 번뜩이는 의식이 폭발하는가 하면 정신적 이동거리도 높았겠다. 지성과 아름다움과 무의식적 감성을 주관하는 수성·금성·달이 명왕성과 화성의 영향을 받아 근본적으로 자기를 갱신하려는 전갈자리(8하우스)에 들어 있으니, '죽음과 성'을 자기발견과 혁명의 주요 화두로 삼으며, 스스로 수술실에 들어 썩은 데를 도려내고 재생을 감행하는 집도의였을 가능성도 있었겠다. 전투 시에 발딱 일어서서 정의를 위해 행동하게 하고, 사유하고 나날이 실천하게 하는 화성과 목성, 토성이 조화와 중도를 유지하는 금성의 지배하에 천칭자리(7하우스)에 몰려 있으니, 배우자와 라이벌, 적 등과의 관계에서 이판사판 격렬했을 법도 하다. 현대시사 백년 동안 아무도 써보지 못한 「성(性)」 같은 시가 나올 수 있었던 것도, 「죄와 벌」도 이해가 되는 지점이다. "시를 배반하고 사는 마음이여/자기의 나체를 더듬어 보고/살펴볼 수 없는 시인처럼/비참한 사람이 또 어디 있을까"(「구름의 파수병」). 추호의 자기정당화 없이 자신을 대면하고 반성하면서 그는 구름의 파수병이 될 수 있었는지도 모르겠다.

2

시인 김수영을 처음 알게 된 때가 80년대 초반이니까, 서슬 퍼런 전두환 군사정권 시절이다. 알았다기보다는 난닝구 입은 걸로 기억되는 사진을 처음 봤다는 얘기고, 스물한살 내게 중대한 영향을 끼치던 하늘 같은 선배로부터 김수영을 전해 들었다는 거다. 한강이 내려다보이는 선배의 2층방 벽에 상반신 남자 사진이 붙어 있었는데, 그 오른편에는 단정하게 양복을 차려입은 사람도 있었다. 시인 신동엽이라 했다. 시인이 그렇게 위대한가…… 조용필도 레닌도 아니고 전두환은 더욱 아니고, 시인을 대문짝 반만하게 둘씩이나 벽에 걸어두고 살다니. 시인도 시도 난생처음 보고 들으니 나는 그들을 관상했던 듯하다. '이렇게나 괴롭고 슬픈 얼굴을 한 사람들이 시인이라는 족속이구나…… 김수영이란 사람은 자신과 전쟁을 치르듯 산 모양이구나…… 신동엽은 이 세상을 슬퍼하고 연민하다 간 듯하구나……' 5·18 일년 반만에 복역을 마치고 막 출소한 선배에게서, 그날 나는 한 혁명적 젊은이의 미래적 지향이자 거의 연인이자 우상이 되어버린 이 대단한 시인들에 대해 밤새워 이야기를 들었으나 곧 잊어버렸다. 시집을 찾아 읽지도 못했을뿐더러 시와 시인이라는 것에 큰 흥미를 느낄 만한 기회도 조건도 찾아와주지 않았으니까.

내가 김수영을 진지하게 처음 읽게 된 것은 서른 중반 지나서다. 시를 써보겠다는 작심이 선 즈음, 어느날 문득 자신과 싸워온 듯한 사진 속 김수영의 그 지치고 형형하고 고독한 눈빛과 함께 선배가 읊어준 시구가 생각났다. "푸른 하늘을 제압하는/노고지리가 자유 로웠다고/부러워하던/어느 시인의 말은 수정되어야 한다//자유를 위해서/비상하여 본 일이 있는/사람이면 알지/(…)/혁명은/왜 고 독한 것인가를//혁명은/왜 고독해야 하는 것인가를"(「푸른 하늘을」). "혁명은 안 되고 방만 바꾸었다"(「그 방을 생각하며」)와 함께 뇌리에 꽉 꽂혔던 몇몇 시구가 지나갔다. 그때 사회주의 실험은 거의 실패 로 끝난 듯했고, 자본주의는 건재하면서 연일 상승가도를 달리고, 정의와 대의와 추상적인 진보진영은 분열되었으며, 군사독재 이 후 찾아온 민간정부는 무능했다. 진정한 진보에 대한 믿음과 열정 은 웃음거리가 되고 '잔치는 끝났다'고 대놓고 말하는 중이었다. 나 는 길을 잃었다. 슬픈 고백이지만, 만인의 길이 문제가 아니라 나는 인간과 나 자신에 대한 열정을 잃고, 이 세상의 판박이인 듯 보이는 별 볼 일 없는 나 스스로와 싸우는 중이었다.

어둔 터널을 통과하면서 15년 만에 처음인 듯 진지하게 김수영 의 시에 다가가긴 했는데, 인생과 문학의 반려로 삼기엔 그는 너 무 어려운 당신이었다. 「공자의 생활난」이니 「달나라의 장난」이니 「꽃」 연작이니 몇편을 읽다 던져버렸다. 거개의 시들이 의미중심점 은 잡히는데 이해가 통째로 안된다는 것. 뭔가 가슴에 전해오는 반향은 있는데, 그게 정확히 무슨 말인지 모르겠고, 담장에 뚫린 숨구멍으로 흘낏 엿보는 것으로 자족해야 한다는 것. 담벼락이 너무 견고해 소통을 조금만 허락한다는 것. 그러니까 김수영에 대한 이 모든 느낌은 뭔가 묵직하게 다가오는 매력있는 남자인 건 알겠는데, 속장을 펼칠 때마다 반의반도 모르겠어서 나랑 도저히 상송하기 힘들겠다는 열패감을 안겨주었다는 말이다.

우상으로 모시기로 작정했다면 적당히 모르는 게 신비감을 유지시키는 비결이 되겠지만, 나란 물건은 신비의 장막을 헤치고 그 살 속으로 들어가야 사랑이 가능한 천생 반골이니, 난해함과 미적 거리감이 넘을 수 없는 장벽이 되어 불만스러울밖에. 어느 민중이 있어 그의 시의 반의반의 반 정도를 이해할 수 있겠나. 시라는 게 원래 지식인들만이 알아듣게 되어 있는 건가. 시가 분출되는 충동과 언어와 현실의 불일치에서 오는 시적 사정을 감안하더라도, 그의 난해성은 피치 못할 사정으로 이해되지 않았다. 당돌하게도 나는 그때 생각했다. 모더니티와 리얼리즘 그리고 안과 밖을 동시에 혁명하는 자조차 넘어서지 못한 자의식의 과잉, 그것은 그 시대 조류 혹은 시에 매긴 위상이 지식인적 감수성으로 먹혀들어갈 소지를 애초에 지니고 있는 건 아니었겠는가. 시인이 되고 나서 가끔씩 고개를 드는 이런 유의 '반동적인 생각' 하나를 고백하자면 김수영이 혹시 과대평가되어 있는 건 아닌가 하는 것이다. 작금 시인들의 시가 소수의 독자조차 다가서기 힘들 정도로 난해해진 것과 관련이 조금쯤 있는 건 아닐까. 누가 누구에게 받는 영향과 배척의 자율적 운동성을 무시하겠는가. 더욱이 이런 나의 무의식적 반감은 김수영에게 물을 죄도 아니다. 하지만 나의 짧은 시 이력에도 불구하고, 시단의 주변부에서 수많은 좋은 시집들이 널리 읽히지도 평가되지도 않은 채 사장되어버리는 걸 보아온 나로서는, 문학이든 권력이든 아파트든 중심으로 몰려 대세가 되어버리면, 어디서 누군가는 그늘에 아주 오래 있어야 한다는 사실이다.

3

시대를 넘어서 보편적 울림을 가진 언어는 살아남아 미래에 전달된다. 당대의 감수성과 현실의 표피에만 붙박여 있는 자의 정신과 언어는 시간의 부침을 견디지 못한다. "기성 육법전서를 기준으로 하고/혁명을 바라는 자는 바보다/혁명이란/방법부터가 혁명적이어야 할 터인데/이게 도대체 무슨 개수작이냐/불쌍한 백성들아/불쌍한 것은 그대들뿐이다/(……)//그놈들은 털끝만치도 다치지 않고 있다/보라 항간에 금값이 오르고 있는 것을/그놈들은 털끝만치도 다치지 않으려고/버둥거리고 있다/보라 금값이 갑자기 8,900환이다/달걀값은 여전히 영하 28환인데"(「육법전서와 혁명」). 이 시가 오늘 쓰였다 해도 비슷한 무게와 울림을 갖는다는 것은 역사와 삶의 심중을 훑어 내렸기 때문이다. 세월호사건과 촛불혁명을 경과하면서도 우리는 백성의 삶을 거울이자 뿌리로 삼는 감수성에 이르지 못했다. 민주정부가 들어서고 적폐가 청산되고는 있지만, 누대에 걸친 권력과 돈과 언어와 지식을 독과점한 카르텔은 요지부동인 듯 보인다. 항간에 억, 소리가 이어지며 아파트값이 오르고, 항간에 자영업자들이 무너져내리고, 항간에 프랜차이즈가 넘쳐난다. 한국사가 달라질 수 있는 기회가 바로 지금이다, 지금 아니면 우리의 미래는 없다, 때로 절박하게 때로 비감비장하게 촛불 이후를 살고 있는 백성 중 하나인 나는, "혁명이란 단자는 학생들의 선언문하고/신문하고/열에 뜬 시인들이 속이 허해서/쓰는 말밖에는 아니 되지만/그보다도 창자가 더 메마른 저들은/더 이상 속이지 말아라/혁명의 육법전서는 '혁명'밖에는 없으니까"(같은 시) 외치는 김수영의 육성이 쓰라리게 다가온다.

4·19혁명과 5·16쿠데타와 그후 안정적이고도 본격적으로 왜곡되어가는 한국사를 겪으면서 김수영이 최종적으로 연착륙한 자리가 백성이었다는 게 의미심장하게 여겨진다. 백성이 민중으로, 민중이 시민이라고 바뀌었을 뿐, 팍팍하고 더욱 비참해지고 있는 오

늘날 백성의, 백성에 의한, 백성의 혁명이 나를 포함해 '열에 뜬 시인들의 허한 말'밖에 안될지 모르지만, 지금에야 이 선언에 가까운 말들이 있는 그대로 들린다. 속이 다 시원하다. "비숍 여사와 연애를 하고 있는 동안에는 진보주의자와/사회주의자는 네에미 씹이다 통일도 중립도 개좆이다/은밀도 심오도 학구도 체면도 인습도 치안국/으로 가라 동양척식회사, 일본영사관, 대한민국 관리,/아이스크림은 미국놈 좆대강이나 빨아라 그러나/요강, 망건, 장죽, 종묘상, 장전, 구리개 약방, 신전,/피혁점, 곰보, 애꾸, 애 못 낳는 여자, 무식쟁이,/이 모든 반동이 좋다/이 땅에 발을 붙이기 위해서는/-제3인도교의 물속에 박은 철근 기둥도 내가 내 땅에/박는 거대한 뿌리에 비하면 좀벌레의 솜털/내가 내 땅에 박는 거대한 뿌리에 비하면"(「거대한 뿌리」).

어떤 이념을 표방하거나 신념으로 갖고 있다는 것만으론 자기혁명과 전체의 행복을 위한 행동과 참여를 보증하지 못한다. 모든 역사는 현재에 의해 다시 쓰인다. 문학사 또한 마찬가지. 삶의 굽이마다 달라지는 변곡점을 따라 흘러온 김수영은 내게 있어서도 우리 문학사에 있어서도 거대한 뿌리. 그는 자신의 자유와 풀뿌리민중의 해방과 세상의 혁명을 한꿰미에 통합해 밀고 나가며 육박전을 행한, 우리 현대문학사에 희귀한 시인 아닌가. 오해와 오독과 몰이해에도 불구하고 자신만의 화두를 시로 혹은 비평으로 발설 혹은 독설하였다는 점에서 그는 좋은 철학자이자 혁명가이기도 하다. 그러나 무엇보다 자기 시대와 불화하며 싸워온 과정에서 도달한 '무식한 사랑'과 '더러운 역사'를 통쾌하게 끌어안는 유쾌한 익살이 맘에 든다. 못난 뿌리 그 자체로서의 "이 모든 무수한 반동이 좋다"는 것은 "영원히 고쳐 가야 할 운명과 사명"(「달나라의 장난」)을 치열하게 궁글려본 자가 도달한 존재 자체의 수긍이자 운명애다.

4

약 20여년 전 유명한 시인을 만난 적이 있다. 내 또래 혹은 더 젊은 친구들이 그 시인에게 싸인받을 시집들을 내놓고 기다리는 중이었다. 싸인 개념도 모르고 그 자리에 갔던 나는, 나 혼자만 싸인받을 시집이 없어서 당황한 나머지 가방을 뒤졌는데, 마침 전철을 타고 오다 읽던 김수영 시집이 잡혔다. 손에 잡힌 시집을 무의식적으로 가방에서 끌어내고 말았는데, 순간 그 시인의 표정이 뜨악해졌다. 그제야 내 무지함과 무례를 알고는 얼굴이 달아올랐다. 이제 겨우 읽기 시작한 김수영보다 엄연히 살아 계시고 계속 집필 중인 그 시인의 시에 나는 꽤 다가가 있었으며, 그분 시집이 집에 세권이나 있고, 그때 내가 읽은 시집이 겨우 서른권도 안된다는 사실에 비추어보면, 꽤 중대한 비중으로 그 시인을 생각했다는 건데, 그 사실은 전혀 중요하지 않았다.

그 어이없는 실수에 대한 변명거리를 찾자면, 나는 그때 시인이란 이 세상의 모든 시집과 시를 대표하는 분으로 생각했던 것 같다. 내가 그리 생각하는 것은 자유였겠으나, 내가 생각하는 공유재로서의 시는 현실에서 엄연히 개인 영역으로 구분되어 있지 않은가. 그러니 시라는 게 사적 영역을 넘어서는 뭔가 혁명적이고 만인의 것이 되길 바란다면 나는 더 현실적이어만 하지 않았겠는가. 하지만, 그럼에도 불구하고 김아무개 이아무개 이름이 앞에 붙은 그 대단한 시라는 게 대체 뭔가. 전철을 타고 집에 가면서 다시 김수영 시집을 아무 데나 펼쳤는데, 「눈」이 들어왔다. 김수영은 왜 젊은 시인에게 "기침을 하자/눈더러 보라고 마음 놓고 마음 놓고/기침을 하자"했을까. 왜 눈에다 "밤새도록 고인 가슴의 가래라도 마음껏 뱉자"했을까. 그리고 내 속에서 시 몇줄이 이어 나왔다. "더러워지니까 눈이다……"

열패감과 반항심과 더 큰 세계를 향한 바람, 서로 다른 방향을 향하는 모순을 끌어안은 채 세계를 개진하고, 세계와 대지와 역사와 개체의 부딪침 속에서 새로운 언어가 탄생하는 것 아닌가. 견고한 입방체에 갇힌 존재와 시간이 포복하다 구멍을 뚫고 터져나오는 게 시 아닌가. 언어가 달라지는 순간 존재는 다른 층위에 서고 다른 시간을 산다. 시인이 되기 전의 내가 훨씬 시적이었다, 생각하는 나는 오늘 내게 권유한다. 내 안의 젊은 시인이여, 침을 뱉자. 이 땅의 실뿌리에도 닿지 못하는 내 안의 시여 정신이여, 이 모든 시와 육체와 삶을 내 안의 모든 사람이자 이 무수한 반동들에게 돌리자.

다 김 수 영 때 문 이 다

심보선

나는 하나의 자격지심을 갖고 있다. 그 연원은 꽤 오래됐다. 나는 문학 전공자도 아니었고 문학에 대해 이야기를 나눌 수 있는 문우도 주변에 없었다. 나는 순전한 독학자였다. 내가 쓰는 시는 오로지 내가 읽고 좋아하는 비밀이었다. 간혹 소수의 친구들에게 내가 쓴 시를 보여주기도 했지만 그들 또한 시에 관해서는 사정이 나와 크게 다르지 않았다. 그들의 반응은 "좋네" "모르겠어" 정도에 그치곤 했다.

토머스 하디(Thomas Hardy)의 『이름 없는 주드』(Jude the obscure)에

서 주인공 주드는 라틴어를 독학하다 맞닥뜨린 절망감을 고백한다. "크라이스트민스터의 학자들은 대단한 두뇌를 가졌으며, 단어 수 만개를 하나씩 하나씩 익히게 하는 대학도 대단한 곳이라고 그는 생각했다. 그리고 이러한 일을 수행할 수 있는 두뇌가 자신의 머릿속에는 없다는 결론을 내렸다."[1]

젊은 시절 나는 기성 시인들을 주드가 동경했던 크라이스트민스터의 학자들처럼 생각했다. 그들은 비범했고 그들이 쓰는 단어와 문장들도 비범했다. 그들은 비범한 세계에 속했다. 한편으로 나는 그들처럼 쓰고 싶다고 생각했다. 그러나 단 한번도 글쓰기로 인정을 받아본 적이 없는 나로서는 그들과 비슷한 경지에 오르고 싶다는 욕망은 스스로 생각해도 망상에 가까웠다. 나는 '시는 그저 취미일 뿐이야'와 '시를 정말 잘 쓰고 싶다'라는 두 모순된 생각 사이를 오가며 시쓰기를 근근이 이어갔다.

그럴 때 김수영은 내 시쓰기에 이상한 방식으로 도움을 줬다. 그의 시를 읽다보면 질투심에 젖어들어 '어떻게 이런 시를 쓸 수 있지'라는 생각을 하곤 했다. 그러니 내가 김수영의 경지에 오른다는 생각을 꿈도 꾸지 않는 것은 당연했다. 그러다 간혹 김수영은 그 반

---

1 토마스 하디 『이름 없는 주드』, 정종화 옮김, 민음사 2007, 59면.

대의 생각, 즉 '나도 김수영처럼 쓸 수 있어'라는 생각을 심어주는 계기를 제공했다.

이를테면 김수영의 시 「잔인의 초」를 읽다가 나는 큰 충격에 빠졌다. 화자는 지인인 듯한 누군가를 상대로 적개심 어린 말들을 읊조린다. "아까 점심때처럼 그렇게 나긋나긋할 줄 알지/시금치 이파리처럼 부드러울 줄 알지". 시를 계속 읽으면 그 누군가의 정체가 드러난다. "요놈― 요 어린 놈― 맹랑한 놈― 6학년 놈―" 나는 이 시를 읽다가 '비범한 정신세계를 지닌 시인'의 이미지가 박살나는 경험을 했다. 고작 이웃집 초등학생을 상대로 잔인을 다짐하고 대결의식을 품다니, 콕 집어서 "6학년"이라니. 그런데 김수영은 시작노트에서 바로 그 6학년 놈이 그의 시쓰기를 구원해주었다고 고백한다. 막혔던 시쓰기가 그놈의 등장으로 돌파됐고 그것도 자유로운 방향으로, 시의 공적 책임에 대한 압박으로부터 벗어나는 쪽으로 나아가게 됐다.(산문 「시작 노트 5」)

김수영은 또다른 시작 노트에서 말한다. "내가 써온 시어는 지극히 일상어뿐이다. 혹은 서적어와 속어의 중간쯤 되는 말들이라고 보아도 될 것이다 (…) 나의 시어는 어머니한테서 배운 말과 시사어의 범위 안에 제한되고 있다."(산문 「시작 노트 2」) 내 생각에 내가 구사하는 시어도 평균적으로 그렇다. 간혹 평균값에서 벗어나는 특이한 말들을 사용하기는 하지만 그것들은 시 속에 경제적으로, 효율적으로 자리하면서 시의 전반적 느낌을 적절히 변화시키는 정도로 존재할 뿐이다.

그리하여 김수영은 내게 가르쳐줬다. 시를 쓰기 위해 새로운 단어를 열심히 습득하고 훈련해야 할 필요는 없다. 단어들은 소포처럼 잘 포장되어 내 머릿속에 정기적으로 배달되지 않는다. 그것들은 내가 언어를 구사하면서 배워온 것들이고 살면서 간헐적으로 추가된 것들이다. 그것들은 제한적이지만 시쓰기에는 충분하다. 때로는 사전을 뒤적거린다. 때로는 방금 전에 알게 된 단어를 바로 시속에 집어넣는다. 단어들을 시 속에서 잘 배치하고 섞으면 될 뿐이다. 그러니 나 같은 시 독학자요 문외한도 시를 잘 쓸 수 있는 것이다.

김수영이 쓴 단어 중에는 심지어 욕설도 있다. 몇년 전 우파 정권이 주최한 한 심포지엄에 나는 우연히 토론자로 참여했다. 나는 인터넷 악플 같은 막말문화를 진단한 글에 대한 논평을 하게 됐다. 그 글의 저자는 현재의 막말문화는 민주화로 인해 자유가 확대되면서 무질서와 반권위주의 같은 부작용도 뒤따른 결과라고 주장했다. 나는 이 주장을 반박하기 위해 권위주의 정권하에서 터져나온 김수영 시인의 막말을 인용했다.

비숍 여사와 연애를 하고 있는 동안에는 진보주의자와

사회주의자는 네에미 씹이다 통일도 중립도 개좆이다

은밀도 심오도 학구도 체면도 인습도 치안국

으로 가라 동양척식회사, 일본영사관, 대한민국 관리,

아이스크림은 미국놈 좆대강이나 빨아라

—「거대한 뿌리」 부분

나는 "네에미 씹이다" "개좆이다" "미국놈 좆대강이나 빨아라"
라는 '막말'에 주목했다. 나는 토론문에서 권위주의가 강할수록 시
는 그에 대한 저항의 방편으로 비속어를 구사할 수 있다고 주장했
다. 또한 과거의 위대한 문학작품들 중 일부는 의도적으로 그같은
파격적 말들을 사용함으로써 당대의 저항문화와 긴밀히 접속했다
고 주장했다.

사실 김수영의 「거대한 뿌리」 속의 욕설들을 처음 접했을 때, "권
위주의에 대한 저항으로서의 비속어"라는 관념을 떠올린 것은 아
니었다. 단지 당혹감 속에서, '아, 저렇게 써도 되는 거구나'라는 생
각을 했을 따름이다. 김수영의 영향 때문인지 아닌지는 모르겠지
만, 나도 시에서 아주 간혹 욕설을 쓰기는 하지만 소심한 나는 조심
스럽게, 써놓고도 얼굴을 붉히면서, '에라 모르겠다'는 심정으로 그

렇게 한다.

어쨌든 시는 단어들의 연결이자 배치이다. 시구는 일상어와 비일상어, 평범한 말과 비범한 말들이 섞여서 만들어지는데, 아리스토텔레스가 『시학』에서 이미 지적했듯이 그 비례에는 정해진 규칙이 따로 없다. 다만 그러한 비례의 성공 여부는 시를 읽고 난 후 사후적으로, 그것도 다분히 주관적으로 판단될 따름이다. 또한 그 성공이란 것도 단순히 감격이나 깨달음 등으로 환원될 수 있는 것이 아니다. 시어의 성공이란 일상적 커뮤니케이션, 혹은 네/아니오의 이분법으로 판별되는 논리적이고 규범적인 커뮤니케이션이 아닌 독특한 커뮤니케이션에서의 성공을 뜻한다. 이를 우리는 "무슨 뜻인지 모르겠는데 무슨 말인지 알 것 같다"라고 말하고, 레비스트로스 (C. Lévi-Strauss)는 "오브제 안에 있는 어떤 구조를 불쑥 알아볼 때, 미적 감동이 밀려오지요"[2]라고 말한다.

그렇다면 김수영이 수행한 권위주의에 대한 저항, 시의 정치란 의미론적 차원에서만 이루어지는 것이 아니다. 그것은 진보주의, 사회주의, 중립, 통일 등의 말들이 이미 포함하고 있는 사회적이고 정치적인 권위의 무게를 상기시키는 동시에 휘발시키는 방법으로,

---

2 클로드 레비스트로스·조르주 샤르보니에 『레비스트로스의 말』, 류재화 옮김, 마음산책 2016, 150면.

말하자면 그토록 고상한 단어들 옆에 그토록 저속한 단어들을 놓음으로써 발생하는 하나의 독특한 효과인 것이다. 김수영의 시를 비롯해, 우리가 종종 좋은 시를 읽고 느끼는 '어떻게 이런 말을 할 수 있지?'는 말 그대로 우리가 평소에 감히 하지 않는, 할 수 없는 말들에 대한 반응이다. 우리의 사유와 감각의 억압은 불가피하게 우리가 언어를 구사하여 소통하는 방식과 결합돼 있다. 시의 해방은 말들을 결합시켜 새로운 세계 모델을 표상하고 그 표상을 지각할 때 발생하는 하나의 사건이다. 시의 해방은 고유한 커뮤니케이션 사건이며 그것을 가능케 하는 것은 오로지 말들뿐이다.

시를 전공하고 공부하지 않은 사람, 시 문외한인 나는 단어들의 부족함과 부적합성이라는 문제에 늘 맞닥뜨리면서, 그 문제를 어떻게 해결해야 할지 도무지 모르겠다는 난감함에 봉착하면서 그저 쓰고 또 써왔다. 시를 쓸 때마다 이상한 커뮤니케이션 사건들이 발생했고 어떤 사건은 내가 보기에도 '이 시를 내가 어떻게 썼지?'라고 놀라워 할 정도로 흥미로웠다.

그렇게 나는 시를 독학했고 그 결과 어느 정도는 시 기술자가 되었다. 그러나 여전히 시를 "어떻게 쓰냐?"라는 질문에는 여전히 "잘 모르겠다"라고 답할 수밖에 없다. 그렇게 답할 때, 내 마음 한켠에는 그 오래된 자격지심이 꿈틀거린다. 나는 시를 몰라. 나는 시

쓸 자격이 없어. 내가 무슨 시인이라고. 하지만 다른 한켠에는 그래도 좋아, 아니 그게 맞는 거야,라는 자긍 또한 꿈틀거린다. 그 자긍을 심어준 시인은 김수영이다.

한번도 보지 못한 꽃을 다만 이름이 맘에 들어서 사용할 때도 부끄럽지 않고, 그것이 잘 사용되면 뿌듯하게 느끼게 된 것도 김수영 때문이다. 나는 꽃 이름을 시사용어처럼 쓴다. 혹은 시사용어를 꽃 이름처럼 쓴다. 진보주의, 사회주의, 중립, 통일이란 말들은 이 시대에 시들시들 말라가는 철 지난 개망초꽃이다. 시든 개망초꽃보다는 아무래도 개좆이 낫다는 생각이 든다. 이 시대에는 개좆도 사치라는 생각이 든다. 이런 터무니없는 생각들이 드는 것도 다 김수영 때문이다.

김 수 영 과 의 연 애 기

송경동

2016년 촛불혁명에서 다시 만난 김수영

최근 김수영 시인과 집중적으로 연애를 한 시기는 2016년 겨울이었다. 박근혜 대통령 퇴진운동 당시였다. 그해 10월 24일 JTBC 뉴스에서 최순실의 태블릿PC 내용이 공개되었다. 아무런 권한도 없는 비선 실세, 사인(私人)들이 박근혜를 아바타처럼 조종해서 국정을 농단했다는 사실이었다.

무엇을 할 것인가. 2015년 '민중총궐기' 당시 물대포에 쓰러져

1년간 투병생활을 하다 운명하신 고(故) 백남기 농민의 서울대병원장례식장 사수 투쟁을 끝낸 후였다. 박근혜는 명백한 공권력 타살의 흔적을 없애기 위해 의사들을 동원해 사망원인을 '물대포 직사에 의한 외인사'가 아닌 '급성신부전증에 의한 병사(病死)'로 왜곡하고, 검찰을 동원해 세차례에 걸쳐 강제부검을 실시하려고 했다. 언제 들이닥칠지 모르는 강제부검을 막기 위해 철통처럼 둘러싼 장례식장에서 신경이 곤두선 채로 사흘 동안 한숨도 이루지 못하고 좀비처럼 어슬렁거리기도 했다. 2014년엔 세월호 진상규명 투쟁을 한다고 공권력과 수없이 맞부딪치다 끌려가기도 했고, 2015년엔 노동법개악 저지 '을들의 국민투표'와 총체적인 민중생존권 파탄, 민주주의 말살에 맞선 '14만 민중총궐기'를 한다고 집에 들어가지 못한 날들이 많았다.

그런 분노 때문이었을까. 이번만큼은 '퇴진'을 걸고 무슨 일이든 해야 한다는 벗들과 일을 도모했었다. 최순실 태블릿PC 사건이 방영된 이틀 후인 2016년 10월 26일부터 매일 밤 광화문 세월호 분향소 길 건너편 동화면세점 앞에서 진행한 '이게 나라냐' 집회와 행진이었다. 1960년 4·19 당시를 재현하자고 기획한 집회였다. 4·19 당시의 플래카드와 피켓 등을 그대로 복원했다. 이미 포털에서는 '하야'라는 단어가 검색 순위 1위에 올라 있었다. 무엇인가 불붙고 있음을 감지할 수 있었다. 이어 토요일인 10월 29일 '민중총궐기투쟁본부'가 주도한 1차 퇴진행동 촛불집회가 열렸고 5만여명의 노동자·시민들이 거리로 쏟아져 나왔다. 공식 집회를 종료하고도 분노한 시민들이 세종문화회관 앞에 모여 집으로 돌아갈 줄 몰랐다.

그런 기세를 모아 '광장과 거리'가 더 열려야 한다는 생각이었다. 보수적인 '여의도정치'와 그 진정성에 비해 썩 실력이 없는 시민사회 상층 연대기구('퇴진행동'으로 결집했다)만 믿고 있을 순 없었다. 거대한 광장과 거리로 모인 노동자·시민·민중만이 그 일을 할 수 있을 거라는 생각이었다. 많지 않은 친구들이지만 그간 한진중공업 희망버스 이후 각종 희망버스운동을 해오고, '세월호 만민공동회' '을들의 국민투표' 등을 진행해왔던 '비정규직없는세상만들기 사회운동네트워크'의 벗들과 우리는 다시 무엇을 할 것인가를 논의했다. 아예 배낭을 메고 광장으로 나가 불쏘시개가 되자고 결의했다. 기왕 할 바엔 광장의 맨 밑바닥으로 내려가 후회 없이 해보자는 생각이었다. 개인적으로는 그 누구도 함부로 "광장을 관리하려 하지 말고/광장보다 작은 꿈으로 광장을 대리하려 하지 말고/오늘 열린 광장이/어제의 법과 의회에 무릎 꿇지 않게" 하는 데 작은 힘들이나마 보태보자는 짧은 생각이었다. "나도 바꿔야 할 게 많아요/그렇게 내가 비로소 말할 수 있을 때/내가 나로부터 변할

때/그때가 진짜 혁명이니까요"(졸시 「우리 안의 폴리스라인」)라는, 그
간 활동에 대한 반성과 성찰도 담으려면 광장의 상층이 아니라 하
층에 있어야 한다는 부끄러운 자책도 포함되어 있었다. 당시 블랙
리스트 진상규명에 나서고 있던 문화예술 대응모임 친구들에게도
제안해서 함께하게 되었다. 문화예술인들은 '박근혜 퇴진과 시민정
부 구성을 위한 예술행동위원회'로 모였다. 그해 11월 4일 '박근혜
퇴진 광화문 캠핑촌' 운동의 시작이었다. 최순실 태블릿PC가 공개
되고 딱 11일 만에 이루어진 일이었다.

　퇴진행동에 나서며 가장 많이 떠올랐던 시인이 김수영이었다. 시
공을 넘어 그와의 대화가 필요하다는 생각이었다. 그는 한국사회
최초로 대통령 퇴진을 이끌어냈던 4·19혁명 당시의 시인이었다.
4·19혁명을 그처럼 가쁜 호흡으로 다룬 시인과 시를 안타깝지만
한국시사는 거의 갖지 못했다. 김수영이 경멸해 마지않던 무의미시
와 난해시에 빠져 있던 당시 문단과 문인들의 한계였다. 리얼리즘
은 고사하고 진정한 모더니즘의 세례조차 받지 않으려 했던 시대.
"양심과 세상의 허위를 가르쳐주었다"(산문 「마리서사」)으나 "온몸으로
동시에 온몸을 밀고 가는"(산문 「시여, 침을 뱉어라」) 자유의 이행은 없
이, '죽음을 통과하고' 나오는 향기는 없이 포즈만 배운 '박인환들',
친일의 잔재였던 수많은 '서정주들'은 그렇게 4·19혁명과 참 많이

동떨어져 있었다. 그런 때 비극과 진창의 전근대를 넘어 진정한 근대로 넘어가는 세계에 대한 학습을 게을리하지 않으며, 꿈과 현실의 간극에서 차라리 '우울'과 '설움'과 '비애'만을 삶의 양식으로 삼았던 정직한 시인, 양심의 시인이 한명이라도 있었다는 것이 얼마나 다행인지 모른다. 언론의 자유가 없던 검열의 시대를 살며 "기침을 하자/젊은 시인이여 기침을 하자/눈을 바라보며/밤새도록 고인 가슴의 가래라도/마음껏 뱉자"고 "죽음을 잊어버린 영혼과 육체를 위하여"(「눈」) 뜬 눈으로 샌 밤. '밤새도록 고인 가슴의 가래라도 뱉자'고 절규하는 시인이 한명이라도 있었다는 것이 얼마나 큰 행운인지 모른다. 그 답답함에 대한 해방감으로 4·19혁명을 맞은 시인이 단 한명이라도 있었다는 것이 한국시사에 얼마나 큰 축복인지 모른다. 식민지 노예근성과 이제 막 수입된 오리엔탈리즘에 푹 젖어 사는 고급한 사이비들 속에서 불의한 시대와 사람들을 향한 지독한 독설과 진언을 아끼지 않던 진정한 근대의 시인이 단 한명이라도 우리 시사 속에 있었다는 것이 얼마나 통쾌한 일인지 모른다. '노동자'라는 계급, '민중'이라는 계층에 대한 일언반구도 없던 시대에, 그것이 가능하지조차 않던 반공독재의 시대에 그는 거침없이 "민중은 영원히 앞서 있소이다"(「눈」)라고 반복해 말했다. "이사벨라 버드 비숍 여사와 연애"하며 "비숍 여사와 연애를 하고 있는 동안에는 진보주의자와/사회주의자는 네에미 씹이다 통일도 중립도 개좆이다/은밀도 심오도 학구도 체면도 인습도 치안국/으로 가라 동양척식회사, 일본영사관, 대한민국 관리,/아이스크림은 미국놈 좆대강이나 빨아라 그러나/요강, 망건, 장죽, 종묘상, 장전, 구리개 약방, 신전,/피혁점, 곰보, 애꾸, 애 못 낳는 여자, 무식쟁이,/이 모든 무수한 반동이 좋다/이 땅에 발을 붙이기 위해서는/—제3인도교의 물속에 박은 철근 기둥도 내가 내 땅에/박는 거대한 뿌리에 비하면 좀벌레의 솜털/내가 내 땅에 박는 거대한 뿌리에 비하면"(「거대한 뿌리」)이라고 거침없이 노래하던 시인. 몸부림도 칠 줄 모르는 지식인, 식자층이 아닌, 무수한 반동들에게서 거대한 역사의 뿌리를 발견해내던 김수영에게 한국시사는 빚진 바가 많다.

'무수한 반동들'이 만들어온 역사

내게도 그는 사는 내내 늘 가시였고 창끝이었다. 나 역시 "조그마한 일에만 분개"(이하 「어느 날 고궁을 나오면서」)하고 있는 건 아닌지. "한번 정정당당하게/붙잡혀간 소설가를 위해서/언론의 자유를 요구하고 월남 파병에 반대하는/자유를 이행하지 못하고/ (…) /땅

주인에게는 못하고 이발쟁이에게/구청 직원에게는 못하고 동회 직원에게도 못하고/야경꾼에게 20원 때문에 10원 때문에 1원 때문에"나 분개하면서 "아무래도 나는 비켜서 있"는 건 아닌지. "절정 위에는 서 있지/않고 암만해도 조금쯤 옆으로 비켜서" 있는 건 아닌지. "그리고 조금쯤 옆에 서 있는 것이 조금쯤/비겁한 것이라"는 것쯤은 알고 있는지. 김수영은 끊임없이 내게 힐난하듯 물어왔고, 나는 가능한 한 온몸으로 그의 힐난에 대답해야 했다. 온몸으로 온몸을 동시에 밀고 가지 못했을 때는 에둘러 변명하지 않고 정직하게 나의 허위와 나태를 인정이라도 해야 했다. 그것이 언제나 "곧은 소리"(「폭포」)로 쏟아져 오는 그를 진정으로 만나는 일이었다.

그런 김수영을 한참 멀리하던 시간도 있었다. 그가 이야기했던 진정한 근대의 완성을 위한 "자유의 이행"(산문 「시여, 침을 뱉어라」)은 하지 않고, 그의 어떤 포즈나 짙은 '우울'이나 '비애'나 '설움' 같은 이미지만을 탐닉하고 모방하며 소비하는 이들이 싫었다. 그렇게 한가한 시간이 아니라는 생각도 있었다. 웬일인지 현실에서 그를 감싸고도는 이들은 그가 그토록 경멸해 마지않던 지식인과 식자층 나부랭이들이었다. "어째서 자유에는/피의 냄새가 섞여 있는가를/혁명은/왜 고독한 것인가를"(「푸른 하늘을」) 이행은커녕 이해하지도, 이해하려 하지도 않는 고루한 이들 사이에서 그는 혁명을 거세당한 '체 게바라'의 멋진 사진처럼 그럴듯하게 소비되고 있었다. 그렇게 어떤 강단과 문단의 허세와 교만, 사기와 왜곡과 은닉 속에서 고약한 버터 냄새에만 버무려지고 있는 김수영의 딜레마와 난처함이 싫기도 했다.

한편 그가 꿈꾸었던 자유의 이행 단계는 조금은 극복되었지 않았는가 하는 짧은 생각도 있었다. 여전히 삼팔선 이북을 자유롭게 상상할 수 없고, 언론의 자유도, 표현의 자유도, 양심·사상의 자유도 충분하지 않고 모든 사회 부문에서 민주주의와 평등함이 현저히 불충분한 사회지만 '무수한 반동'들의 저항과 투쟁에 힘입어 그나마 진전된 역사이기도 했다. 식민잔재와 제국주의 분단에 맞선 저항적 '민족문학'의 시대가 열렸고, 이어서 민중문학의 시대, 노동해방문학의 시대도 거쳤다. 벌써 오래되었지만 그가 반복해 이야기한 언론의 자유를 위해 해직당한 기자들의 시대가 있었고, 교직원노조 설립을 위해 1700여명의 교사들이 해직을 감수하며 '자유의 이행'에 나서던 빛나는 시대가 있었다. 지금은 좋게 말해 잔인했던 시대의 무게에 눌린 산재환자 정도로 훼절해버렸지만 '민주주의여 만세'를 노래한 '김지하들'이 있었고, '못난 놈들은 얼굴만 봐도 즐겁다'는 신경림이 있었고, '조국은 하나다'라고 선포한 '김남주들'이 있었고, '노동의 새벽'을 노래한 수많은 '박노해들'이 있었다. '밤새도록 가슴에 고인 가래'만 뱉는 게 아니라, '옹졸하게 반성'만 하고 있는 게 아니라 구체적인 분단극복, 민주주의의 이행을 위해 인혁당, 통혁당, 남민전 등 수많은 변혁적 조직 운동도 이어졌다. '무수한 반동'들이 역사의 주체로 떠올라 전국농민회총연맹을 만들고, 전국노동조합협의회(전노협)를 만들고, 전국빈민연합을 만드는 등 기층민중이 들고 일어나 진보적인 대중운동의 시대를 열기도 했다. 시대와 사람들이 그렇게 많지 않던 '김수영들'을 극복하고 새로운 역사의 광장과 변혁의 단계로 나왔기에 그를 조금은 잊고 이젠 지금-여기에서 필요한 자유의 이행을 위해 구체적인 운동을 함께 해나가는 게 필요하다는 어설픈 생각도 있었다. 그를 잘해야 '깨어 있던 모더니스트' '우수와 비애를 연출할 줄 아는 멋진 인텔리' '자유주의적 정신'으로만 소비하는 일 주변에서 자연스레 멀어졌던 기간이었다.

하지만 그는 아직도 죽지 못하고 우리 곁을 유령처럼 배회하고 있다. 아직도 깡마른 얼굴에 해어진 러닝셔츠 바람이다. 자리도 여전히 궁핍하다. 1100만 비정규직 가족들처럼 그는 지금도 양계나 치고 번역이나 근근이 해야 하는 곤궁한 '생활'에서도 못 벗어난 듯하다. 1700만명이 다시 역사의 광장으로 나서서 촛불혁명을 이루고 난 지도 벌써 2년, 그러나 무엇이 바뀌었는지를 모르겠는 허

탈한 이들의 얼굴과 초췌한 그는 닮아 있다. "오늘 아침의 때문은 혁명을 위해서/어차피 한마디 할 말"(이하 「중용에 대하여」)을 안할 수 없는 지금-여기 우리의 곤혹과 그는 닮아 있다. 다시 재벌과 손잡고 썩은 관료들과 손잡는 건 "중용이 아니라/답보(踏步)다 죽은 평화다 나태다 무위다". "'중용이 아니라'의 다음에 '반동(反動)이다'라는 말"을 썼다가 지웠다는 그가 낯설지 않다. "물론 현 정부가 그만큼 악독하고 반동적이고/가면을 쓰고 있"다는 말까지는 차마 못하고 있는 우리의 엉거주춤과 어정쩡함이 조금은 다를 뿐이다.

그렇게 2016년 촛불항쟁에 나서면서 다시 시도했던 그와의 연애는 끝이 난 듯하다. 또다른 이승만, 또다른 박정희, 또다른 전두환·노태우였던 '이명박근혜'를 다시 광장의 힘으로 퇴진시키기로 결의한 순간, 준비해야 하는 것은 아마도 혁명 이후의 일들일 거라는 역사적 경험을 그를 통해 배울 수 있었다. 그의 비수 같은 말들을 통해 지금 우리가 긴장해야 할 부분들에 대한 공유의 지대를 넓혀보고 싶었다. 광장으로 나서며 이제 그만 김수영의 우울과 비애로부터 우리 모두가 조금은 벗어나봐야 하지 않겠느냐고 써보기도 했다. 그가 지겹거나 부족하거나 싫어서가 아니었다. 그것만이 그가 진정으로 바라던 바였을 거라고 생각했기 때문이다. 4·19를 거치고도 "혁명은 안 되고 나는 방만 바꾸어 버렸다/그 방의 벽에는 싸우라 싸우라 싸우라는 말이/헛소리처럼 아직도 어둠을 지키고 있을 것이다"(「그 방을 생각하며」)라는 아픈 고백을 해야 했던 그를 우리가 답습하게 되지 않기를 바랐다. 혁명 이후가 장면(張勉)정권(제2공화국)처럼 머물러버리고, 역사적 반동이 창궐할 수 있는 숙주의 시간을 주는 것으로 귀결되지 않으려면 새로운 이성에 기반을 둔 새로운 정치와 의제, 그 주체의 형성이 중요할 거라는 감각을 공유해보고 싶었다. 제2의 '장면들'에게 온전히 기대는 것이 아니라 우리 모두가 주체로서 참여하는 혁명의 과정들을 상상해보기도 했다.

하지만 우리의 시대 역시 충분치 못했다. 촛불혁명 2주년이 다 되어가는 오늘 나는 다시 그의 시 「육법전서와 혁명」를 아프게 읽고 있다. 1960년 5월 25일에 쓰인 시가 어떻게 58년의 긴 세월을 뛰어넘어 오늘 우리의 마음을 담은 시처럼 이렇게 절절히 읽히는지 기가 막히고, 한편으론 절망스럽다. 어떤 답답함인지 들어나보자.

기성 육법전서를 기준으로 하고/혁명을 바라는 자는 바보다/혁명이란/방법부터가 혁명적이어야 할 터인데/이게 도대체 무슨 개수작이냐/불쌍한 백성들아/불쌍한 것은 그대들뿐이다/천국이 온다고 바라고 있는 그대들뿐이다/최소한도로/자유당이 감행한 정도의 불법을/혁명정부가 구육법전서를 떠나서/합법적으로 불법을 해도 될까 말까 한/혁명을 ― / (…) //순진한 학생들/점잖은 학자님들/체면을 세우는 문인들/너무나 투쟁적인 신문들의 보좌를 받고//아아 새까 맣게 손때 묻은 육법전서가/표준이 되는 한/나의 손등에 장을 지져 라/4·26혁명은 혁명이 될 수 없다/차라리/혁명이란 말을 걷어치워 라/하기야/혁명이란 단자는 학생들의 선언문하고/신문하고/열에 뜬 시인들이 속이 허해서/쓰는 말밖에는 아니 되지만/그보다도 창자가 더 메마른 저들은/더이상 속이지 말아라/혁명의 육법전서는 '혁명'밖 에는 없으니까

―「육법전서와 혁명」 부분

하지만 "사람들은 내 말을 믿지 않는다/시평(詩評)의 칭찬까지도 시집의 서문을 받은 사람까지도/내가 말한 정치 의견을 믿지 않는 다"(「거짓말의 여운 속에서」)던 그의 고백처럼 당시에 그의 말에 귀 기 울이는 사람은 많지 않았다. 지금도 그렇다. 혁명의 적들은 여전히 "그림자가 없다"(「하…… 그림자가 없다」). "그놈들은 털끝만치도 다 치지 않고 있다/보라 항간에 금값('집값이, 땅값이, 전세값이, 주식 값이'―인용자)이 오르고 있는 것을"(「육법전서와 혁명」). 그들 혁 명의 적들은 안타깝지만 "선량하기까지도 하다/그들은 민주주의

자를 가장하고/자기들이 양민이라고도 하고/자기들이 선량이라고
도 하고/자기들이 회사원이라고도 하고/(…)/동정하고 진지한 얼
굴을 하고/바쁘다고 서두르면서 일도 하고/원고도 쓰고 치부도 하
고/시골에도 있고 해변가에도 있고/서울에도 있고 산보도 하고/
영화관에도 가고/애교도 있다/그들은 말하자면 우리들의 곁에 있
다/(…)/그것이 우리들의 싸움을 이다지도 어려운 것으로 만든다"
(「하…… 그림자가 없다」).

　이런 김수영을 나는, 우리는 어떻게 다시 극복해야 할까. 나는 다
시 내 안에 자리를 잡고 불편한 동거를 하게 된 김수영의 설움과
우울과 비애를 떠올린다. 그 비애 속에서도 그가 견지했던 어떤 견
고한 고독의 세계와 "단단한 고요함"(「사랑의 변주곡」)의 세계를 떠
올린다. "역사는 아무리/더러운 역사라도 좋다/진창은 아무리 더
러운 진창이라도 좋다/나에게 놋주발보다도 더 쨍쨍 울리는 추억
이/있는 한 인간은 영원하고 사랑도 그렇다"(「거대한 뿌리」). "방을
잃고 낙서를 잃고 기대를 잃고/노래를 잃고 가벼움마저 잃어도//
이제 나는 무엇인지 모르게 기쁘고/나의 가슴은 이유 없이 풍성하
다"(「그 방을 생각하며」)라는 김수영의 고독한 숙명과 어떤 고매한 정
신의 진경을 소리 없이 떠올려본다. "금잔화도 인가도 보이지 않는
밤"(이하 「폭포」), "무엇을 향하여 떨어진다는 의미도 없이/계절과

주야를 가리지 않고/고매한 정신처럼 쉴 사이 없이 떨어"지는 폭포의 차가운 물결을 가슴에 새겨야 하리라 생각해본다. 끝내 "곧은 소리는 곧은/소리를 부른다"는 역사와 사회와 인간에 대한 믿음을 잊지 않고 다시 묵묵히 살아가보자고 스스로를 위로해본다. 무엇보다 "나의 방대한 낭비와 난센스와/허위를/나의 못 보는 눈을 나의 둔갑한 영혼을/나의 애인 없는 더러운 고독을/나의 대대로 물려받은 음탕한 전통을"(「꽃잎」) 직시하며, "동요도 없이 반성도 없이/자꾸자꾸 소인이 돼"(「강가에서」)가는 나와 피 터지게 싸우며, 내 안으로부터의 정직이라도 잘 지켜나가야 한다는 어떤 서늘함을 내 작은 방에 들인다. 다시 또다른 역사의 계기가, 광장이 올 거라는 신념마저 내려놓아본다. "바람은 딴 데에서 오고/구원은 예기치 않은 순간에 오고/절망은 끝까지 그 자신을 반성하지"(「절망」) 않을 수도 있다. 나도 그럴 수 있다. 그러나 "내 말을 믿으세요 노란 꽃을/못 보는 글자를 믿으세요 노란 꽃을/떨리는 글자를 믿으세요 노란 꽃을/영원히 떨리면서 빼먹은 모든 꽃잎을 믿으세요/보기 싫은 노란 꽃을"(「꽃잎」)이라고도 했지. 다시 '못 보는 글자'나 '떨리는 글자'나 믿는 '보기 싫은 노란 꽃'이 되어보는 것도 괜찮겠지.

그렇게…… 2016년 겨울 초입부터 다시 시작해 2년여를 지루하게 끌어온 그와의 연애를 이만 마친다. 안녕히! 또 잘 있으라.

시가 철학에게 건넨 말들

내게 드리운 김수영의 그림자

김동규

　돌이켜보면, 지적 열망이 컸던 젊은 시절에 정작 내가 찾았던 것
은 각 방면의 구체적인 지식들이 아니었다. 차라리 어찌할 수 없는
이 열망의 의미와 비전에 관한 앎에 가까웠다. T. S. 엘리엇은 이런
질문을 던진 적이 있다. "살면서 우리가 잃어버린 생명은 어디에
있을까? 지식 속에서 우리가 잃어버린 지혜는 어디에 있을까? 정
보 속에서 우리가 잃어버린 지식은 어디에 있을까?"[1] 엘리엇 식으

---

1 T. S. Eliot "Choruses from The Rock," *The Waste Land and Other Poems* (Kindle
　Locations 1207-1210), Faber & Faber, Kindle Edition.

로 말하자면, 세상 물정(지식정보) 모르는 마냥 순진하기만 한 청년들이 으레 그렇듯, 나 역시도 무턱대고 '생명의 지혜'를 갈망했던 것 같다. 플라톤, 칸트, 니체, 아도르노, 하이데거 등의 철학에서 그런 것을 뒤지고 있었는데, 언어적·문화적·역사적 차이 때문인지 뾰족한 무언가를 발견하기 어려웠다. 선배 철학자들 대부분은 서양철학을 수입하고 따라잡기에 여념이 없어서, 젊은이의 성마른 열망을 채워줄 수 없었다. 그들은 정보와 지식 습득에도 헉헉대고 있었다 (물론 예외적인 소수는 존재한다).

철학은 이전되는 데 오랜 시간이 걸린다. 소위 문화접변(文化接變, acculturation), 즉 하나의 문화가 이질적인 다른 문화와 접촉하면서 적응하고 동화되는 과정에 있어서, 유독 철학은 긴 시간을 요구한다. 누가 뭐래도 철학은 문화의 중추 혹은 기본 얼개에 해당되기 때문이다. 문화적 전이의 대표 사례로서 번역을 꼽는다면, 철학책은 가장 번역하기 어려운 책이다. 한국어로 번역된 헤겔의 『정신현상학』이나 하이데거의 『존재와 시간』등을 펴보시라. 한국어로만 적혀있을 뿐, 단박에 이해할 수 있는 문단은 거의 찾기 어려울 것이다. 이에 비견할 만한 것이 있다면, 번역 불가능성을 토로하는 시 정도가 있을 것이다. 하지만 시는 그나마 짧기라도 하지 않는가. 시에서는 누구도 진위 여부나 엄밀한 논리 등을 따져 묻지 않는다. 아무튼 문화 전체를 짊어진 철학의 호흡은 길고, 내딛는 발걸음은 묵직할 수밖에 없다. 이런 점만으로도 철학의 마스코트는 황혼이 질 무렵에야 날개를 펴는 '미네르바의 부엉이'일 수밖에 없다. 철학의 느린 행보에는 분명 정당한 면이 있다.

　서양철학의 난해함에 짓눌려 날로 왜소해져가고 있을 무렵, 나는 김수영을 만났다. 통쾌했다. 특히 묵직한 사유의 쾌속이 경탄스러웠다. 날쌘 토끼의 잰걸음을 처음 본 거북이의 심정이었다. 정보와 지식에 관한 한, 김수영은 우리보다 뒤처져 있을 것이다. 하지만 생명의 지혜에 관한 한, 그는 선구자였고 지금도 여전히 '뉴 프런티어'에 있는 예지적 시인이다. 이번에 생각을 정리해보니, 아마 나는 세가지 측면에서 김수영의 영향을 받았던 것 같다. 김수영은 ①과감히(괴짜 같은) 진짜 지식인이 되라고, ②제발 변명(자기정당화) 따윈 그만하고 제대로 철학하라고, ③(청승과 구별되는) 설움의 의미를 음미하라고 내게 말을 건넸던 것 같다.

지식인의 조건

　지식인인 척하는 이들이야 지천에 널려 있지만, 정작 지식인은 드물다. 요즘에는 지식인이라는 말도 사장된 것 같고, 대신 '오피니언 리더'가 득세 중이다. 여론을 이끌고 가는 자는 지식인이 아니라 혹세무민하는 자일 수 있다. 누군가 지식과 정보로 무장한 전문가를 지식인이라 부른다면, 뭔가 찜찜하고 미진한 느낌이 남는다. 아무래도 엘리엇의 '생명의 지혜'까지 있어야 진짜 지식인이라고 말할 수 있을 것 같은데, 그럼 생명의 지혜란 무엇이며, 그것은 어떻게 얻을 수 있을까?

김수영은 이런 물음에 대해 진지하게 고민했고, 고민의 과정을 실감나게 표현했다. 그에 따르면, 지식인이란 "인류의 문제를 자기의 문제처럼 생각하고, 인류의 고민을 자기의 고민처럼 고민하는 사람"(산문 「모기와 개미」)이다. 누구나 공유하고 있는(하지만 보통 감춰진) 보편적인 문제를 발굴하고 그 해법을 구하는 자가 지식인이다. 지식인이라면, 한 개인이나 가족, 민족이나 국가에 국한된 문제만이 아니라, 인류 전체가 연루된(그래서 하부 단위의 관심들이 난맥을 형성하는) 문제를 다룬다. 더구나 문제를 다룰 때, 지식인은 그것을 남의 문제처럼 다루지 않는다. '나'의 일로 여긴다. 지식인은 수학 문제를 풀듯 단지 합리적인 판단을 내리는 데 그치지 않는다. 지식인이라면, 여기에 한술 더 떠야 한다. 자기의 실존을 건 '진정성'을 가지고 답을 구해야 한다. 바로 이 진정성이야말로 전문가는 결코 흉내 낼 수 없는 지식인만의 한술이다. '생명의 지혜'란 이 한술에 얹혀 있다.

그렇다면 생명의 지혜는 어떻게 얻을 수 있을까? 골머리를 썩는 수준만으로는 안된다. 그건 전문가도 하는 일이다. 실천해야 한다. 이때 실천이란 이론을 배제한(혹은 이론과 대립하는) 무엇이 아니다. 차라리 (머리와 몸이 따로 놀지 않는) '온몸'으로 '몸부림'치는 것을 뜻한다. 그래야만 '목에 칼이 들어와도' 앎을 이행할 수 있다. 생물학적 생명과 맞바꿀 수 있는 앎, 죽음에 단련된 지식만이 역설적으로 생명의 지혜가 될 수 있다. 지식인이라면 꼭 이만큼은 해야 한다.

시인의 육성을 직접 들어보자. "몸부림은 칠 줄 알아야 한다. 그리고 가장 민감하고 세차고 진지하게 몸부림을 쳐야 하는 것이 지식인이다. 진지하게라는 말은 가볍게 쓸 수 없는 말이다. 나의 연상에서는 진지란 침묵으로 통한다."(산문 「제 정신을 갖고 사는 사람은 없는가」) 몸부림을 친다고 하면, 통상 거칠고 동물적인 본능이 연상된다. 그런데 시인은 '가장 민감하고 세차고 진지하게'라는 단서를 달아두고 있다. 지식인의 몸부림은 둔탁한 게 아니라 열린 세계에 예민하게 깨어 있는 떨림을 뜻한다. 또한 그것은 허약하고 수동적인 반응이 아니라 비상한 의지와 열정으로 몰아치는 행위이다. 그렇다고 요란한 자기과시는 결코 아닌데, 도리어 진심 어린 무언의 몸짓에 가깝다. 시인은 이것을 진지(眞摯)하다고 말한다. 진지함을 이미지로 그려본다면, 주먹[手]을 꼬옥 거머쥐고[執] 입을 앙다물며 사태의 진실[眞]로 육박해가는 자세다. 그건 온몸으로만 말할 수 있는 침묵이다.

김수영은 매문(賣文)과 매명(賣名)을 극도로 경계했으며, 노예의 언어를 거부하고, 언론과 창작의 자유를 '진지하게' 요구했다. 아마도 그는 허리를 곧추세우고 아끼던 만년필로 정성껏, '불온한' 시를 적었을 것이다. 스스로에게 추상같은 조건들을 내걸면서 말이다. 김수영은 '-척'하지 않는 진정성을 가지고서(종종 괴짜로 보이는 이유), 우리 역사의 설움과 서구 아방가르드의 혁신을 자신의 문제로 삼았던 진짜 지식인이었다.

철학의 자기반성

김수영이 하이데거(M. Heidegger) 철학에 각별한 관심을 가졌던 것은 잘 알려진 사실이다. 그럴만한 까닭으로 추정해볼 수 있는 것은 시인과 철학자 모두 '죽음'과 '불가능성'을 시작(始作/詩作)의 무궁

무진한 원천으로 삼았으며, 하이데거가 시와 예술에 관해 탁월한 성찰을 보여주었다는 점을 꼽을 수 있겠다. 시인이 얼마나 열정적으로 하이데거를 읽었는지는 다음의 글에서 쉽게 확인된다. "요즘의 강적은 하이데거의 「릴케론」이다. 이 논문의 일역판을 거의 안 보고 외울 만큼 샅샅이 진단해보았다. 여기서도 빠져나갈 구멍은 있을 텐데 아직은 오리무중이다. 그러나 뚫고 나가고 난 뒤보다는 뚫고 나가기 전이 더 아슬아슬하고 재미있다."(산문 「반시론」)

한국어 번역본이 없는 상황에서 "일역판을 거의 안 보고 외울 만큼 샅샅이 진단"했다는 것은 시인이 얼마나 하이데거에게 열정적으로 몰입했는지를 보여준다. 그런데 놀라운 일은 난해한 하이데거를 독해하면서 하이데거로부터 "빠져나갈 구멍"을 찾았다는 점이며, 더 놀라운 것은 "뚫고 나가기 전이 더 아슬아슬하고 재미있다"면서, 하이데거 공부를 즐겼다는 점이다. 이건 전공자조차 쉽게 엄두를 못 내는 일들이다. 번역과 독해부터 어렵다보니 몰입이 쉽지 않은 것은 물론이거니와, 입구조차 찾지 못한 상황에서 출구까지 고려할 경황이 없는 것은 당연한 일이다. 그러다보니 철학을 즐길 수 있는 경지는 요원하기만 하다. 하이데거 예술철학에 관한 박사논문을 준비하면서, 나는 시인의 이 말을 항상 기억하려 했다. 명색이 하이데거 전공자로서, 당연히 시인보다 하이데거를 더 잘 이해해야 할 터인데, 그러려면 인용문에서 묘사된 시인의 모습 이상으로 공부해야겠다고 다짐했던 것 같다. 그 무렵부터 시인은 내게 멋진 경쟁상대였다.

한번은 하이데거 전공자에게서 이런 말을 들은 적이 있다. "김수영은 기껏 일역본으로, 그것도 일부분만 읽었으니, 독일어 원문으로 전집 전체를 읽은 우리보다 이해 수준이 떨어질 수밖에 없지요." 회의적인 어조로 나는 반문했다. "과연 그럴까요? 우리가 정말로 시인보다 더 잘 이해하고 있을까요?" (지식이 아닌) 지혜가 이해 수준을 결정하는 최종 심급임을 그이는 모르는 것만 같았다.

유감스럽게도 한국 철학자들은 서양철학 안으로 확실히 진입하지 못했다. 아직까지도 서양 언어와 논리의 벽에 구멍만 뚫고 있다. 예를 들어 약 30년 전에는 『존재와 시간』 번역을 두고 학계 내의 소소한 분란이 있었고, 지금은 칸트 번역을 두고 제법 진지한 지상 논쟁[2]을 벌이고 있다. 이전보다 논의 수준이 나아진 건 사실이지만 그걸 마냥 기뻐하기는 어렵다. 작금의 철학 논쟁에도 께름칙한 구석이 없지 않기 때문이다. 번역, 중요하다. 번역의 중요성을 폄하하고

---

2 한겨레신문 인터넷판(2018년 6월 내내 기고문이 이어졌는데, 이 논쟁은 앞으로도 계속될 것 같다)에 올라온 김상봉, 백종현을 비롯한 몇몇 철학자들의 번역 논쟁 참조.

픈 생각은 추호도 없다. 하지만 1968년 김수영과 이어령이 한국문학과 문화 전반의 향방을 두고 신문지상에서 논쟁했던 것에 비한다면, 2018년 철학계의 떠들썩한 번역 논쟁이 낙후하고 옹색하게만 보이는 것은 어쩔 수 없는 노릇이다. 여전히 철학계는 서양철학에 제대로 '진입'하는 방법을 두고 논쟁하고 있는 반면, 문학계는 일찌감치 ('빠져나갈 구멍'을 찾았던 김수영과 함께) 글로벌 수준의 문화창작 방법을 두고 논쟁했던 셈이기 때문이다. 50년의 '시차'에다가 쟁점 수준의 '격차'를 고려하면, 나를 포함해 우리 철학자들은 먼저 부끄러운 줄 알아야 한다. '철학은 부엉이'라며 자기정당화하는 것에도 한도가 있는 법이다.

나로서는 시인의 하이데거 이해 수준을 높게 평가할 수밖에 없는데, 「모리배」는 그런 판단을 뒷받침해주는 결정적인 작품이다. "언어는 나의 가슴에 있다/나는 모리배들한테서/언어의 단련을 받는다/그들은 나의 팔을 지배하고 나의/밥을 지배하고 나의 욕심을 지배한다//그래서 나는 우둔한 그들을 사랑한다/나는 그들을 생각하면서 하이데거를/읽고 또 그들을 사랑한다/생활과 언어가 이렇게까지 나에게 밀접해진 일은 없다".(「모리배」 부분) 보기 드물게 이 작품은 하이데거라는 이름을 직접 거론한다. 그래서 '모리배'를 하이데거 철학의 전문용어와 쉽게 연결시킬 수 있다.

이 시의 모리배는 하이데거의 '다스만'(das Man: 그들, 세인), 즉 일상의 세계를 함께 살아가는 우리들 세인(世人)을 가리킨다. 이따금 전문가들조차도 다스만을 자기 자신과는 무관한 일단의 사람들로 오해하면서, '그들'의 모리배 성향과 비본래적인 모습을 비판하곤 한다. 그러나 시인은 모리배들이 시인 자신과 무관하지 않으며, 심지어 그들을 사랑한다고까지 말한다. 그들을 사랑함으로써 오히려 생활세계와 언어에 밀착해졌다고 고백한다. 내가 보기에, 시인의 다스만 해석은 올바르며 심오하기까지 하다. 하이데거의 본래적인 자기와 비본래적인 '그들'은 둘이 아니다. 다스만은 지울 수 없는 우리 자신의 일부다. 단련받지 않고서 존재할 수 있는 본래성이란 없다. 그래서 '그들'은 배척의 대상이 아니라 사랑의 대상일 수밖에 없다. 모리배를 비난함으로써 자신이 모리배가 아님을 입증하려 드는 이들은, 설사 하이데거 할아버지라도, 모리배를 사랑한다는 시인보다 더 모리배에 가깝다.

또다시 누군가 시인의 철학적 일천함을 질타한다면, 나는 이렇게 말해줄 것이다. 「모리배」를 읽어보셨나요? 그만한 글을 쓴 적이 있나요? 시가 아니라 산문(논문)만 쓰신다고요? 그래서 비교할 수 없다고요? 그럼 하이데거가 언급된 산문 「시여, 침을 뱉어라」와 당신의 글을 비교해보세요. 그다음에 평가해도 늦지 않을 겁니다.'

설움의 의미

시인이 일깨워준 경각심 덕분인지, 나는 겨우 '빠져나갈 구멍'을 찾았다(아니, 찾았다고 생각했다. 이에 대한 평가는 내 소관이 아닌 후배 철학자들의 몫이다). 아주 자그마한 구멍을 통해 하이데거로부터 가까스로 빠져나와 '멜랑콜리'라는 새로운 주제를 연구할 수 있었다. 그동안 멜랑콜리에 관한 두권의 책[3]을 공부의 결과물로 내놓았는데, 거기에 담긴 주요 주장들 가운데 하나는 멜랑콜리가 서양문화를 이해하는 핵심 키워드라는 것이다. 그런데 충분히 답변하지 못한 질문이 있다. 바로 '멜랑콜리에 준하는 동양문화(내지 한국문화)의 정조는 무엇일까?'라는 질문이다. 우환(憂患)의식과 한(恨)이 물망에 올랐고, 일단 한에 대해 연구하며 몇편의 글을 썼다. 그러면서 다시 김수영을 만났다. 그의 작품에서 한이 변용된 정서, 곧 '설움'을 보았다.

시인은 설움에 대해 두가지 태도를 취한다. 한편에서는 "무엇보다도 먼저 끊어야 할 것이 설움"(「병풍」)이라 말하면서, 전통 한의 연장선상에 있는 청승맞은 설움을 극복하고자 한다. 동시에 "섧지

---

3 졸저 『멜랑콜리 미학』, 문학동네 2010; 『멜랑콜리아』, 문학동네 2014.

가 않아 시체나 다름없는 것이다"(「여름뜰」)라며 보편적인 생의 조
건으로서 설움을 언급하기도 한다. 시인은 근대성과 전위를 추구하
면서도, 다른 한편에서 전통의 끈을 놓지 않는다. 시인은 못나고 비
루한 전통이라도 숨겨진 보편성의 층위가 있다고 보았는데, 이런
관점에서 보면, 문화적 변방지대가 오히려 잠재적인 '뉴 프런티어'
가 될 수 있다. 서양문화의 최신·최전방과 한국 전통문화의 동시적
추구는 언뜻 모순적인 태도처럼 보이지만, 실은 서양문화와의 접촉
이후 우리네 삶과 정서의 (무)의식적 반응·대응 과정을 보여주는
것일 따름이다.

　시인의 설움은 전통적인 한의 정서와 서양의 멜랑콜리 그 '사이'
에 있다. 말하자면, 서구 근대화를 이행하는 가운데, 한의 정조가
멜랑콜리로 변천되는 과도기의 한 국면을 보여주고 있다. 아니 정
확히 말하면, 시인에겐 멜랑콜리가 종착역이 아니었다. 시인의 설
움은 문화 접변 와중에 한과 멜랑콜리가 화학적으로 결합한 산물
이다. 그것은 초기 결합단계에서 침전된 미량의 새로운 정조다. 동
서를 횡단할 미래의 정조가 탄생 과정에서 슬쩍 정수리만 내비친
형국이다.

　"시인을 발견하는 것은 시인"(산문 「시인의 정신은 미지」)뿐이라면,
나의 시인 이해는 항상 위태로울 수밖에 없다. 그래서 시인의 됨됨

이와 설움의 의미를 한꺼번에 잘 포착한 또다른 시인, 정현종의 글을 옮기면서 이 글을 마무리 짓기로 한다. 정현종(鄭玄宗)은 김수영의 설움을 '살아 있음의 증거'로서, 더구나 '착하게 살아왔다'는 뜻으로 새긴다. 그리고 이렇게 부연한다. "그런데 착하지 않은 사람은 슬퍼하지 않는다. 그러니까 그가 설움을 유달리 많이 느꼈다는 것은 그가 착한 사람이라는 이야기이다. 그리고 여기서 착하다는 것은 상처 입을 수 있다는 것, 우리의 상처, 시대의 상처를 자기의 상처처럼 아파한다는 걸 뜻한다."[4]

---

4   정현종 『숨과 꿈』, 문학과지성사 1982, 107~108면.

사 랑 과 수 치 는
어 디 쯤 에 서   만 나 는 가

김 수 영 의 시 와 나 의 시 에 대 하 여

하재연

　다음 계절에 발표하게 될 나의 원고 중에 「천상의 피조물들」이
라는 시가 있다. 처음부터 제목을 염두에 두고 쓴 것은 아니었고,
쓰고 싶은 한 장면을 메모해둔 것에서 시작된 시다. 어느 주말, 나
의 아이와 동갑인 조카가 소꿉놀이를 하고 있었고, 나는 무언가 일
을 해야 한다는 이유로 좀 떨어져 소꿉놀이하는 아이들의 목소리
를 듣게 되었다. 동물원을 구성하는 기린, 코끼리, 펭귄, 물개, 하마,
사자, 나무, 구유, 아이스크림 가게 등의 작은 미니어처들이 있었고,
아이들은 나무 울타리를 만들었다 부수었다, 나무사람을 집었다 쓰

러뜨렸다 하며 한참 동안이나 소꿉놀이를 계속하고 있었다.

　교회의 주일유아학교를 다녔던 조카아이와 때마침 그리스신화를 읽고 있던 나의 아이는 동물원과 관람객의 서사가 아니라, 천지창조와 세계멸망 그리고 노아의 방주가 등장하는 창세기 버전의 서사가 더 흥미진진한 모양이었다. 주말에도 책 나부랭이를 끼고 있느라 그 놀이에 끼지 못한 나 자신이 애석하도록 그들의 서사는 드라마틱했다.

　　내 아이와 너의 아이가 사랑을 하는 동안//신들은 가혹하다고 하자 세상을 멸망시켰다고/그래도 인간만은 용서해주었다고 하자//나는 아무것도 하지 않고 있었네/들려오는 것들만 듣고 있었네//그런데 신의 한 자손이 인간의 세상이 궁금했다고 하자/신의 허락을 받을 수 없었다고 하자//우리의 아이들은 너무 아름다워서

　　　　　　　　　　　　　　　　　　　—「천상의 피조물들」 부분

「천상의 피조물들」의 모티프는 이 휴일의 한 장면에서 비롯되었다. 작은 고사리손으로 그보다 더 작은 피조물들을 조물락거리며 그들이 읽었던 지상의 이야기와 상상해낸 천상의 이야기를 섞어 하나의 세계를 만들어내는 아이. 내 몸에서 나왔으나 내게서 비

롯되지 않은 것만 같은 나의 아이. 내게는 그들의 모습이 천상과 지상을 잇는 사랑을 하고 있는 것으로 보였다. 그들의 사랑에는 내가 낄 자리가 없었기에 일요일의 한 장면은 더욱 아름다워 보였던 것일까.

내가 이 시에서 쓰고자 했던 사랑이란 무엇이었을까. 언제나 보던 주위의 사물들이 어느 순간 낯설어지고, 하나의 빛이 그곳을 쏘이는 것처럼 환해지는 하나의 장소. 나의 속(俗)이 무색해지도록 아름답지만, 너무나도 속의 한가운데 있어 성(聖)으로는 환원되지 않는 시간. 만지면 사라질 것처럼 멀지만, 발견하지 않으면 아무것도 아닌. 말하고자 할수록 달아나서, 입을 여는 순간 그 말에 소외되어 우주처럼 고독해지는 단어.

이런 사랑을 누가 시 속에서 쓰고 있었던가. 내게 '사랑'의 한국어 저작권 중 가장 큰 권리를 지닌 시인이 있다면 그는 김수영이다. 김수영의 시가 아니었다면, 한국어로 시 속에서 사랑에 대하여 쓴다는 것에 관해 나는 이만큼 자유로울 수도 없었고, 또 지금처럼 구속을 느끼지도 않았을 것이다.

　삶은 계란의 껍질이/벗겨지듯/묵은 사랑이/벗겨질 때(「파밭 가에서」)

하여간 반갑다 잠입한 사랑아 무식한 사랑아/이것이 사랑의 뒤치다꺼리인가보다(「만주의 여자」)

여편네의 방에 와서 기거를 같이해도/나는 점점 어린애/너를 더 사랑하고/오히려 너를 더 사랑하고(「신귀거래 1」)

나에게 놋주발보다도 더 쨍쨍 울리는 추억이/있는 한 인간은 영원하고 사랑도 그렇다(「거대한 뿌리」)

사랑의 기차가 지나갈 때마다 우리들의 슬픔처럼 자라나고 도야지 우리의 밥찌끼/같은 서울의 등불을 무시한다/이제 가시밭, 덩쿨장미의 기나긴 가시가지까지도 사랑이다(「사랑의 변주곡」)

그러나 너의 얼굴은/어둠에서 불빛으로 넘어가는/그 찰나에 꺼졌다 살아났다/너의 얼굴은 그만큼 불안하다(「사랑」)

묵은 사랑, 벗겨지는 사랑, 잠입하는 사랑, 무식한 사랑, 어린애가 되어가는 사랑, 놋주발보다 쨍쨍 울리는 추억처럼 유한하고도 영원한 사랑, 자라나는 사랑, 넝쿨장미의 기나긴 가시가지 끝의 사랑, 첨단의 사랑, 꺼졌다 살아나는 찰나에만 발견되는 사랑. 변주되는 사랑.

이 무한히 움직이는 사랑의 목록이 아니었다면, 내게 사랑이란 너무 추상적이거나 신파적이거나 낭만적인 것이어서 어떻게 시의 단어로 등재할지 난감한 말이었을 수도 있다. 김수영은 내게 시 속에서 쓰지 못할 어떤 단어도 없다는 것을 알려주었지만, 동시에 쇄신이 없는 어떤 사랑의 말도 시의 진실한 언어가 될 수 없음을 보여주었다.

삶은 계란의 껍질 속에서, 곯아떨어진 친구의 술잔 속에서, 라디오의 재갈거리는 소리 속에서, 난로 위 끓어오르는 주전자의 물속에서 사랑을 발견하고, 그리하여 암흑 속 사랑의 봉오리와 함께 자라나는 우리의 슬픔을 이야기했던 김수영의 시가 아니었다면, 사랑에 대해 내가 떠올릴 수 있는 한국어의 재산은 지금보다 훨씬 가난했을 것이다.

"모깃소리보다도 더 작은 목소리로 아무도 하지 못한 말을 시작하는 것"(산문 「시여, 침을 뱉어라」)이 시의 시작이라는 김수영의 말은, 시작(詩作)이 어떻게 새로운 시작(始作)이 될 수 있는지 내게 실마리를 던져주었다. 모기 소리보다 더 작은 목소리에서도 시작은 가능하다는 김수영의 말에서 나는 시를 쓸 수 있는 희망을 얻으며, 아무도 하지 못한 말을 시작해야 한다는 그의 말에서 나는 어떤 시를 쓰는 순간에도 맞닥뜨릴 수밖에 없는 절망을 본다.

다시 나의 시 이야기로 돌아와서, 「천상의 피조물들」을 쓰고 난

후, 이 글을 쓰며 나는 김수영의 또다른 시 한편이 생각나 찾아보았다.

> 금성라디오 A 504를 맑게 개인 가을날
> 일수로 사들여온 것처럼
> 오백원인가를 깎아서 일수로 사들여온 것처럼
> 그만큼 손쉽게
> 내 몸과 내 노래는 타락했다
>
> 헌 기계는 가게로 가게에 있던 기계는
> 옆에 새로 난 쌀가게로 타락해가고
> 어제는 카시미롱이 들은 새 이불이
> 어젯밤에는 새 책이
> 오늘 오후에는 새 라디오가 승격해 들어왔다
>
> 아내는 이런 어려운 일들을 어렵지 않게 해치운다
> 결단은 이제 여자의 것이다
> 나를 죽이는 여자의 유희다
> 아이놈은 라디오를 보더니

왜 새 수련장은 안 사왔느냐고 대들지만

—「금성라디오」 전문

기억과는 다르게 이 시는 아이가 나온다는 것 외에는 내가 쓴 시와 유사한 점이 별로 없어 보였다. '일수'와 '여자'와 '대드는 아이'라는 생활과 곤핍의 트라이앵글 속에서 느끼는 시인의 자조 그리고 비애와 같은 추상적 감정은, 금성라디오와 카시미롱과 새 수련장과 같은 일상의 사물들이 갖는 이미지와 만나며 시의 씨실과 날실로 직조된다. '헌 기계'가 가게로 팔려 나가고 그것이 다시 '쌀가게'로 옮겨가는 장면에서 떠올리는 '타락'이라는 하강적 이미지가, '새 이불'과 '새 책'과 "새 라디오가 승격해 들어"오는 상승적 이미지와 대조되어 나타난다. 결단하는 '아내'와, 새것들의 '손쉬운' 도입에 우물쭈물 복잡한 심정이 되는 '나'의 모습이 엇갈리고, "맑게 개인 가을날"이어서 "내 노래"의 '타락'은 더 선명하다.

김수영의 시는 단순해 보이는 일상의 에피소드 속에 간단치 않은 시인의 감정을 교차시킨다. 그가 집어내는 일상의 장면은 지극히 속되어서 읽고 있노라면 여름날 흰 반팔러닝을 입고 앉아 있는 시인 김수영의 모습이 떠오른다. 그러나 헌 기계의 타락과 내 몸의 타락을 함께 꿰뚫어 보는, 새 '금성라디오'처럼 승격하는 삶이 될 수 없는 자신에 대해 '개관'하는 이 시인의 눈빛은 너무 형형해서, 침범하는 빛 한줄기가 이 속된 생활의 한가운데로 쏟아져 내리는 것 같다.

내 시의 제목인 '천상의 피조물들'은 오래전 피터 잭슨의 같은 제목의 영화를 보지 않았더라면, 붙여지지 않았을 것이다. 그러나 쓰면서 이 영화를 한번도 떠올린 적이 없었기에, 제목을 붙이고 난 후 데깔꼬마니처럼 영화의 이미지와 겹치고 번지는 이미지들이 의아하기도 했다. 후시녹음을 하는 것처럼 나의 시는 쓰이고 난 후, 「천상의 피조물들」의 어떤 장면들을 오마주하고 있는 것처럼 읽혔던 것이다.

이런 현상은 정신분석학적으로는, 내 무의식 속에 있는 영화적 이미지들이 저 시를 쓰는 순간 의식의 밑바닥에서부터 떠오르고, 결과적으로 아이들이 노는 이미지에 영화의 이미지가 겹쳐져 마치 우연처럼 '천상의 피조물들'이 시의 제목으로 정해진 것이라고도 설명할 수 있겠다(혹은 삐에르 바야르의 '예상 표절' 식으로, 피터 잭슨이 나의 시 제목을 표절한 것일까?).

이와 마찬가지로, 「천상의 피조물들」을 쓰고 나서 김수영의 「금성라디오」가 떠오른 이유에 대해서도, 나는 여러가지로 설명할 수 있을 것이다. 그러나 이렇게 짧게 말하는 것이 더 좋을지도 모르겠

다. "나같이 사는 것은 나밖에 없는 것 같다"(「강가에서」)는 김수영의
수치를, 나는 이 시를 쓰기 훨씬 오래전부터 알고 있었던 것 같다.

역 사 (歷史) 안 에 서
정 직 하 게 시 쓰 기

송종원

"수영 금지!"

십여년 전쯤 대학원에 들어가 학위논문을 준비할 때 선배들에게
조언을 구하면 종종 들었던 말이다. 김수영이 비슷비슷한 관점에서
과잉 연구되는 현상으로 인해 대학원 현대문학 전공자들 사이에서
는 꽤 오래전부터 도는 말이었다. 지레 겁을 먹은 나는 수영을 피했
다. 좀더 솔직히 말해 그가 버거운 면도 있었다. 당시에는 김수영의
시가 감각적으로 느껴지기보다는 관념적으로 느껴질 때가 많았는
데, 지금 와서 생각해보면 그의 시가 갖춘 인식의 두께를 깨뜨리지

못해 그의 시의 내밀한 지점에 이르지 못한 자의 변명이었지 싶다. 김수영의 말을 빌리자면 난 그의 시를 '시'로 읽지는 못하고, 색다른 '시도' 정도로만 읽었던 셈이다(산문 「시작노트5」). 그러나 다행히도 착각은 그리 오래가지 않았다.

우선 그는 피한다고 피할 수 있는 존재가 아님을 깨달았다. 시를 연구하거나 논하는 자리에 갈 때마다 대화나 토론의 중간중간 어김없이 그의 이름이 불리었다. 김수영이 '현재'라고 말하지 않는 이는 드물었다. 아니 김수영은 '현재'이면서도 '미래'이기도 했다. 가령 시와 정치가 결합할 때 오래된 미래의 위상으로 김수영이 출현했고, 새로움과 전통이 결합할 때 역시 김수영은 전범(典範)으로 거론됐다.

역사 안에 산다는 건 어렵다.

김수영은 1960년 11월 9일 일기에 이렇게 단 한줄을 적어놓았다. 나는 이 구절을 볼 때마다 김수영 시의 어떤 비밀을 보는 듯한 기분이 든다. 김수영만큼 이 땅의 다양한 역사적 순간을 경험한 이도 드물 것이다. 그는 식민지시기에 태어나 자라면서 해방을 경험했으며 이후에는 전쟁과 분단, 그리고 혁명을 겪었고 또한 혁명의 좌절까지도 맛보았다. 속된 말로 김수영은 겪을 만큼 겪었고 역사라는 말을 입에 담아도 어색함이 없는 조건 속에서 살았다. 그렇기 때문에 저 말은 더 특별하게도 들리고 또한 복잡하게도 들린다.

아마도 김수영이 생각한 '역사'는 공식화된 시간의 기록과는 다른 질감의 무엇일 것이다. 사람들이 말하는 역사의 저류에서 꿈틀거리는 움직임 같은 것, 범박하게 말하자면 다른 시간의 도래를 빚는 사건과 관련한 무엇이 곧 김수영이 말하는 '역사'이다. 그가 쓴 시의 표현을 빌리자면, "아까와는 다른 시간"(「꽃잎」)이면서 "중단과 계속과 해학"(「꽃2」)이 일치하는 순간이면서 또한 "복사씨와 살구씨가/(…)/ 사랑에 미쳐 날뛸 날"(「사랑의 변주곡」)쯤이 되지 않을까. 「풀」을 떠올려보라. 그는 유독 변화와 속도에 예민했다. 무거운 것이 가볍게 상승하는 순간에 눈이 밝았고, 가벼운 것이 무거웁게 가라앉는 순간도 날카롭게 파악했다. 역사와 시대의 공기가 어떤 향방을 띨지 그는 민감하게 반응하며 그것을 밀어붙일 '곧은 소리'들을 쏟아냈다. 산문 「시작노트2」에서는 심지어 이렇게 덧붙이기까지 하지 않았나. 작품이 끝난 후 반년 정도의 앞을 예언할 만한 시를 꿈꾼다고. 그런데 실제의 역사에서 때로는 그 반년이 반백년이 되기도 하는 걸까.

우리에게 있어서 정말 그리운 건 평화이고 온 세계의 하늘과 항구마다 평화의 나팔 소리가 빛날 날을 가슴 졸이며 기다리는 우리들의 오늘과 내일을 위하여 시는 과연 얼마만한 믿음과 힘을 돋우어 줄 것인가.

—산문 「시작노트1」 부분

처음 김수영의 저 구절을 읽었을 때는 좀 싱겁다고 생각했다. 조금 더 솔직히 말하자면 수영의 글답지 않게 별로 힘이 없는 구절로 읽혔다. "항구"와 "나팔"이라는 어휘 때문인지 어딘가 낭만적이고도 낡은 느낌을 물씬 풍기기까지 했다. 그가 말하는 평화가 관념적이라는 생각이 들었고, 굳이 이해한다손 치더라도 전쟁을 경험한 지 얼마 되지 않은 사람이 꿈꾸는 당연한 감각쯤으로 여겼다. 그런데 남과 북의 관계가 급속도로 변하는 2018년 현재에 저 구절을 읽으니 눈앞이 돌연 환해진다. 시간 속에 파묻혀 있던 역사의 움직임을 일순간 훔쳐본 기분이 들기도 한다.

'가슴을 졸이며 기다린다'라는 상투적인 말이 감각적으로 들리기는 또 처음이다. 그러고 보면 감각은 기묘한 표현에서 비롯되는 것이 아니라 그 말의 바탕에 작용한 사유에서 비롯되는 것인지도 모른다. 저 산문이 힘을 발휘할 수 있었던 것은 김수영이 '분단체제'라는 말로 설명 가능한 이 땅의 역사가 움직일 방향에 대해 오래전부터 관심을 두고 감지하고 있었기 때문일 것이다. "항구"와 "나팔"이라는 표현 역시도 역사의 자장 안에서 새로운 힘을 덧입어 생경하게 다가온다. 어떤 '감정'과 '꿈'이 녹아 있느냐에 따라 전혀 다른 생명을 얻는 게 시어라는 사실을 증명하듯 말이다. 아마도 김수영이라면 이를 "시의 폼을 결정하는 것도 사상"(산문 「변한 것과 변하지 않은 것」)이라는 말로 표현했을 것이다.

시고 소설이고 평론이고 모든 창작 활동은 감정과 꿈을 다루는 것이다. 그리고 이 감정과 꿈은 현실상의 척도나 규범을 넘어선 것이다. 말하자면 현실상으로는 38선이 있지만 감정이나 꿈에 있어서는 38선이란 터부는 문제가 되지 않는다.

             ── 산문 「창작 자유의 조건」 부분

김수영 시에 다양한 감정 상태가 노출되어 있다는 것은 익히 알려져 있다. 누군가는 '설움'을 떠올릴 것이고, 또 누군가는 '절망'이나 '비애'를 떠올릴 수도 있겠다. 그리고 사랑, 그래 사랑이 있다. 그는 「사랑의 변주곡」을 통해 지치지 않는 꿈을 시집에 새겨놓았다. 시의 화자는 아이를 호명하며 아이에게 "사랑을 알 때까지 자라라"고 말한다. "사랑을 알 때까지"라는 표현은 곱씹어보면 조금 특이한 말이다. 느낌의 영역에 있는 말을 앎의 영역으로 옮겨놓아서일 텐데, 이는 휘발되려는 그것을 붙잡아 지상의 양식으로 만들려는 시인의 전략과 닿아 있다. 이 전략은 사랑이라는 감정 속에서 닫힌 세계가 열리는 순간을 맞는다는 사실에 기대고 있다. "암흑"으로, 때로는 "가시밭"으로 연상되는 삶의 순간들 또한 사랑 속에서는 사랑할 수 있는 대상이 되며, 그래서 그 또한 인식의 지평으로 이동하게 되고 결과적으로 사람에게 살아갈 만한 힘을 보태는 동력으로 사용된다. "사랑의 음식"은 "사랑"이라는 말 속에는 사랑의 동력 또한 사랑이어서 하나의 사랑은 다른 사랑으로 이어진다는 의미가 들어 있다. 김수영은 사랑이 일회적인 것이 아니라 영구적인 움직임에 가깝다는 사실을 알았다. 이를테면 온몸으로 계속해서 밀어붙임으로써 현실상의 불가능을 불가능의 상태로 남겨두지 못하게 하는 힘 같은 것으로 여겼던 것 같다. 저 힘이 꿈을 동반하는 것은 당연하다. 꿈이란 아직 미완의 형태이지 않던가. 비약을 감수하고 말하자면 역사 역시 미완 속에 있다. 김수영에게는 4·19도 미완이었고 언론의 자유도 미완이었으며 남과 북의 관계 또한 미완이었다.

이야기가 다시 역사로 돌아왔다. 역시나 김수영을 말하면서 역사를 벗어나기란 쉽지 않다. 김수영은 언제나 다른 시간 속으로 우리를 끌고 간다. 그리고 그 다른 시간은 어떤 안온함이나 완벽함과는 거리가 있다.

　　모든 언어는 과오다. 나는 시 속에 모든 과오인 언어를 사랑한다. 언어는 최고의 상상이다. 그리고 시간의 언어는 언어가 아니다. 그것은 잠정적인 과오다. 수정될 과오. 그래서 최고의 상상인 언어가 일시적인 언어가 되어도 만족할 줄 안다.

　　　　　　　　　　　　　—산문 「가장 아름다운 우리말 열 개」 부분

　김수영은 자신의 시 「거대한 뿌리」에서 실제와 어긋나는 사실을 표현한 구절을 두고 저와 같은 생각을 덧붙였다. '제2인도교'라고 쓴다는 것을 아직 만들어지지도 않은 '제3인도교'라고 표현한 것이었다. 이 산문을 읽을 때면 그는 독자가 그의 시에서 특별히 알아봐주길 기대했던 곳이 있었다는 생각이 든다. 아마도 김수영이라면 자신의 글에 담긴 특별함이 특별한 과오에 있을 것이라고 생각했으리라. 왜냐하면 그 '과오'의 발생 속에 현실과 상상(혹은 욕망)의 어긋남이 자리하기 때문이며, 동시에 그 어긋남 속에 새로운 시간의 도래를 기대할 여지가 생성되기 때문이다. 그래서 그는 영원함 대신에 일시적인 것에 내기를 걸었다. 김수영은 자신의 시가 발생시킬 과오의 가능성을 인정함으로써 자기 자신과 함께 그의 시를 역사 안에서 살게 만들었다. 그는 누구의 말마따나 현실이 늘 시를 초과한다는 사실을 냉정하게 직시하고 있었던 셈이다.

그가 말한 '자유'와 그가 적은 '사랑'과 그가 반성한 '절망'은 단한번 빛을 획득하고 소멸하는 운명에서 벗어나 우리의 삶 속에서 반복해서 호명되고 또 반복해서 다른 의미의 질감으로 재구성된다. 거기에는 그럴 만한 이유가 있다. 김수영이 아비 된 자로서 장남에게 보내는 자상한 가르침을 담은 편지의 구절 중에는 이런 대목이 있다. "누구에게나 거짓말은(혹은 흐리터분한 말은) 일절 하지 않도록 수양을 쌓아라." 그는 사실을 가장 두려워할 줄 아는 시인이었다. 거짓말과 흐리터분한 말은 사실로부터 가장 거리가 먼 형태의 말이지 않던가. 아마도 김수영은 아들에게 조언을 전하기 전부터 스스로 저 말을 수없이 되뇌었을지도 모른다. 그는 사실을 늘 염두에 두고 시를 썼기에 그것이 언제나 새롭게 역사성을 동반한 진실의 재료로 다시금 사용될 수 있도록 만들었다. 이 말은 다시 이렇게 정리될 필요가 있다. 그는 사실을 중시해서 사실만으로 시를 쓴것이 아니라 끊임없이 사실이 아닌 것들을 사실이 아니라고 말하는 방식으로 시를 썼다. 거짓말은 거짓말이라고 쓰고, 흐리터분한 것들은 분명하지 않다고 직설했다. 다시 정리하면 더 단순해진다. 그는 아닌 것은 아니라고 정직하게 말했다.

결국 정직하게 쓰는 일이 가장 어려운 걸까. 그런데 어떻게 정직하게 쓰는 일이 역사 안에서 쓰는 일과 무관할 수 있을까. 그리고 꿈과 감정을 회피한 정직함이란 가능할까. 정직을 계속 말하고 있자니 마치 도덕 교과서 같은 이야기를 반복하는 듯해 민망하다. 김수영이 말한 정직이 중요한 이유는 그것이 다른 무언가의 조건이 되기 때문이다. 이를테면 희망이라든가 역사의 진보 같은 것. 정직한 목소리가 만든 문화만이 희망과 진보를 회피하지 않는다. 나는 김수영으로부터 그것을 배웠다.

아직 도래하지 않은
'내일의 시'

신철규

    내가 김수영의 시를 처음 본 것은 고등학교 교과서와 문제집에 서였다. 기억을 더듬어보면, 거기에는 네편의 시가 실려 있었다. 「폭포」「눈」「풀」「어느 날 고궁을 나오면서」. 나는 이 시들을 보면 서 폭포와 눈과 풀이 지시하는 것을 머리로 해석하는 데 급급했고, 그의 시에 대한 감상은 '어느 날 고궁을 나오면서' 자신의 옹졸함 과 비겁함과 소심함을 자책하는 한 시인이 당대의 독재정권에 맞 서지 못하는 반성적 자의식을 드러낸 시라고 어렴풋하게 느끼는 것으로 끝났다. 하지만 그—시인 또는 화자가—가 왜 구시대의 유물을 보면서 고리타분하게만 생각되었던 역사와 전통을 강한 긍지와 함께 받아들일 수 있었는지 이해하기는 힘들었다. 그것이 내가 대학에 들어오기 전까지 아는 김수영의 전부였다.

나는 그후 우여곡절 끝에 국문학과에 입학하게 되었다. 정확하게 말하면 한국동양어문학부였다. 학과제에서 학부제로 이행되었던 첫해였기에 신입생뿐만 아니라 재학생 또한 혼란에 빠졌다. 대부분의 신입생들이 일문학과나 중문학과를 지망하고 있었기에 국문학과를 지망하는 친구들은 좀 별종으로 취급되었던 것 같다. 이래저래 정착을 못하던 나는 교내 문학회를 기웃거렸고 한참을 고민하다가 4월 초에 학생회관 2층 구석에 자리한 한 문학회에 들어갔다. 나는 쭈뼛쭈뼛 동방에 죽치고 있던 어리숙한 신입생이었는데, 선배들은 그런 나를 살갑게 대해줬다. 나를 처음 맞아준 선배는 법대에 다니던 3학년 여자 선배였다. 그녀는 간간이 시를 쓰기도 했던 것 같은데 속내를 잘 얘기하는 편은 아니었지만, 시골에서 올라온 나를 친동생처럼 따뜻하게 대해줬다(그녀의 고향은 정읍이었던 것으로 기억한다). 문학회에 들어간 지 얼마 안 된 어느날 그녀가 동아리 가입 선물이라며 준 것이 『김수영 전집 1: 시』(민음사 1판 17쇄)였다. 나는 소설 외에는 다른 글을 거의 읽어보지 않았었기에 시집 선물이 뜻밖이었다. 게다가 '고리타분하고 따분하고 진지한'(?) 시를 쓰는 김수영의 시전집이었기에 내 마음에 든 선물은 아니었다. 시집 안에는 선배의 엽서도 있었다(몇년전까지만 해도 시집 안에 꽂혀 있었는데 아무리 뒤져도 찾을 수가 없다. 내 젊은 날의 한 페이지가 찢겨 나간 것 같은 느낌이다). 내용은 대강 이러했다. '이 시집이 좀 어려울 수도 있는데, 너라면 잘 읽어낼 거야. 너는 소설을 좋아하지만 언젠가 시도 좋아하게 될 날이 올 거야.' 선배의 글씨체가 약간 투박하고 수줍어하는 느낌이 드는 것이었는데, 거기에는 묘하게 진심을 담아내는 힘이 있었다. 이렇게 해서 『김수영 전집 1: 시』는 내가 선물받은 첫번째 시집이며 동시에 내 책장에 꽂힌 첫번째 시집이 되었다.

나는 한학기 동안 이 시집을 천천히 읽었다. 천천히 읽었다고 말할 수밖에 없는 이유는 선배의 믿음(?)과는 달리 여기에 실린 시들을 읽는 것이 너무 힘들었기 때문이다. 우선 나의 독서를 가로막은 것은 시집의 곳곳에 깔려 있는 한자로 표기된 시어들과 일상적으로 접해 보지 못한 딱딱한 한자어들이었다. 나는 옥편을 뒤져가며 겨우 음을 찾아낸 뒤 그것을 다시 국어사전에서 찾아가며 그의 시들을 읽었다. 그러니 하루에 많아야 네댓편을 겨우 읽을 수 있었다. 그리고 나의 독서를 방해한 것은 그의 시가 가진 난해함이었다. 도대체 시인이 무슨 말을 하는 건지 알기가 힘들었다. 돌연한 시작과 사유의 비약, 정서적 고양과는 거리가 먼 결구 등은 시가 감정의 표출이라는 나의 좁은 이해를 넘어선 것이었다. 시집을 선물해준 선배에 대한 고마움을 나름대로 표현하고 국문과 학생이 김수영 정도는 알아야지 하는 알량한 지적 허영을 충족시키려는 목적이 아니었다면 나는 이 시집을 끝까지 읽어내지 못했을 것이다. 그렇게 나는 김수영을 책장에 꽂아두고 다시 꺼낼 생각도 하지 않았다.

하지만 입대 무렵부터 시집을 본격적으로 읽기 시작하면서 상황이 달라졌다. 내가 절절히 읽은 시집들—특히 이성복, 최승자, 황지우의 시들—의 이면에 김수영 시의 어법과 목소리가 조금씩 배어 있다는 것을 어렴풋이 깨달았기 때문이다. 나는 그들의 시를 더 깊이 이해하기 위해서라도 김수영을 다시 읽어야 한다고 생각했다. 무엇보다 김수영의 시에 가까이 다가가게 된 결정적인 계기는 대학원에 들어오면서 읽은 그의 산문들, 그리고 그의 시에 관한 평문들이었다. 그것이 없었다면 나는 그의 시를 영원히 좋아하지 않았을지도 모른다.

김수영의 시는 어렵다. 시를 처음 입문한 사람뿐만 아니라 어느 정도 시에 익숙해진 사람이나 시 창작을 업으로 삼고 있는 시인들에게도 그의 시는 이해하기 힘든 측면들이 있다. 아니, 어떤 시도 완벽하게 해석되거나 설명될 수 없다는 보편적 명제를 받아들인다면 이러한 김수영 시의 이해 불가능성은 당연한 일이 될 것이다. 하지만 언제나 그에 대한 반명제가 따라다니는데, 즉 난해한 시가 좋은 시인가,라는 물음이다. 김수영 초기시의 난해성은 미숙한 모더니즘에서 발원한 것이라는 게 일반적인 견해였다. 이런 견해들은 주로 리얼리즘과 참여문학을 기치로 내세우는 비평가들에게서 비롯된 것이다. 이러한 논의들의 공통적인 문제점은 민중의 사회참여를 불러올 수 있는 대중성과 민중이 이해하고 공감할 수 있는 내용 및 형식을 시의 선결 조건이라고 보고 김수영 시의 난해성을 비판적으로 바라보았다는 데 있다. 하지만 김수영 시의 난해성은 단지 초기에 국한된 것이 아니라 그의 시세계 전반에 걸쳐 있었고, 설명과 논리를 뛰어넘는 추동력으로 작용했으며 그것은 현실에 깊이를 부여했다.

황현산(黃鉉産)은 김수영 시의 난해성에 대한 논의들이 난해성의 기능과 의미를 밝혀내지 않고 그것을 신비화하는 것을 비판했다. 그는 김수영의 난해성이 그의 시의 방법이자 내용이었으며, 그 사상이라고까지 보았다. 김수영의 난해성은 "암담한 풍경을 암담하게 스쳐 지나가는 것이 아니라 그것을 오래 꿰뚫어 살필 시간을 확보하고, 여러 각도로 감정을 자극하고 정신을 재촉하기 위한 수

단"[1]이라는 것이다. 다시 말해, 김수영 시의 난해성은 시인이 사물과 현실의 이면을 들여다보고 진실을 가리는 허위와 포즈에 대해 고민하는 침잠에서 비롯된 것이며, 이는 읽는 이로 하여금 그 침잠에 참여하게 하는 장치였다는 것이다. 결과적으로 김수영 시의 난해한 시어는 시가 세상에 대한 상투적인 지혜로 타락하는 것을 막았다. 황현산은 "김수영에게 시적인 것과 현대적인 것과 정치적인 것은 같은 말이다"[2]라는 결론에 도달한다.

　김수영은 4년 정도 꾸준히 이어간 월평에서, 시인이 치열한 고민을 회피하고 그로 인해 시 속에서 사유의 운동성이 드러나지 않는 시들을 '덜 된 작품'이라며 강하게 비판했다. 그는 시가 현실을 담아내고 있는지의 여부를 따져서 시의 성공을 판단하지 않았다. 그에 따르면, 좋은 시에는 순간을 다투는 윤리, 시를 쓰는 주체의 의식적인 죽음을 통해 획득되는 지성이 담겨 있어야 한다. 그는 기교의 철저함이나 표현의 절묘함보다는 그것을 추동하는 진지성(진정성)이 무엇보다 중요함을 강조했다. 이것은 시가 단순히 인간과 세계에 대한 믿음이나 낙관적 전망을 직접적으로 표출하는 것이 아니라 그것이 불가능한 상황의 구속과 그 현실을 뚫고 나가려는 치

1　황현산 「난해성의 시와 정치: 김수영론」, 『포에지』 2001년 가을호.
2　같은 글.

열한 정신적 고투를 담아냄으로써 가능한 것이다. 그는 변화와 이행의 자리에 자신과 자신의 시를 놓으려고 했다.

김수영은 "탄생과 동시에 추락을 선고받는" 존재의 부조리에 맞서 "전쟁"과 같은 치열한 '진실성'을 확보하고자 노력했다(「토끼」). 그는 스스로 만들어내는 억지스러운 '웃음'에 종지부를 찍고 새로운 삶을 추구하고자 했지만(「웃음」) 그것은 언제나 실패를 거듭할 수밖에 없는 지난한 싸움이었다. 언제든지 '몽매(蒙昧)'에 빠져들려는 정신의 나태함과 '연령(年齡)'이라는 육체를 파고드는 시간의 흐름과 맞서 싸우는 것은 쉬운 일이 아니다. 시인은 정신의 나태함과 육체적 쇠락을 막기 위해 "잠시" "별"과 "우리의 육안에는 보이지 않는 곡선 같은 것"을 보기 위해 고개를 들고 서 있으려 한다(「토끼」). 더이상 "은거할 곳"(「토끼」)이 없는 이 세계에서 시인은 아직 도래하지 않은 미래의 어떤 결정적 순간 또는 둥글게 솟아오르는 지평선을 되새기면서 고민과 방황을 거듭하고 있다. 김수영은 이러한 아이러니한 상황에서 자기합리화를 거부하고 현실을 외면하지 않으려는 용기를 보여주었다.

김수영의 시가 어렵다는 말은 김수영의 시를 비판하는 수단이 될 수는 있지만 그것이 그의 시를 읽지 않아도 된다는 결론으로 이어져서는 안된다. 그 말은 이렇게 수정되어야 한다. 김수영의 시는 어려울 수밖에 없으며 그 어려움 때문에 김수영의 시는 힘을 가진다고. 김수영은 현실을 완결된 총체성을 띤 것으로 보지 않았다. 오히려 현실을 그런 식으로 보려는 인식 자체가 하나의 폭력이며 관념주의이며 형식주의라고 할 수 있다. 그는 현실의 분열상을 단순히 주관적 관념에 의하여 나타난 표면구조로 본 것이 아니라 하나의 실체로서 인식했다. 김수영 시의 난해성 혹은 논리적 결락은 김수영이 암담한 현실을 제대로 포착하기 위한 '장치'이며, 현실의 부단한 운동성을 직접적으로 드러내는 '표현'이라고 할 수 있다. 주관과 객관의 모순과 단절을 드러내지 않는 현실 묘사는 '억지 화해' 또는 '강요된 화해'에 지나지 않기 때문이다. 김수영은 시의 논리적 결락을 통해 현실과의 직접적인 접촉에서 파생되는 정념을 불어넣은 동시에 그것과 거리를 두는 양가적인 태도를 취했다고 할 수 있다. 그는 세상의 거짓과 허위를 직시하고자 했으며 자기가 본 것을 '있는 그대로' 보여주고자 했다. 그가 가장 두려워했던 것은 허위로 가득 찬 세상과의 타협을 통해 안정을 구하려는 자신의 나태하고 안일한 태도였으며 심지어 그것을 '추락'이라고 생각했다. 그는 바깥의 적보다 내부 혹은 내면의 적을 더 경계했다. 내면화된 도덕률과 관습화된 사고는 인간과 사물을 제대로 보지 못하게 한다. 그는 언제나 아프고자 했으며 그것도 "먼 곳에서부터/먼 곳으로"(「먼 곳에서부터」) 지나가는 아픔의 지난함을 '온몸'으로 겪고자 했다. 그는 아픔을 과거의 것으로 만드는 추억과 감상을 경멸했으며 언제나 아픔의 현장에 서 있으려 했다. 김수영 시의 난해성 혹은 논리적 결락은 이러한 그의 시적 태도에서 비롯된 것이나.

이십대 후반에 진지하게 시에 대해 생각하기 시작했을 때, 나는 내가 쓰고 있고 앞으로 써나가는 시들이 나의 삶과 고민의 자리를 보여주기를 희망했다. 그런 생각이 들 때마다 나의 머릿속에 떠오른 것은 언제나 김수영의 시전집이었다. 그는 한권의 시전집이 한권의 시집이 되는 경이를 보여주었다. 그가 쓴 모든 시가 빼어난 시라고 할 수는 없지만 그의 시 중에서 중요하지 않은 시는 없다고 나는 생각한다. 그는 자신의 자리에서 쓸 수 있는 최대치의 시를 쓰기 위해 노력했기 때문이다.

김수영은 시인을 "언제나 현시점을 이탈하고 사는 사람이고 또 이탈하려고 애를 쓰는 사람"(이하 산문 「시인의 정신은 미지(未知)」)으로 보았으며, 중요한 것은 그가 과거에 써온 시나 현재 쓰고 있는 시가 아니라 아직 도래하지 않은 "내일의 시"이다. 시인의 양심과 정직성은 자신의 정신을 "미지"의 상태에 열어두고 모험을 두려워하지 않는 자세에 달려 있는 것이다. 반역과 첨단은 "오늘의 시"의 두

얼굴이다. "오늘의 시"는 변하는 것과 변하지 않는 것, 고정된 것과 움직이는 것 사이에서 진동(振動)한다. 주관적 자기의식과 객관적 현실 파악이 교차하는 지점에서 발생하는 '설움'은, 반복되는 일상에 대한 불만과 자기갱신의 불가능성 사이에서 고민하고 갈등하는 주체에게 부끄러움을 불러일으키지만, 신생과 덧없음을 동시에 견뎌내는 '더러운 향로'(「더러운 향로」)처럼, 아직 도래하지 않은 것을 누구보다 일찍 받아들이고 몸으로 겪어낸 데서 오는 긍지가 되기도 하는 것이다. 설움은 나를 파괴하는 내적 소진인 동시에 나의 존재 증명인 것이다. 자신의 시와 현실에 대해 부끄러움과 긍지가 동시에 작동될 때 우리는 "내일의 시"의 어렴풋한 얼굴을 볼 수 있다.

　나는 나의 시가 매끄럽게 읽히거나 잘 마무리되었다는 느낌이 들 때마다 김수영의 시와 그의 시론을 떠올린다. 그가 만약 지금도 월평을 하고 있다면 나의 시는 어떤 평가를 받을 것인가. 심지어 그의 눈에 들지도 못하는 이도 저도 아닌 작품이 된 것은 아닐까, 스스로 검열한다. 나는 나의 내부와 외부의 현실(실재)에 얼마나 정직한가. 이것은 얼마나 '나의 언어'에 가까운가. 스스로 물을 때마다 고개를 숙일 수밖에 없다. 나의 서툰 "붓"(「구라중화(九羅重花)」)은 언제쯤 현실에 밀착될 수 있을까. 나는 죽음을 거듭하며 어디까지 나아갈 수 있을까. 그 답을 얻기 위해서는 아직 갈 길이 멀다.

1921년 1세	11월 27일(음력 10월 28일) 서울시 종로2가 관철동 158번 지에서 부친 김태욱(金泰旭)과 모친 안형순(安亨順) 사 이에 출생(8남매 중 장남). 본관은 김해(金海). 이듬해 종 로6가 116번지로 이사.
1928년 8세	어의동(於義洞) 공립보통학교(현 효제초등학교) 입학.
1934년 14세	장티푸스와 폐렴 등으로 학업을 중단하고 1년여 요양 생 활. 용두동(龍頭洞)으로 이사.
1935년 15세	건강을 회복하여 경기도립상고보(京畿道立商高普)와 선린 상업학교(善隣商業學校)에 차례로 응시하나 모두 낙방하 고 선린상업학교 전수부(專修部, 야간)에 입학.
1938년 18세	선린상업학교 전수부를 졸업하고 본과(주간) 2학년으로 진학.
1940년 20세	현저동(峴底洞)으로 이사.
1942년 22세	선린상업학교 졸업. 일본 유학을 떠나 토오꾜오 나까노 (中野區街吉町)에 하숙하며 조오후꾸(城北) 고등예비학교 입학하나 곧 중단. 이후 미즈시나 하루끼(水品春樹) 연극

연구소에서 연출 수업을 받음.

1944년 24세   학병징집을 피해 2월경 귀국하여 종로6가 고모집에 머묾. 안영일 등과 함께 연극 활동. 가을, 잠시 귀국한 어머니와 함께 가족들이 있는 만주 길림성으로 떠남. 그곳에서 길림 극예술연구회 회원으로 있던 임헌태, 오해석 등과 만남.

1945년 25세   6월, 길림공회당에서 길림성예능협회가 주최하는 춘계예 능대회가 개최되었고 길림극예술연구회는 「춘수(春水)와 같이」라는 3막극을 상연. 광복을 맞아 9월 가족과 함께 귀 국. 평안북도 개천과 평양을 거쳐 서울 고모집에 도착한 후 충무로4가로 이사. 시 「묘정(廟庭)의 노래」를 『예술부 락(藝術部落)』2호에 발표. 11월 21일 연희전문학교 영문 과 1학년 입학.

1946~48년 26~28세   연희전문학교에서 한학기 만에 자퇴. 김병욱 박인환 김경 희 임호권 등과 '신시론(新詩論) 동인'을 결성. 그 외에도 배인철 이봉구 김기림 조병화 등 많은 문인들과 교류함.

1949년 29세   부친 김태욱 지병으로 작고. 김현경(金顯敬)과 결혼하고 돈암동에 신혼살림을 차림.

1950~52년 30~32세   서울대 의대 부속 간호학교에 영어 강사로 출강. 한국전 쟁이 발발하고 서울에 조선문학가동맹 사무실이 생기자 김병욱의 권유로 문학가동맹에 출석. 8월 3일 문화공작대 에 강제 동원되어 평남 개천군 북원리의 훈련소에서 한달 간 군사훈련을 받음. 9월 28일 훈련소를 탈출했으나 중서 면에서 체포되고, 10월 11일 다시 탈출, 평양과 개성을 거 쳐 10월 28일 서울 서대문에 도착. 서울 충무로의 집 근처

에서 경찰에 체포당해 11월 11일 부산의 거제리(현 거제 동) 포로수용소에 수용. 이후 거제도 포로수용소로 이송 됐다 돌아옴. 12월 26일 가족들은 경기도 화성군 조암리 (朝巖里)로 피난하고 28일 피난지에서 장남 준(儁) 출생. 1952년 11월 28일 충남 온양의 국립구호병원에서 200여 명의 민간인 억류자의 한명으로 석방.

1953년 33세   부산에서 박인환 조병화 김규동 박연희 김중희 김종문 김 종삼 박태진 등과 재회. 미 8군 수송관의 통역관을 거쳐 선린상업학교 영어교사로 근무.

1954년 34세   서울로 돌아와 주간 『태평양』에서 근무하며 가족들과 새 삶을 모색.

1955~56년 35~36세   피난지에서 돌아온 아내와 재결합하고 성북동에 거 주. 『평화신문사』 문화부에 반년간 근무하다 그만두고 1956년 6월 마포 구수동(舊水洞) 41-2로 이사. 이후 번역 과 양계로 생계를 꾸림.

1957년 37세   김종문 이인석 김춘수 김경린 김규동 등과 묶은 앤솔로지 『평화에의 증언』에 「폭포」 등 5편의 시를 발표. 12월, 제 1회 한국시인협회상 수상.

1958년 38세   6월 12일, 차남 우(瑀) 출생.

1959년 39세   첫 시집 『달나라의 장난』을 춘조사(春潮社)에서 출간.

1960년 40세   4·19혁명이 일어나자 「우선 그놈의 사진을 떼어서 밑씻 개로 하자」 「기도」 「육법전서와 혁명」 「푸른 하늘은」 「만 시지탄(晩時之歎)은 있지만」 「나는 아리조나 카보이야」 「거미잡이」 「가다오 나가다오」 「중용에 대하여」 「허튼소리」「"김일성 만세"」「피곤한 하루의 나머지 시간」, 「그 방을 생각하며」, 「나가타 겐지로」 등을 열정적으로 쓰고 발표함.

1961년 41세   5·16군사쿠데타 발발. 며칠간 잠적해 있던 시인은 퇴보하는 현실을 보는 어지러운 심정을 '신귀거래 연작' 등의 시를 통해 발표.

1962~63년 41~42세   「적」「만주의 역자」「죄와 벌」 등을 통해 눈에 보이지 않는 현실의 적대성과 그 와중에 묵묵한 민중의 삶을 이야기하는 동시에 소시민적 삶의 허위의식을 폭로.

1964년 43세   W. B. 예이츠에 대한 관심이 예이츠론 번역(1962년)을 거쳐 시와 시극 번역으로 이어지고 예이츠론을 씀. 한일회담을 반대하는 학생시위를 보면서 시에 '식민지'라는 단어를 사용함.

1965년 45세   6·3한일협정(한일기본조약) 반대시위에 동조하여 박두진 조지훈 안수길 박남수 박경리 등과 함께 성명서에 서명함. 신동문과 친교.

1966년 46세   김춘수 박경리 이어령 유종호 등과 함께 현암사에서 간행하는 계간 『한국문학』에 참여해 시와 시작(詩作) 노트를 계속 발표. 자코메티의 리얼리티론에 관심을 가짐.

1967년 47세   『세계현대시집』을 출간하기 위한 번역작업에 몰두.

1968년 48세   『사상계』 1월호에 평론 「지식인의 사회참여」를 발표. 이후 조선일보 지면에서 3회에 걸쳐 이어령과 논쟁함. 6월 15일, 밤 11시 10분경 귀가하던 길에 구수동 집 근처에서 버스에 부딪히는 사고를 당함. 서대문에 있는 적십자병원에 이송되어 응급치료를 받았으나 의식을 회복하지 못하고 다음날(16일) 아침 8시 50분에 숨을 거둠. 6월 18일, 세종로 예총회관 광장에서 문인장(文人葬)으로 장례를 치르고 서울 도봉동에 있는 선영(先塋)에 안장됨.

1969년	1주기를 맞아 묘 앞에 시비(詩碑)가 세워짐.
1974년	시선집『거대한 뿌리』출간(민음사).
1975년	산문선집『시여, 침을 뱉어라』출간(민음사).
1976년	시선집『달의 행로를 밟을지라도』출간(민음사). 산문선집『퓨리턴의 초상』출간(민음사).
1981년	『김수영 시선』출간(지식산업사).『김수영 전집』(전2권, 민음사) 출간.
1988년	시선집『사랑의 변주곡』출간(창작과비평사).
1991년	시비를 도봉산 국립공원 안 도봉서원 앞으로 옮김.
2001년	금관문화훈장이 추서됨.
2003년	『김수영 전집』개정2판 출간(민음사).
2008년	40주기를 맞아 추모 학술제 '김수영, 그후 40년'(6월 13일)과 기념 문학제 '거대한 뿌리여, 괴기한 청년들이여'(6월 16일) 개최. 중국어역『김수영시집』출간(外语教学与研究出版社).
2009년	『김수영 육필시고 전집』출간(민음사). 일본어역『김수영 전시집』출간(彩流社).
2016년	시선집『꽃잎』출간(민음사).
2018년	『김수영 전집』개정3판 출간(민음사). 모교 연세대에서 명예졸업증서 수여.

*가족사항은 다음과 같다. 父 김태욱(金泰旭), 母 안형순(安亨順), 妻 김현경(金顯敬), 子 준(儁) 우(瑀), 弟 수성(洙星) 수강(洙彊) 수경(洙庚) 수환(洙煥), 妹 수명(洙鳴) 수연(洙蓮) 송자(松子).

이어령李御寧　1934년생. 문학평론가, (재)한중일 비교문화연구소 이사장, 이화여대 석좌교수. 초대 문화부 장관 역임. 저서로『의문은 지성을 낳고 믿음은 영성을 낳는다』『어머니를 위한 여섯가지 은유』『흙 속에 저 바람 속에』『축소지향의 일본인』『디지로그』『젊음의 탄생』등이 있음.

김병익金炳翼　1938년생. 문학평론가. 동아일보사 기자, 한국기자협회장, 문학과지성 대표 및 고문, 초대 한국문화예술위원장 역임. 저서로『시선의 저편』『기억의 깊이』『상황과 상상력』『지성과 문학』『두 열림을 향하여』『지성과 반지성』등이 있음.

백낙청白樂晴　1938년생. 문학평론가, 창작과비평 명예편집인, 서울대 명예교수. 저서로『민족문학과 세계문학 1/인간해방의 논리를 찾아서』(합본개정판)『민족문학과 세계문학 2』『민족문학의 새 단계』『통일시대 한국문학의 보람』『문학이 무엇인지 다시 묻는 일』『백낙청 회화록』(전7권) 등이 있음.

염무웅廉武雄　1941년생. 문학평론가, 겨레말큰사전 편찬사업회 이사장, 영남대 명예교수. 저서로『민중시대의 문학』『혼돈의 시대에 구상하는 문학의 논리』『모래 위의 시간』『문학과 시대현실』『살아 있는 과거』『자유의 역설』등이 있음.

황석영黃晳暎 1943년생. 소설가. 1962년 단편 「입석 부근」으로 사상계 신인문학상 수상, 1970년 조선일보 신춘문예에 단편 「탑」이 당선되어 문학활동 본격화. 『황석영 중단편전집』(전3권)을 비롯해 장편소설 『무기의 그늘』『장길산』(전12권) 『오래된 정원』『손님』『심청, 연꽃의 길』『바리데기』『개밥바라기별』『강남몽』『낯익은 세상』『여울물 소리』『해질 무렵』 등이 있음.

최원식崔元植 1949년생. 문학평론가, 인하대 명예교수. 1972년 동아일보 신춘문예로 등단. 저서 『민족문학의 논리』『생산적 대화를 위하여』『문학의 귀환』『문학』『한국근대소설사론』『제국 이후의 동아시아』『문학과 진보』 등이 있음.

김정환金正煥 1954년생. 시인, 소설가. 1980년 『창작과비평』에 「마포, 강변동네에서」 등 6편의 시를 발표하며 작품활동을 시작. 시집 『지울 수 없는 노래』『황색예수전』『기차에 대하여』『희망의 나이』『노래는 푸른 나무 붉은 잎』『텅 빈 극장』『순금의 기억』『레닌의 노래』『드러남과 드러냄』『내 몸에 내려앉은 지명』『소리 책력』『개인의 거울』 등이 있음.

임우기 1956년생. 문학평론가, 솔출판사 대표. 1985년 평론 「세속적 일상에의 반추」(김원우론)으로 평론활동 시작. 저서 『살림의 문학』『그늘에 대하여』『길 위의 글』『네오 샤먼으로서의 작가』 등이 있음.

나희덕羅喜德 1966년생. 시인, 조선대 문예창작학과 교수. 1989년 중앙일보 신춘문예로 등단. 시집 『뿌리에게』『그 말이 잎을 물들였다』『그곳이 멀지 않다』『어두워진다는 것』『사라진 손바닥』『야생사과』『말들이 돌아오는 시간』『파일명 서정시』 등이 있음.

최정례崔正禮 1955년생. 시인. 1990년 『현대시학』으로 등단. 시집 『내 귓속의 장대나무 숲』『햇빛 속에 호랑이』『붉은 밭』『레바논 감정』『Instances』『캥거루는 캥거루고 나는 나인데』『개천은 용의 홈타운』 등이 있음.

함성호咸成浩　1963년생. 시인, 건축가. 1990년『문학과사회』로 등단. 시집『56억 7천만년의 고독』『聖 타즈마할』『너무 아름다운 병』『키르티무카』등이 있음.

노혜경盧蕙京　1958년생. 시인. 노무현정부 국정홍보비서관 역임. 1991년『현대시사상』으로 등단. 시집『새였던 것을 기억하는 새』『뜯어먹기 좋은 빵』『캣츠아이』『말하라, 어두워지기 전에』, 산문집『천천히 또박또박 그러나 악랄하게』, 공저『대통령 없이 일하기』『김두관의 발견』『페니스 파시즘』등이 있음.

김상환金上煥　1960년생. 서울대 철학과 교수. 저서『해체론 시대의 철학』『예술가를 위한 형이상학』『풍자와 해탈 혹은 사랑과 죽음: 김수영론』『니체, 프로이트, 맑스 이후』『철학과 인문적 상상력』등이 있음.

김종엽金鍾曄　1963년생. 한신대 사회학과 교수. 저서『웃음의 해석학 행복의 정치학』『연대와 열광』『시대유감』『에밀 뒤르켐을 위하여』『분단체제와 87년체제』, 편서『87년체제론』『한국현대생활문화사』(전4권, 공편) 등이 있음.

권여선權汝宣　1965년생. 소설가. 1996년 장편소설『푸르른 틈새』로 제2회 상상문학상을 수상하며 등단. 소설집『처녀치마』『분홍 리본의 시절』『내 정원의 붉은 열매』『비자나무숲』『안녕 주정뱅이』, 장편소설『레가토』등이 있음.

김해자金海慈　1961년생. 시인. 1998년『내일을 여는 작가』로 등단. 시집『무화과는 없다』『축제』『집에 가자』『해자네 점집』등이 있음.

심보선沈甫宣　1970년생. 시인, 경희사이버대 문화예술경영학과 교수. 1994년 조선일보 신춘문예로 등단. 시집『슬픔이 없는 십오초』『눈앞에 없는 사람』『오늘은 잘 모르겠어』, 저서『그을린 예술』등이 있음.

진은영陳恩英 1970년생. 시인. 한국상담대학원대학교 문학상담 및 인문상담학 교수. 2000년『문학과사회』에 시를 발표하며 작품활동을 시작. 시집『일곱 개의 단어로 된 사전』『우리는 매일매일』『훔쳐가는 노래』, 저서『순수이성비판, 이성을 법정에 세우다』『니체, 영원회귀와 차이의 철학』『문학의 아토포스』등이 있음.

송경동宋竟東 1967년생. 시인. 2001년『내일을 여는 작가』『실천문학』에 시를 발표하며 작품활동 시작. 시집『꿀잠』『사소한 물음들에 답함』『나는 한국인이 아니다』, 산문집『꿈꾸는 자 잡혀간다』등이 있음.

김동규金東奎 1971년생. 철학자. 저서『멜랑콜리아: 서양문화의 근원적 파토스』『멜랑콜리 미학: 사랑과 죽음 그리고 예술』『철학의 모비딕: 예술, 존재, 하이데거』『하이데거의 사이-예술론』등이 있음.

하재연河在姸 1975년생. 시인. 2002년『문학과사회』신인문학상으로 등단. 시집『라디오 데이즈』『세계의 모든 해변처럼』등이 있음.

송종원宋鐘元 1980년생. 문학평론가, 서울예대 문예창작학과 교수. 2009년 경향신문 신춘문예로 등단. 평론 「텅 빈 자리의 주위에서」 「21세기 오감도(烏瞰圖), 21세기 소년 탄생기(誕生記)」 등이 있음.

신철규愼哲圭 1980년생. 시인. 2011년 조선일보 신춘문예로 등단. 시집『지구만큼 슬펐다고 한다』등이 있음.

시는 나의 닻이다

초판 1쇄 발행일/2018년 12월 14일
초판 2쇄 발행일/2019년 2월 11일

엮은이/염무웅 최원식 진은영
펴낸이/강일우
책임편집/최현우 강영규
조판/한향림
펴낸곳/(주)창비
등록/1986년 8월 5일 제85호
주소/10881 경기도 파주시 회동길 184
전화/031-955-3333
팩시밀리/영업 031-955-3399 편집 031-955-3400
홈페이지/www.changbi.com
전자우편/lit@changbi.com